# EIN COWBOY ZU WEIHNACHTEN

WEIHNACHTEN IN HEART FALLS
BUCH 4

VIVIAN AREND

Weihnachten in Heart Falls 4: Ein Cowboy zu Weihnachten

Originaltitel: A Cowboy's Christmas List © 2021 by Arend Publishing Inc.



Digitales ISBN: 978-1-990674-99-0
Taschenbuch ISBN: 978-1-998508-02-0
Lektorat: Nadine Manz
Lektorat Original: Manuela Velasco
Cover-Design © Damonza
Korrektorat Original: Angie Ramey & Linda Levy

# 1

Die Luft rund um Yvette Wright war abwechselnd behaglich und erfrischend, der kühle Winterwind glitt jedes Mal über ihre Schultern, wenn jemand die Tür im Café *Buns and Roses* öffnete. Der letzte Schluck ihres Karamell-Macchiato lag ihr noch auf der Zunge, süß, aber erfrischend. Durch die Luft trieben Weihnachtslieder, zusammen mit dem Geruch nach Lebkuchen und Pumpkin Spice. Eigentlich hätte sie in perfekter Seligkeit existieren sollen, während sie in diesem Café saß.

Aber nein. Yvette vibrierte so sehr, dass sie, wäre der Stuhl unter ihr nicht absolut gerade ausgerichtet gewesen, vermutlich inzwischen ein Loch in den Holzboden geschaukelt hätte.

Zum fünften Mal in weniger als fünf Minuten wühlte sie den Schlüsselanhänger aus ihrer Tasche, starrte auf den kleinen Weihnachtsschmuck in ihren Fingern. Der glitzernde goldene Schlüssel an der Schnur lieferte überhaupt keine Hinweise. Der Kartonkreis daneben franste an den Rändern allmählich aus, weil sie ihn zu oft in der Hand gehabt hatte, seit er unerwartet vor zwei Wochen mit der Post gekommen war.

Die Nachricht auf dem Kreis bat sie, genau jetzt dort zu sein, wo sie war.

*1. Dezember, Buns and Roses, 12:00 Uhr.*

Die Verzierung des Schlüsselanhängers war ein winziger Weihnachtsbaum. Kleine unechte Edelsteine waren in seine Äste geschmiegt, als würden sie sich als Lichterkette ausgeben. Es war süß – und es sprach sie auch tief im Innersten an.

*„Ich schwöre, zum Teil bist du eine Elster."*

Die Stimme ihrer Mutter wurde in Yvettes Gedanken laut, eine unauslöschliche Erinnerung. Die neckenden Worte waren immer von einem Kopfschütteln und einem Zungenschnalzen begleitet worden.

Yvettes Familie beschwerte sich oft, dass sie sich ganz unvernünftig zu glitzernden Dingen hingezogen fühlte.

Doch es war nicht der eigentliche Schlüsselanhänger, der dafür sorgte, dass sie sich herumdrückte, als wäre sie eine Zweijährige während eines endlosen Kirchbesuchs. Es war vielmehr der Gedanke daran, *wer* das Geschenk geschickt hatte.

Alex Thorne. Cowboy auf einer Ranch vor Ort und bei der Feuerwehr, wo er in Heart Falls Freiwillige koordinierte, und ihr offizieller Nervtöter Nummer 1. Oder zumindest war er das gewesen, bevor er vor Monaten die Stadt verlassen hatte, um auf die Farm seiner Familie zu verschwinden.

„Die Schlüssel zum Himmelreich?" Eine von Yvettes besten Freundinnen, Madison Zhao, ließ sich auf den Stuhl ihr gegenüber fallen. Ihre kastanienroten Haare fielen in zwei Zöpfen über ihre Schultern hinab, ihre blasse Haut war gerötet, weil sie draußen in der Kälte gewesen war. Die grünen Bänder, die in die Enden ihrer Zöpfe geflochten waren, gingen beinahe unter in den blinkenden und glänzenden Gegenständen, die überall an den kitschigen roten Pulli genäht waren, den sie trug.

Es war ja vielleicht unhöflich, laut zu lachen, aber die Reaktion kam einfach instinktiv. Yvette riss sich rasch zusammen, während sie ihre Freundin anblinzelte. „Ryan hat dich jetzt schon dazu gebracht, dieses Monster zu tragen?"

Einander hereinzulegen, damit man diesen grellen Pulli trug, war eine Tradition zwischen Madison und ihrem Mann, und es schien, obwohl Madison inzwischen im achten Monat schwanger war, würden sich manche Dinge niemals ändern. „Ryan hat mir mitgeteilt, dass er endlich Zeit hatte, die Vorhänge im Zimmer des Babys aufzuhängen, also ging ich nachschauen. Er hatte sie aufgehängt, aber er hat auch *das* über die Vorhangstange drapiert." Sie schnippte mit dem Finger an einen fluffigen Schneemann, der an ihrer linken Schulter hing. „Ich bin allerdings froh, dass er das Ritual so früh losgestoßen hat, denn ich habe ganz wunderbar schreckliche Pläne für dieses Jahr. Bald wird er dran sein, unsere berühmte Garderobe aufzutragen."

Wieder öffnete sich die Tür zu *Buns and Roses*, und diesmal schlüpfte ein gut gebauter Cowboy mit der kalten Winterluft herein.

Alex. Abgetragene Jeans, eine Jeansjacke, die mit Schafsfell gesäumt war. Ein dunkelbrauner Cowboyhut auf dem Kopf und abgenutzte Lederstiefel an den Beinen. Eben die ganze Cowboykluft, die ihm so gut stand.

Nachdem er fast ein Jahr lang weg gewesen war, hatte Yvette erwartet, dass sein Aussehen sich irgendwie verändert hatte. Nö. Dasselbe starke Kinn, dieselben dunkelbraunen Augen, die sich vorsätzlich in ihre Richtung wandten, als hätte er schon, bevor er die Tür geöffnet hatte, genau gespürt, wo er sie finden würde. Seine Haut war in einem Ton gebräunt, der eine mediterrane Abstammung nahelegte, seine dunklen Haare ein wenig zu lang, als dass man sie noch als militärischen Schnitt bezeichnen konnte.

Er machte sich direkt zu ihr auf den Weg, als wäre er auf einer Mission.

Madison fiel es sofort auf. Sie blinzelte Yvette überrascht an. „Ups. Tut mir leid. Ich wusste nicht, dass ich da was unterbreche."

„Tust du doch nicht", widersprach Yvette, aber Madison schoss so schnell hoch, dass sie wankte.

Bevor Yvette sich bewegen konnte, war Alex da, legte einen Arm um Madisons Schulter und stützte sie, bis sie wieder im Gleichgewicht war.

Sie lächelte ihn an. „Danke. Willkommen zurück."

„Gern geschehen. Es ist schön, zu Hause zu sein." Alex' Grinsen wurde größer, während sein Blick über sie wanderte. „Gut siehst du aus. Der Pulli steht dir. Und der Bauch."

Ein schnaubendes Lachen entschlüpfte Madison. Sie wackelte vor ihm mit dem Finger. „Warte du nur. Schon bald wirst du sehen, dass Ryan das anhat, und ihm wird es auch stehen, sogar ohne den Bauch."

„Klingt gut. Ich bin ab morgen wieder auf Schicht in der Feuerwache. Wenn du jemals Hilfe brauchst, um irgendwas Fieses zu machen ..." Alex zwinkerte ihr zu.

Madison grinste. „Das behalte ich im Kopf." Sie drehte sich zu Yvette und wackelte mit den Fingern. „Wir hören uns morgen. Ich bin nur kurz vorbeigekommen, um mir meine Bestellung zum Mitnehmen abzuholen, Schokolade und Fett. Habt viel Spaß."

Wie ein Wirbelwind verschwand Yvettes Freundin. Was bedeutete, dass die Wand aus Sicherheit, die sie ihr geboten hatte, auch verschwand, als Alex den Stuhl neben Yvette herauszog und sich darauf niederließ.

Diese dunklen Augen musterten sie. Yvette bemerkte den

Augenblick, in dem er den Schlüsselring sah, den sie sich zwischen die Finger gesteckt hatte.

Sein Lächeln wurde ein winziges bisschen breiter, bevor er ihr wieder in die Augen schaute. „Danke, dass du dich mit mir triffst."

„Klar."

Plötzlich wusste sie nicht mehr, was sie mit ihren Händen anstellen sollte. Oder wohin sie schauen sollte.

Was für ein Unsinn. Sie war eine Erwachsene, die sich in der Öffentlichkeit mit einem Mann traf. Sie musste gewissermaßen ein Rätsel lösen. Also gab es keinen Grund, sich wie ein schüchterner Teenager zu benehmen.

Yvette hob entschlossen den Blick und schaute ihn direkt an. „Willst du einen Kaffee?"

„Ich hole ihn mir." Er wies mit dem Finger auf ihren Becher. „Nachfüllen?"

„Nein, danke."

Er war weg, bevor sie noch eine weitere Frage stellen konnte.

Yvette lenkte sich ab, indem sie sich im Café umschaute. Sie nickte ein paar Leuten zu, die sie kennengelernt hatte, während sie in den letzten beiden Jahren als Tierärztin in Heart Falls gearbeitet hatte. Ungeduldig wirbelte sie ihren Kaffee herum. Ansonsten wartete sie einfach.

Als Alex mit seinem Kaffee an den Tisch zurückkehrte, hat er auch eine Papiertüte und einen Teller dabei, der mit Zimtschnecken, Ingwerplätzchen und Möhrenkuchen gefüllt war. Von jedem zwei.

Er schob das Tablett mit den Leckerbissen zu ihr. „Ich dachte mir, wenn ich dich frage, was du zum Mittagessen willst, sagst du bestimmt *Nichts*. Aber ich bin hungrig, und ich weiß, dass du die magst. Oder wenn du was Richtiges essen willst, sind da drin Sandwiches." Er schüttelte die Tüte.

Yvette musste zugeben, dass sein erster Instinkt richtig gewesen war. Es wirkte seltsam, dass er ihr ein Mittagessen ausgab. Obwohl sie neugierig genug gewesen war, um aufzutauchen, nachdem sie seine merkwürdige Nachricht erhalten hatte, fand sie nicht, dass das wirklich ein Date war.

„Du weißt auf jeden Fall, wie man jemanden neugierig macht." Bevor sie sich da hineinstürzte, musste sie allerdings fragen: „Wie geht's deinen Eltern?"

Alex lehnte sich zurück, ein zufriedener Ausdruck ging über sein Gesicht. „Gut. *Echt* gut, wenn man bedenkt, dass sie beide Ende siebzig sind und große Operationen hinter sich haben. Dads neue Hüfte ging völlig reibungslos über die Bühne. Glenda hatte etwas mehr Ärger mit ihrer Knieoperation, aber sie ist darüber weg. Sie können sich beide bewegen und sind klug genug, um zu wissen, wie sie sich zu verhalten haben."

„Es war gut, dass sie dich da hatten, um zu helfen." Die Tratschleitungen waren in Heart Falls nur Stunden, nachdem Alex alles gepackt und nach Hause zurückgekehrt war, heiß gelaufen.

Er zuckte mit den Schultern. „Ich hatte das Glück, einen Boss zu haben, der mich sofort gehen ließ, und immer noch einen Job zu haben, zu dem ich zurückkehren kann." Die Erheiterung wurde etwas größer. „Ich dachte, ich könnte meine Eltern nur davon abhalten, es zu übertreiben, wenn ich mich in den ersten paar Monaten zu ihnen setze. Und meine Schwester und ihre Familie waren nicht in der Lage, zu helfen. Also habe ich es getan."

Eine nette Geste, die viel zu oft in Yvettes Gedanken gewandert war, aus so vielen Gründen.

Keiner davon hatte aber mit dem Hier und Jetzt zu tun. Sie hob den Schlüsselanhänger, ließ ihn von einem Finger baumeln und sprach dabei. „Willst du das erklären?"

„Es gibt doch so verschiedene Adventskalender? Bei denen man jeden Tag ein Türchen aufmacht, bis Weihnachten ist?"

Ihre Gedanken rasten, um mitzuhalten, während sie den Schlüssel beäugte. „Die bestehen doch aus Karton, und es versteckt sich dann Schokolade darin, oder verschiedene Tees."

„Oder Weinflaschen, oder Marmelade, aber die sind alle zu eintönig, wenn man mich fragt."

Was keine Antwort war. Sie ließ den Schlüssel schwingen.

Alex beugte sich vor, jeglicher Scherz wurde zur Seite geschoben, als eine äußerst ernste, äußerst intensive Miene auf sein Gesicht trat. „Ich habe dir einen Kalender gemacht. Jeden Tag kannst du eine Schublade öffnen. Manchmal kannst du das, was drin ist, ganz allein genießen, manchmal will ich es mit dir erleben. Bis wir Weihnachten erreichen, werden du und ich einander viel besser kennen. Wir haben diesen ganzen Mist zwischen uns durchgearbeitet, von dem ich in den letzten paar Jahren einiges verursacht habe, indem ich mich wie ein unbeholfener Teenager genommen habe, der zum ersten Mal einen Hormonrausch erlebt."

Yvette schob den Teil zur Seite, dass er gesagt hatte, er hätte ihr einen Kalender *gemacht* und konzentrierte sich auf den Teil, der am verwirrendsten war.

Sie waren in der Vergangenheit aneinandergeraten, das stimmte schon. Selbst mit ihren Unstimmigkeiten konnte sie aber ehrlich sagen, dass er ein anständiger Mensch war. Genauso sie. Es war ja nicht, als wären sie Erzfeinde oder irgendwas, was man unbedingt wieder hinbiegen musste. Sie waren eher wie Öl und Wasser.

Na und?

„Warum?" Ihre Frage schien ihn auf den Boden zu holen. „Ich meine, schön, dass du nicht willst, dass wir streiten, oder uns gegenseitig weiter nerven. Dazu ist aber nicht nötig, dass du mir was schenkst."

„Stell es dir doch als charmante Art vor, dass wir uns anfreunden. Dass wir daten."

Da war sie. Die Stelle, an der es plötzlich ziemlich komisch wurde. Yvette krümmte ihre Finger um den Schlüsselanhänger, die festen Kanten bohrten sich in ihre Handfläche, warm an ihrer Haut.

Alex Thorne wollte Dates mit ihr.

Sie schaute ihm in die Augen. Der Mann hatte niemals gewirkt wie ein Stalker. „Du wirst aber nicht so tun, als wärst du verliebt in mich oder so einen Unsinn, oder?"

„Natürlich nicht." Er wurde reglos. „Obwohl ich allerdings zugeben sollte, dass ich ziemlich sicher bin, ich könnte mich in dich verlieben. Deshalb glaube ich, wir müssen das machen."

Sie starrte ihn an. Ihr stand bestimmt der Mund offen.

Unbeeindruckt fuhr er fort: „Ich kenne ein Paar, das in dem Augenblick, als sie sich begegnet sind, wusste, dass sie zusammengehören. Sie mussten drei Jahre lang kämpfen, bevor sie es sich eingestanden, aber es stimmte trotzdem. Sie sind inzwischen seit fast sechzig Jahren ein Paar."

Yvette klingelten die Ohren. Was in aller Welt konnte sie denn dazu sagen? „Ähm. Ich gratuliere?"

„Ich mache keine Witze", beharrte er. „Wenn ich diese drei Jahre zu einem Monat abkürzen und uns beiden eine Menge emotionale Turbulenzen ersparen kann, ist das doch eine gute Idee."

*Ach, wie naiv.* „Du hast vor, mir bis Weihnachten jeden Tag ein Geschenk zu geben, und auf magische Weise wird das die Tatsache auslöschen, dass wir fast zwei Jahre damit verbracht haben, über alles zu streiten? Alex, wir haben nichts gemeinsam."

„Jetzt bist du doch einfach nur albern", beschwerte er sich.

Yvette hob eine Augenbraue. „Das ist keine gute Art, um

eine bereits leicht angepisste Frau zu überreden, deiner völlig hanebüchenen Idee zuzustimmen. Ich sag ja nur."

„Okay, du hast recht. Obwohl ich klarstellen will, dass wir beide Jobs haben, zu denen Menschen und Tiere gehören, was bedeutet, dass wir zumindest ein bisschen was gemeinsam haben. Wir sind keine kompletten Gegensätze."

Was ein Grund war, weshalb sie noch hier saß und sich seine empörende Idee anhörte.

Sie hatte mit Alex auf der Silver Stone Ranch ziemlich viel zu tun gehabt. Sie hatte sogar mit ihm gearbeitet, und er war wunderbar mit den Tieren umgegangen. Sorgsam, einfühlsam, und genau die richtige Art von stark ...

Ein Mann, dem die Tiere vertrauten, war nicht ganz schlimm.

Allerdings ... Ziegen? Das waren *nicht* die Besten, um einen Charakter zu beurteilen, denn sie waren ja selbst Arschlöcher.

Sie löste die Finger von dem Schlüssel und legte ihn zwischen ihnen auf den Tisch.

„Stimme zu, und ich verspreche, ich werde nur so schnell machen und so weit gehen, wie es dir recht ist. Wenn du jemals mehr willst, als ich dir gebe, musst du nur darum bitten." Alex schaute ihr in die Augen. „Aber du musst es ernsthaft versuchen, mich zu daten."

Sie hatte sich schon erweicht, Gott helfe ihr, bis sein letzter Kommentar sie wieder aufbrachte. „Du bist nervig."

„Ja." Er grinste. „Ist es abgemacht?"

„Vielleicht." Sie konnte nicht glauben, dass sie das gerade gesagt hatte. „Glaubst du echt, wir sind vom Schicksal füreinander bestimmt oder so was?"

„Wie bitte? Teufel, nein. Nicht, außer *du* verwandelst dich regelmäßig insgeheim in eine bepelzte Gestalt." Seine erheiterte Miene wankte nicht. „Und ja, ich weiß, wovon ich rede. Meine Schwester liest diese Bücher weg wie Popcorn. Sie hat eine ganze Sammlung. Als ich im letzten Jahr mal kein Lesematerial mehr hatte, habe ich sie auch gelesen. Die sind witzig und ziemlich sexy, aber wenn ich mich in irgendwas verwandeln könnte, wäre es ein Adler oder ein Bussard. Meiner Meinung nach gibt es da draußen nicht genug Bücher mit Vogel-Gestaltswandlern. Ich schätze, Frauen finden es nicht heiß, sich an jemanden zu schmiegen, dem Federn wachsen."

Jetzt musste Yvette ihre eigene Erheiterung niederkämpfen, denn sie hatte genau diese Diskussion schon mal mit ihrer Gruppe am Mädelsabend geführt.

Erheiterung bedeutete, dass sie kurz davor stand, einzubrechen. Sie *war* an ihm interessiert, selbst wenn es aus allen möglichen Winkeln betrachtet eine schlechte Idee war.

Ihre Gedanken von früher am Tag, früher diese Woche, kehrten zurück.

Sie war einsam.

Was Freundinnen anging, war sie bedient, aber sie hatte niemanden in ihrem Leben, mit dem sie vertraut umging. Sie hatte schon Freunde gehabt. War selbst im letzten Jahr ein paarmal auf Dates gewesen, aber jedes Mal hatte sie es entweder mittendrin abgebrochen, beim allerersten Date, oder er. Viele Freunde, gar nichts, was darüber hinausging.

*Woran* das lag? Sie hatte einige Verdachtsmomente, aber es tatsächlich zuzugeben, sogar vor ihr selbst, war etwas ganz anderes.

War es ehrlich so eine schlechte Idee, Zeit mit Alex zu verbringen?

„Okay." Sie hob das Kinn und schaute ihm fest in die Augen. „Solange du versprichst, wenn es für dich nicht funktioniert, bläst du es ab, egal, wie viele Türchen noch übrig sind. Kein falsches Spiel."

„Wenn du genau dasselbe versprichst. Allerdings – wir müssen eines klären." Seine Miene wurde etwas verlegen. „Weil ich ich bin, und du bist du. Streiten, Anbrüllen, oder auf andere Art wütend aufeinander sein, einen oder zwei Tage lang, ist kein Grund, um es abzubrechen."

Sie stellte das nicht infrage. „Na ja, okay, da du gesagt hast, das wäre dein Versuch, um in einem Monat durch drei Jahre Mist zu kommen, hoffe ich, du bist bereit für einige laute Unterhaltungen, die wir ganz bestimmt genießen können."

Sein Grinsen war wieder da. „Nur zu. Denn das bedeutet auch, dass wir irgendwann, wenn du bereit bist, die Entsprechung von drei Jahren Versöhnungssex genauso genießen können."

Ach du lieber Gott.

~

Alex konnte nicht aufhören, zu starren.

Obwohl er sein Bestes gab, um wegen der ganzen Sache völlig locker zu wirken, bebte er im Innersten. Die Nervosität hätte ihn mürrisch gemacht, wäre da nicht die Tatsache gewesen, dass er es mit einer ganzen Spanne von Emotionen zu tun gehabt hatte, jedes Mal, wenn ihm Yvette in den Sinn kam, so ziemlich das ganze letzte Jahr lang.

Anfangs war er genervt gewesen. Hatte sich herausgefordert gefühlt. Zuzugeben, dass lüsterne Gedanken aufkamen, jedes Mal, wenn er um sie herum war, wäre vielleicht eine einfache Antwort gewesen, aber er wollte sich nicht mit etwas Einfachem zufriedengeben. Körperliche Anziehung war ja schön und gut, aber wenn es nicht einer der seltenen One-Night-Stands war, die er in jüngeren Jahren genossen hatte, hatte Alex einen Punkt erreicht, an dem er mit den Frauen befreundet sein wollte, die er mit ins Bett nahm.

Und deshalb war er im letzten Dezember verblüfft gewesen, als ihm endlich klar geworden war, was ein möglicher Grund dafür war, dass Yvette so faszinierend wirkte. Weshalb er sich, ganz gleich, wie sehr sie wie Feuerstein und Zunder waren, die sich einander rieben, nicht von ihr fernhalten konnte.

Alex wollte sich nicht übernehmen und sagen, es wäre Schicksal, aber auf dieser Welt geschahen seltsame Dinge. Teufel, einer seiner besten Freunde behauptete, dass er und seine erste Frau sich auf den ersten Blick verliebt hatten.

„Ich bin gleich zurück." Yvette erhob sich plötzlich vom Tisch.

Alex stand gleichzeitig auf, neugierig, als sie mit einem Behälter zum Mitnehmen kam und die Leckerbissen einpackte, die er gekauft hatte.

Sie lächelte ihn an, bevor sie sich vorbeugte und die Stimme etwas senkte. „Hier wird es in nächster Zeit sehr viel trubeliger werden. Ich will nicht erklären, was wir machen, bis wir sicher sind, was wir machen."

„Wir daten", sagte er bestimmt, aber er passte auf, dass er nicht so laut sprach.

„Ja, gut. Aber als erstes gehen wir mal zu mir nach Hause, wo wir fünf Millionen Kalorien zu uns nehmen und Tür eins in diesem Kalenderding öffnen."

Alex nahm ihr den Behälter mit Leckerbissen ab, drückte ihr den Schlüsselanhänger wieder in die Hand, dann schnappte er sich die Tüte mit dem Sandwich. „Ich folge dir zu dir nach Hause."

Bis er seinen Truck rückwärts eingeparkt hatte, wartete sie auf der vorderen Veranda eines kleinen Häuschens auf ihn, das sich an die Tierklinik von Heart Falls anschloss.

Irgendwann in der Vergangenheit hatte das Gebäude als quer angebundener langer Schuppen begonnen. Im Lauf der

Jahre hatten die Besitzer der Tierklinik es renoviert und erweitert, bis es nun eine Hütte mit einem Raum war, beheizt von einem Holzofen. Dass sie da wohnte, bedeutete, dass Yvette nachts nach den Tieren sehen konnte, die in der Klinik blieben.

Sie wirkte dort zu Hause, wie sie oben an den Stufen stand, ihre ausgeblichenen Wranglers in die schwarzen Cowboystiefel gesteckt, die schon oft poliert worden waren. Die kalte Luft hatte ihre blassen Wangen gerötet, und ihre dunklen Haare ragten unter den Ohrklappen ihrer Wollmütze hervor.

Er nahm an, sie hatte das, was Menschen eine Stupsnase nannten. Yvette war süß und nett. Meistens hatte sie ein Lächeln auf, und jeder und alle um sie herum schienen gerne Zeit mit ihr zu verbringen.

Er war aber so ein kranker Bastard, dass es ihm am besten gefiel, wenn sie dieses Aufblitzen von Feuer in den Augen hatte. Ihre hellbraune Iris war wunderschön, so leuchtend, dass ein goldenes Glühen um sie zu liegen schien. Wie gesponnener Bernstein oder Sonnenlicht, das durch die Spitzen des Weizens fiel. Wenn sie wütend war, blitzten sie mehr oder weniger, als hätten sie die Macht, ihn anzuzünden.

Die wütende Yvette war ein Anblick, der sich lohnte.

Aber genauso das: Neugier stand überall auf ihrem Gesicht, während sie zu ihm kam. Er öffnete die Heckklappe seines Trucks und stieg hinten in das Wagenbett. Er löste die Riemen, die seine Schöpfung hielten, und ließ das in Decken gehüllte Objekt nach vorne gleiten, bis er es vom Boden aus erreichen konnte.

„Das ist aber größer als eine Brotbox", sagte Yvette.

„Es ist ein Schreibtisch, der sich schon lange Zeit im Besitz meiner Familie befindet." Alex sprang hinten vom Truck herunter. „Hast du eine Vorstellung, wo ich ihn für dich aufstellen soll?“

„Das ist vielleicht ein Problem.“ Yvette machte auf dem Absatz kehrt und ging nach drinnen.

Er blieb stehen, um sich die Tüte mit dem Essen und den Leckerbissen zu schnappen, dann folgte er ihr durch die Tür. Der Wohnbereich war warm, Kohlen glühten hinter der Glastür des Ofens.

Darüber hinaus gab es nirgendwo auch nur einen Quadratzentimeter Platz im Raum. Yvette hatte Bücherregale und Beistelltische und Kleinkram auf Regalen überall. Er hatte gewusst, dass sie Krimskrams mochte, aber das war spektakulär.

Alex wollte an einem Ende anfangen und sich durcharbeiten, in jeden Winkel und jede Nische schauen. Hoffentlich würde er im Lauf des Monats die Gelegenheit bekommen, ein wenig davon zu sehen.

Gerade jetzt schaute er zur Tür am Ende des offenen Zimmers gegenüber des Küchentresens und Tisches. „Schlafzimmer?“

Von ihr kam ein Schnauben. Ihre Hände gingen zum Mund, während sie lachend den Blick zu seinem hob. „Tut mir leid. Jetzt machst du ein bisschen schnell für mich, Tiger.“

Da musste er kichern. „Ich meine, hast du mehr Platz in deinem Schlafzimmer?“

„Oh.“ Yvette schüttelte den Kopf. „Nicht wirklich.“

Sie schlüpfte aus der Winterjacke, zeigte ein langärmliges Shirt, das sich an ihre süßen Kurven schmiegte. Alex musste zugeben, dass er sich sehr darauf freute, ihr Schlafzimmer erkunden zu können.

Aber erst mal Problemlösen. Denn wenn sie sein Geschenk nicht öffnete, arbeiteten sie nicht daran, sich anzufreunden. Wenn sie sich nicht anfreundeten, würden sie niemals weiter vordringen zu dem Teil des Arrangements, wo sie ein Paar wurden.

Er stellte das Essen auf den Tisch und wies dann mit dem Kopf zur Eingangstür.

„Auf der Veranda funktioniert auch. Da gibt es Schutz vor dem Wetter, und es ist vermutlich besser, als ihn zu dicht an den Ofen zu stellen."

„Ich verspreche, ich brenne nichts ab", sagte Yvette.

Er balancierte den Schreibtisch auf einer Schulter und brachte ihn einen Augenblick später die Stufen herauf. „Ich habe an ein paar der Gegenstände gedacht, die ich darin versteckt habe. Draußen geht es ihnen sicher besser als in der Nähe von etwas Heißem."

„Oh, das ist ein Hinweis." Yvette half ihm, den Sekretär zwischen die beiden Adirondack-Stühle zu stellen, die sie nach Westen zu den Bergen hin ausgerichtet hatte. „Du hast Dinge in den Schubladen, die schmelzen könnten. Was mich an Schokolade denken lässt."

Alex löste die dicke Wolldecke, die er herumgeschlungen hatte, damit das Holz keine Schrammen bekam. „Ich schätze, da musst du einfach abwarten und sehen."

Er trat zurück, schaute sofort nach Yvettes Reaktion.

Im Lauf der Jahre, bevor er vor zwei Wochen daran zu arbeiten begonnen hatte, hatte er den Schreibtisch schon eine Million Mal gesehen. In dieser kurzen Zeit hatte er – mit der Hilfe seines Vaters – die Abschnitte hinten und oben so ziemlich in Ruhe gelassen, aber eine Reihe von Schlössern auf den Schubladen vorne ersetzt oder installiert. Es war nicht schick, keine eleganten Einlegearbeiten oder Goldfiligran. Es war das solide Haushaltsgerät eines Arbeiters, von dem Alex hoffte, dass nun ein bisschen Magie darin war.

Yvettes Augen wurden groß, und ihr Mund öffnete sich leicht. Ihr Blick fiel auf die Reihen von kleinen, eckigen

Schubladen oben und auf jeder Seite, dann blieb er an den etwas größeren weiter unten hängen. Sie trat vor, um mit dem Finger über den oberen Abschnitt in der Mitte zu streichen, der von einer geschwungenen Abdeckung zum Rollen für die Schreibfläche verhüllt war.

„Alex. Der ist wunderschön." Sie schaute ihm in die Augen. „Der Schreibtisch ist offensichtlich schon sehr alt. Bist du sicher, dass du ihn mir überlassen willst?"

„Ja." Hätte er irgendwelche Zweifel gehabt, hätte die Miene auf ihrem Gesicht sie weggewischt. Sie wirkte, als hätte sie die Lotterie gewonnen.

Sie stand still da, bevor sie fest nickte und sich mit einem Lächeln umwandte. „Okay. Keine Versprechungen, außer dass ich offen herangehe."

Ein Alarm erklang auf seiner Uhr.

Alex fluchte leise, während er die Nachrichten checkte, bevor er verlegen lächelte. „Das ist meine Warnung. Als ich dir die Nachricht geschickt habe, wusste ich noch nicht, wie mein Arbeitsplan aussehen würde. Meine Schicht auf Silver Stone beginnt in einer halben Stunde. Aber ich kann warten, während du das erste Türchen öffnest."

„Oh. Stimmt." Yvette zog die Schlüsselkette aus ihrer Tasche und trat auf den Schreibtisch zu. Sie hielt inne, dann schaute sie über die Schulter. „Bitte sag mir, dass ich nicht zufällig raten muss, welche Schublade ich öffnen soll."

„Schau auf den Schlüssel", schlug er vor. „Dann schau dir die Schubladen ein bisschen genauer an."

Sie blickte auf ihre Hand, drehte den Schlüsselanhänger um. Dann ging sie in die Knie, strich mit den Fingern über die Vorderseite der Holzschubladen. „Oh, du bist gerissen."

Sie fuhr den Umriss eines Weihnachtsbaums auf einer der kleinsten Schubladen nach, schob den Schlüssel ins Schloss und öffnete es.

# 2

Der Schlüssel drehte sich mühelos, und Yvette zog die Schublade auf, um einen schmalen Umschlag zu entdecken, und einen weiteren Schlüsselanhänger. Der neue hatte eine Sternform und schimmerte golden, ein weiterer winziger Schlüssel hing an der Kette.

„Es ist sehr verführerisch, gleich herauszufinden, welche Schublade er öffnet", erklärte Yvette, wandte sich an Alex, den Schlüssel in einer Hand, den Umschlag in der anderen.

„Jetzt siehst du mal, was für einen Spaß es macht, einen Tag warten zu müssen. Vorfreude." Er wackelte mit den Augenbrauen.

„Nervig ist es", murmelte sie, aber ihre Erheiterung hielt an, während sie den Umschlag öffnete. Darin war eine Geschenkkarte von *Fallen Books*, dem örtlichen unabhängigen Buchladen. Die Höhe …

„*Huch.*" Sie schaute auf.

„Hör nicht bei den Zahlen auf, lies bis ganz nach unten", ermutigte sie Alex.

Eine Sekunde später sah sie es. „… Gutschein für uns *beide*, um eine Reihe Bücher zu kaufen, die uns Spaß machen." Das war hinterhältig. Es gab nur ein Problem. Sie beäugte ihn argwöhnisch. „Du wirst aber nicht versuchen, Bücher für mich auszuwählen, oder?"

„Auf keinen Fall. Du bekommst, was du willst. Ich bekomme, was ich will." Sein Grinsen war wieder da, auch wenn ihm, der Art nach zu urteilen, wie er auf seine Uhr schaute, die Zeit ausging. „Wir können später immer noch tauschen."

„Ach, das Leben ist zu kurz, um schlechte Bücher zu lesen. Und ein schlechtes Buch ist eines, mit dem man nichts anfangen kann."

„Wir kriegen das schon hin", versicherte er ihr. „Stell es dir als Teil des Abenteuers vor."

Yvette schob den Gutschein wieder in den Umschlag, nicht ganz sicher, was als nächstes passieren sollte. „Wann willst du denn in den Laden gehen?"

„Heute Abend hätte ich Zeit. Ich weiß, dass sie lange auf haben. Ich kann vorbei fahren und dich abholen …"

„Treffen wir uns dort", erklärte Yvette bestimmt. „Um sieben?"

Alex lachte leise, während er sich umwandte. „Okay. Wir sehen uns dann."

Verdammt, sie würde ihn nicht ohne Essen gehen lassen. „Moment. Lass mich dir dein Mittagessen geben."

„Behalt, was du willst", beharrte er.

Yvette machte schnell, legte ein Sandwich und ein paar Leckerbissen für sich auf einen Teller, bevor sie den Rest einpackte und in die Tüte schob.

Sie schloss sich ihm auf der Veranda an und hielt ihm das Essen hin. „Danke. Für alles."

Als er nur einen Schritt entfernt innehielt, stockte Yvette der Atem.

Er hatte doch hoffentlich nicht vor, zu versuchen – *irgendwas*. Nicht heute.

Nur als er eine Hand hob, um mit den Knöcheln über ihre Wange zu streichen, waren ihre Füße wie festgeklebt. Ihr Herz hämmerte, und ihr Mund war plötzlich trocken.

„Wir sehen uns heute Abend." Alex sprach leise, seine tiefe Stimme strich über ihre Sinne. Er nahm die Tüte aus ihrem angespannten Griff, dann marschierte er die Stufen hinab zu seinem Truck.

Sie stand immer noch reglos auf der Veranda, als das Rot seiner Heckleuchten in der Ferne verschwand.

Die kalte Brise, die über die winterliche Landschaft blies und sich um ihre Schultern legte, war nötig, um sie aus ihrer fast schon hypnotisierten Unbeweglichkeit zu holen.

In der Hütte verzehrte sie rasch das Mittagessen, dann ging sie zurück in die Tierklinik.

Ein geschäftiger Nachmittag, an dem sie mit Kleintieren beschäftigt war, bot eine wundervolle Ablenkung. Sie hatte keine Zeit, um ihre Gedanken mit der unmöglich verworrenen Situation zu beschäftigen, in die sie zugestimmt hatte, mit beiden Beinen zu springen. Niemand konnte ahnen, dass sie völlig neben sich stand, wegen Alex und allem, was er angefangen hatte.

Oder ... womöglich machte sie es nicht ganz so gut, wie sie es sich vorgestellt hatte.

Vor ihrem Gesicht wurden Finger geschnippt. „Erde an Yvette."

Sie blinzelte und schaute auf, um festzustellen, dass die Frau ihres Chefs sie besorgt anschaute. Lisa Ryders dunkelbraune Haare hingen locker um ihre Schultern, ihre gerade mal ein Jahr alte Tochter Zoë trug sie auf der Hüfte. Die kleine Ollie, der cremefarbene Terrier der Familie, saß zu Lisas

Füßen und beäugte Yvette argwöhnisch, ein leises Grollen kam von ihr.

„Tut mir leid." Yvette richtete sich auf, schaute sich im Wartezimmer um, und sah leere Stühle. „Ich bin etwas abwesend. Ist es Zeit für Ollies Check-up?"

Lisa nickte, noch während sie das Gesicht verzog. „Ich habe nur für den Fall um den letzten Termin des Tages gebeten." Sie schockierte Yvette, indem sie ihr das kleine Mädchen in ihren Armen reichte. „Hier, du hältst Zoë. Ich bringe Ollie in den Untersuchungsraum."

Zoës Augen öffneten sich weit, aber sie tätschelte Yvettes Gesicht, als würde sie ihr die Erlaubnis geben. Lisa beugte sich hinab, um Ollie aufzuheben, und einen Augenblick später waren sie alle im Untersuchungszimmer vereint – Lisa, die Ollie auf dem Tisch hielt, Yvette, die Zoë hielt.

Das grollende Geräusch von Ollie nahm kein Ende.

„Da müssen wir ein bisschen jonglieren", sagte Yvette trocken. „Außer Zoë hat vor, die Untersuchung für mich durchzuführen."

„Stimmt." Lisa verzog das Gericht erneut, bevor sie Zoë nahm und sie zu einem Stuhl an der Seite des Zimmers brachte. „Du bleibst mal kurz hier, okay, Sonnenschein? Mami muss dem Hündchen helfen."

Yvette holte ihr Stethoskop heraus. Sie ging die Untersuchung durch und fragte sich immer noch, weshalb Lisa so abgelenkt wirkte. „Hat Josiah gesagt, er macht sich Sorgen um Ollie? Du wirkst nervös."

„Ach, das." Lisa tätschelte Ollie abwesend. Der Hund wedelte begeistert mit dem Schwanz und lehnte sich in die Liebkosung, während er gleichzeitig Yvette im Auge behielt. „Ähm, nein. Josiah will nur, dass jemand, der nicht zur Familie gehört, die Untersuchungen durchführt."

„Und …?“, ermutigte Yvette sie. Das war auf keinen Fall alles.

Lisas Wangen wurden leicht rosa. Sie schaute über die Schulter zu Zoë, die mit dem Schlüsselanhänger spielte, den Lisa ihr gegeben hatte. Dann schaute sie Yvette in die Augen und sprach leise. „Als ich das letzte Mal schwanger war, wurde Ollie ziemlich beschützerisch, weißt du noch?“

„O mein Gott.“ Yvette spürte, wie ihr ein Lächeln aufs Gesicht trat. „Das sind tolle Neuigkeiten.“

Lisa hob eine Hand. „Es ist echt noch früh, darum ist das alles noch unter dem Deckmantel der Verschwiegenheit. Aber ich hatte bereits den Termin für Ollie vereinbart, und ich wollte nicht absagen.“

Yvette konzentrierte sich auf den normalerweise süßen kleinen Terrier. „Na ja, entweder hat sie es noch nicht raus, oder diesmal hat Ollie vor, nicht zur Beschützerin zu werden, aber ich wünsche dir auf jeden Fall viel Glück.“

„Danke.“ Lisa hob ihre Tochter auf, drückte ihr einen Kuss auf die kleinen Pausbäckchen. „Sie macht uns so viel Spaß, und wir dachten uns, wir machen lieber noch mal einen Versuch, bevor die Görengene zum Vorschein kommen.“

„Du meinst, bevor du mit einem Kind dastehst, das genauso ist wie du?“, scherzte Yvette, bevor sie zuversichtlich anfügte: „Zoë ist liebenswert, genauso wie alle anderen Kinder, die du haben wirst.“

„Das sagst du doch nur, weil mein Mann dein Boss ist.“

„Ich sage das, weil es stimmt. Außerdem werde ich Josiah sagen, wenn ihr Kinder habt, die weniger als zwei Jahre auseinander sind, muss er die abendlichen Pflichten mit dem Ältesten übernehmen.“

„Tolle Idee“, sagte Lisa. „Hey, ich wollte mit dir über Madisons Baby Shower reden. Kannst du heute Abend rüberkommen? Hanna bringt Crissy mit, meine Schwester

Tamara wird auch mit ihrer ganzen Brut da sein, also können wir plaudern, während die Kinder spielen."

„Klingt witzig." Normalerweise hätte sie nur zu gerne mitgemacht. Zeit mit den Frauen zu verbringen, die sie in Heart Falls kennengelernt hatte, war immer toll, aber es gab eine andere Zusage, mit der sie sich schon viel zu viel beschäftigte. „Ich muss es allerdings verschieben. Ich bin heute Abend schon verplant."

„Okay. Was hast du denn vor?"

Lisa war von Natur aus neugierig. Es gab absolut keinen Grund, weshalb Yvette diese Frage nicht ehrlich und mühelos beantworten konnte. „Ich gehe in den Buchladen."

Verdammt. Ihre Wangen wurden rot. Sie glühten bestimmt, besonders, wenn man den Blick bedachte, den Lisa ihr zuwarf.

Yvette konzentrierte sich auf Ollie, versuchte die Frage in Lisas Augen zu ignorieren.

Lisa wehrte sich auf die schlimmstmögliche Art.

Sie blieb still.

„Ich treffe mich mit Alex." Die Worte brachen aus ihr hervor, und Yvette seufzte dramatisch. „Er hat mir einen Schreibtisch-Adventskalender geschenkt, und der erste Tag sind Bücher."

Zoë schüttelte die Schlüssel begeistert, Ollie bellte, und nichts davon reichte, um Lisa abzulenken, oder das höchst interessierte Lächeln zu unterbinden, das auf ihr Gesicht trat. „*Echt?* Er hat dir ... einen Kalender-*Schreibtisch* geschenkt?"

„Wie diese typischen Dinger, mit denen man einen Countdown für Weihnachten macht. Nur größer." Peinlich. Sie musste rauskriegen, wie genau man das nennen sollte. Und wie man das nennen sollte, was zwischen ihr und Alex vor sich ging.

„Ist es also ein Date?" Lisa hob einen Finger. „Bitte,

versuch das nicht zu leugnen, denn du würdest nicht einen Abend mit uns aufgeben, nur um in den Buchladen zu gehen."

„Vielleicht liebe ich einfach nur Bücher", sagte Yvette ernsthaft.

„Natürlich tust du das, aber du triffst dich trotzdem mit ihm." Lisa tätschelte ihr die Schulter. „Schon okay. Ich mag ihn."

„Das ist doch nur ein Date", sagte Yvette. Dieses Wort zu benutzen, fühlte sich ... seltsam an. „Aber ich fühle mich schlecht, denn ich wollte helfen, diese Shower zu planen."

Lisa wedelte mit der Hand. „Das passiert doch erst früh im Januar. Wir werden in ein paar Tagen wieder plaudern. Damit bekomme ich die Gelegenheit, genau herauszufinden, wie die Dinge zwischen dir und Alex laufen. Ein voller Bericht."

„Du bist nervig", setzte Yvette die Frau in Kenntnis.

„Das höre ich oft." Lisa grinste noch breiter.

Es dauerte nicht lang, mit Ollie fertig zu werden. Lisa plauderte mühelos über andere Angelegenheiten, hielt erneut ihr kleines Mädchen. Zoë lachte wie eine verrückte Fee, während der Hund sie ableckte, wann immer er eine Gelegenheit bekam.

Die Laune war locker und glücklich, und Yvette schwebte aus dem Büro, während in ihren Adern ein zufriedenes Gefühl anhielt.

Sie hatte ein Date. Alex ging mit ihr aus. Er hatte ihr einen Schreibtisch voller Schubladen gemacht, die mit geheimen Schätzen gefüllt waren, und heute Abend kauften sie Bücher.

Es wirkte magisch. Es wirkte zu gut, um wahr zu sein.

Es wirkte zu gut, um *anzuhalten*.

Yvette erschauerte, als das Echo gedankenlosen Gelächters in ihren Erinnerungen erklang. Ihre Geschwister, die sie ärgerten. Die sie aufzogen, weil sie nicht war wie sie. Weil ihre Ziele andere waren.

*Sie* war anders.

*Weshalb kannst du nicht bodenständiger sein, Yvette?*

*Himmel, Kind, beweg doch mal beide Füße.*

*Dummes Mädchen, jagt immer irgendwelchen Träumen nach. Du bist nicht gut genug für ihn.*

*Nicht gut für genug für uns.*

*Nicht gut genug.*

Ein kalter Wind wehte über sie hinweg, während sie sich dem kleinen Haus näherte, in dem sie die letzten beiden Jahre gewohnt hatte, und sie erschauerte.

Wut schoss hoch.

*Scheiß doch drauf.* Yvette schob die düsteren Gedanken zur Seite. Sie hatte ein Date. Die Stimmen konnten sich verpissen.

FALLEN BOOKS roch nach Abenteuern und Hoffnung.

Alex kicherte über seinen poetischen Gedankengang, noch während er sich in den bequemen Sessel zurücklehnte, den er für sich beansprucht hatte, weit hinten in einer gemütlichen Nische des Ladens. Er schloss die Augen und atmete tief ein.

Knisternde neue Seiten, ein feiner Hauch von Duftkerzen und irgendein Gewürztee kitzelten seine Sinne. So ziemlich das perfekte Buchhandlungsaroma.

Das sollten sie irgendwie in Flaschen füllen oder in eine Kerze geben oder so was.

Er war um halb sieben angekommen, damit er genug Zeit haben würde, sich umzusehen und ein paar Entscheidungen zu treffen, bevor sich Yvette ihm anschloss.

Tag eins. Noch innerhalb dieser Stunde würden sie offiziell etwas anfangen, von dem Alex hoffte, dass es eine epische Reise werden würde.

Den Teil, den er mit seinem Inneren irgendwie ausmachen

musste, war, dass er aufhörte, zu hoffen, dass die ganze Zeit alles glatt laufen würde. Es war aber schwierig. Je mehr Zeit er zum Planen gehabt hatte, und je mehr Gegenstände er auf seine Liste gesetzt hatte, desto leichter war es gewesen, sich vorzustellen, am anderen Ende mit Yvette an seiner Seite wieder herauszukommen.

Verdammt sei seine optimistische Seele. Er musste echt mal mit seinen Pflegeeltern reden. Vielleicht hätte er in seiner Teenagerzeit weniger positive Erfahrungen sammeln sollen – das hätte ihm die fröhlich-positive Einstellung vielleicht direkt ausgetrieben.

Sie waren nicht perfekt gewesen, aber das eine, was sie ihm beigebracht hatten, war, dass zum Erfolg eine Menge Träume gehörten. Und dann gehörte dazu eine Menge harte Arbeit, die man einbringen musste.

So sollte es sein. Dieser kleine Augenblick mit *Bleib-realistisch*-Gedanken war nun von hundert Prozent perfekter Weihnachtsbegeisterung rausgeworfen worden. Alex würde sein Alleräußerstes geben, um sicherzustellen, dass er und Yvette mehr als Freunde waren, wenn Weihnachten kam.

Er blätterte durch eines seiner Bücher, im Hintergrund liefen Weihnachtslieder. Sehr passend fing „I Know What I Want for Christmas“ von George Strait an, und Alex grinste, während er mitsummte.

„Dir ist schon klar, dass das eine Buchhandlung ist, keine Bibliothek.“

Die Aussage kam ganz trocken mit nur einem Hauch Warnung, als Sonora Fallen sich in den Sessel neben seinen setzte. Die Frau war beeindruckend auf eine solide, zufriedene Art. Mit Anfang sechzig hatte sie lange, silberweiße Haare, die sie normalerweise zu einem Zopf geflochten trug, denn sie arbeitete in der Tierrettung auf der Ranch, wo sie wohnte. Heute Abend hatte sie die Haare offen, und einen Augenblick konnte Alex einen Hauch davon erkennen, wie sie wahrscheinlich Anfang zwanzig ausgesehen hatte. Mutig, furchtlos und herrlich schön.

Alex legte eine Hand auf den Stapel Bücher, der auf dem Tisch zwischen ihnen war. „Ich habe vor, die alle zu kaufen."

„Ach." Sie lehnte sich in ihrem Sessel zurück und verschränkte die Arme im Schoß, dann musterte sie ihn genau. „Du warst monatelang weg."

„War ich. Ich bin zurückgekommen."

Ihr Blick blieb auf sein Gesicht gerichtet. Abschätzend – was ein bisschen besorgniserregend war, denn sie war nicht nur schlau wie ein Fuchs, sie war auch ein paar Mal dabei gewesen, als er sich nicht gerade von einer besten Seite gezeigt hatte. Darunter das eine Mal, als er es geschafft hatte, in sämtliche Fettnäpfchen zu springen, was Yvette betraf.

Und natürlich gingen Sonoras Augenbrauen hoch. „Hast du irgendwelche Manieren gelernt, während du weg warst?"

Es war interessant, festzustellen, dass er ganz aufrecht da saß, nicht mehr zusammengesunken und entspannt, sondern als gäbe es eine Inspektion. „Ja, Ma'am."

Sie gab ein Geräusch von sich, das man vielleicht ein Schnauben nennen konnte, bevor sie seinen Stapel Bücher auf den Schoß holte. Still musterte sie ein jedes, bevor sie sie wieder stapelte.

Alex arbeitete schon viele Jahre auf der Silver Stone Ranch. Dabei und während seiner Zeit auf der Feuerwache hatte er den Vorarbeiter Ashton Stewart ziemlich gut kennengelernt. Ashton, der, wie sie alle überzeugt waren, etwas für die Frau übrig hatte, die neben ihm saß. Ashton war auch in den Sechzigern und sagte normalerweise so wenig wie möglich über seine Beziehungssituation.

Was es nur um einiges verführerischer für Alex machte, sich dem Thema zuzuwenden.

„Ich treffe später Ashton", setzte Alex Sonora in Kenntnis.

Ihre Hände blieben ruhig, während sie die Seiten umblätterte. Ihre Stimme war kühl, als sie antwortete: „Davon würde ich mal ausgehen."

Alex wollte gerade anbieten, ihn von ihr zu grüßen, als die Glocke über der Tür läutete und Yvette hereinkam.

Bevor sie auch nur mitten im Gang ankam, war er schon bei ihr. „Du bist früh dran."

„Ich dachte, ich würde mich mal eine Weile umsehen", sagte sie, ihre Lippen zuckten, während sie einen Blick zu ihm warf. „Du bist mir zuvorgekommen."

Er grinste.

Sonora war verschwunden, der Vorhang hinter dem Schreibtisch wackelte noch. Alex würde die neckenden Fragen später wieder aufnehmen, wenn es passte.

Vorerst konzentrierte er seine Aufmerksamkeit auf Yvette. „Warst du hier schon mal?"

„Ein paarmal", erklärte sie ihm. Sie hielt inne, und Alex lächelte, als ihm klar wurde, dass sie tief einatmete, Anerkennung trat auf ihre Züge. „Ich liebe diesen Geruch."

Alex deutete auf eine Ecke des Ladens. „Ich habe bereits ein paar Bücher ausgesucht, also mach und schau dich um. Willst du, dass ich dir eine Tasse Tee hole?"

„Chai, falls sie den haben, bitte." Ohne einen Blick zurück wanderte Yvette in die hohen Regale mit ihren bunten Ausstellungstischen.

Er drehte sich um, um festzustellen, dass Sonora wieder da war, sie stand hinter dem Tresen, eine Augenbraue gehoben. „Die Geschichte wird interessanter", murmelte sie.

Er räusperte sich. „Buchfreunde", sagte er zu Erklärung.

„Ach." Sonora stemmte die Hände auf den Tresen und lehnte sich vor. „Junger Mann."

Die Versuchung, sich gerade aufzurichten, war stark. Diese

Frau war in einem vergangenen Leben bestimmt beim Militär gewesen. „Ja, Ma'am?"

„Das ist eine wunderbare junge Frau." Ihr Blick huschte kurz zu Yvette, bevor er sich wieder auf Alex richtete, eine äußerst strenge Miene machte sich breit. „Benimm dich."

„Ma'am, es gibt nichts, was Sie mir sagen können, das meine eigene Mutter mir nicht bereits gesagt hat, mehrfach, besonders in den letzten sechs Monaten", versicherte Alex ihr.

Was keine *Ja, ich werde mich benehmen*-Antwort war, denn auf seiner Liste, was in den nächsten gut drei Wochen vielleicht passieren könnte, stand auch einiges an Danebenbenehmen. Hoffte er.

Wenn alles gut ging.

Sonora seufzte. „Du bist so schlimm wie meine Enkeltöchter. Glaub ja nicht, ich habe dich nicht bei deinem Doppelsprech erwischt." Sie schüttelte den Kopf. „Ich hole dir den Chai."

Danach schien Sonora magisch verschwunden zu sein. Vielleicht dachte sie sich, nachdem sie ihre Warnung vorgebracht hatte, es läge nun an Yvette, sich um sich selbst zu kümmern. Oder vielleicht dachte sich Sonora, wenn sie wie üblich Ashton aufstachelte, würde sie gleichzeitig auch Alex im Auge behalten.

Alex schob das alles zur Seite und ging Yvette nach.

Er fand sie in der Abteilung mit True Crime. „Echt jetzt?"

Sie hatte bereits drei Bücher in ihrem Stapel. „Malachi Fields bestellt mir regelmäßig neue Krimis. Aber das ist eine schöne Überraschung."

Sie hielt ein besonders dickes Buch hoch, zu dem Serienmörder und uralte Fälle gehörten.

„Yvette Wright, willst du sagen, du stehst auf blutrünstige Bücher?"

„Ich mag eine bunte Mischung aus Geschichten." Sie warf

einen Blick zur Seite, wo die beiden dampfenden Tassen auf dem Tisch zwischen ihren Stühlen standen. „Schauen wir doch mal, was du ausgesucht hast."

Einen Augenblick später hatte sie ihre blutigen Bücher an seine Brust geschoben, damit sie sich in dem Sessel niederlassen und durch seinen Stapel stöbern konnte.

Yvette drehte die obersten Bücher um und schaute überrascht auf. „Fantasy. Ich hätte nie gedacht, dass du so ein Hochelfentyp wärst."

„Science Fiction, Science Fantasy. High Fantasy." Er legte ihre Bücher auf einen Nebentisch, drehte das erste mit dem Cover nach unten, damit er sich nicht das Bild mit dem Blut, das von einem Messer triefte, ansehen musste.

Der Glanzlack darauf ließ es ein bisschen zu echt aussehen.

„Erfundenes Zeug", erklärte Yvette.

„Sogar das echte Zeug hat meistens ein bisschen Erfundenes dabei." Er lehnte sich zurück und nahm sich die Zeit, Yvette zu bewundern, während sie damit beschäftigt war, den Klappentext seiner Auswahl durchzulesen.

Sie hatte eine Leggins mit Schneeflockenmuster an. Ein blauer Pulli lag über ihren Kurven, die Schatten betonten ihre verführerische Gestalt. Volle Brüste und ein starker Oberkörper. Beine, die kilometerlang waren. Hände, bei denen er spüren wollte, wie sie über seine Brust strichen, so wie ihre Finger über den Buchrücken fuhren …

*Konzentrier dich, verdammt.* Bücher, nicht Starren, standen derzeit auf der Agenda.

Er zwang sich, ihr ins Gesicht zu schauen, damit sie sich in die Augen blickten, als er redete. „Ich habe ein paar historische Romane gelesen, aber der Großteil davon ist voller Schlachten, in der sich Menschen einander Grausames antun, und darauf stehe ich nicht. Darum funktioniert historische Fantasy für mich besser."

„In der Geschichte gibt es ziemlich viel Hässliches", stimmte sie zu. Sie nippte nachdenklich an ihrem Tee, ihr Blick wanderte über ihn. „Du musst mir keine Bücher kaufen."

*Was?*

Das hatte er wohl laut gesagt, denn sie senkte die Tasse und lehnte sich im Sessel vor, ihre Miene war besorgt.

„Ich weiß nicht, ob wir das tun sollten", sagte Yvette leise. „Ich meine, es ist echt süß, dass du diesen Schreibtisch zu etwas Einzigartigem gemacht hast. Du hast da offensichtlich eine Menge Mühe hineingegeben. Das will ich nicht niedermachen. Ich bin mir aber nicht sicher, ob das funktioniert ..."

„Weil unsere Bücherauswahl nicht übereinstimmt?" Alex lachte leise. In dieses Geräusch gab er eine Tonne Energie, denn wenn sie es abblies, wären sie fertig. Er würde sie mit ganzer Kraft erobern, aber nur, wenn sie erobert werden wollte.

Er wollte, dass das funktionierte. Er plante, dass es funktionierte, aber sie musste das Gefühl haben, die Kontrolle zu haben.

Yvette beäugte ihn verwirrt. „Unsere Lesevorlieben stimmen nicht nur nicht überein, sie sind unterschiedlich wie Nacht und Tag. Ich sage dir das gleich jetzt, ich habe überhaupt kein Interesse an einem der Bücher, die du kaufen möchtest."

„Vertrau mir, ich habe nicht die Absicht, deine zu lesen." Er schüttelte den Kopf und lächelte sie an. „Ich bin echt überrascht, wenn man bedenkt, dass unsere Berufe manchmal einiges an Blut und Ekel beinhalten. Ich hätte gedacht, das meidest du bei deiner Lektüre. Aber es ist, was es ist."

Yvette beobachtete ihn und wartete.

Alex stürzte die Ellbogen auf die Knie. „Hier kommt der wichtige Teil. Wir lesen beide."

Yvettes Mund stand offen, vermutlich, weil sie sich darauf vorbereitete, ihm abermals zu erzählen, dass sie es abblasen mussten, bevor sie auch nur anfingen.

Aber jetzt schloss sie ihn. Von ihr kann ein leises Geräusch, irgendwie unwillig, und sie neigte den Kopf. „Du hast recht."

„Wann liest du denn?", fragte er, die Hoffnung kehrte wieder, als Yvette sich niederließ. Zum Glück wirkte sie nicht mehr, als würde sie gleich aus dem Laden flüchten wollen.

„Wann immer ich kann. Viel zu viel." Yvette schaute ihm in die Augen. „Tut mir leid. Ich bin ein bisschen nervös. Ich habe gesagt, ich würde dir vertrauen und das Ganze mal versuchen. Du hast dir offensichtlich nicht nur eine Menge Mühe dabei gegeben, sondern auch sehr viel drüber nachgedacht."

„Du musst dich nicht entschuldigen. Ich verstehe das", versicherte er ihr. „Ich stehe auch irgendwie auf wackligem Boden."

Einen Augenblick lang schauten sie einander nur an. Das sanfte Geräusch der Weihnachtslieder erklang im Hintergrund, während die Wärme des Buchladens sich um sie beide legte.

„Wann sollte ich denn die nächste Schublade öffnen?", fragte Yvette.

Sein Herz schlug wieder schneller. Gut. Sie waren immer noch in die richtige Richtung unterwegs. „An Tag zwei. Jederzeit, wenn du morgen möchtest."

Ihre Lippen wölbten sich leicht. „Lass mich die Frage anders stellen. Du hast gesagt, einige Schubladen würde ich allein öffnen, einige mit dir. Was ist morgen?"

„Allein." Das hätte er gleich von Anfang an klarer machen sollen. „Ich habe ein paar Sachen vorweggenommen, basierend auf typischen Aktivitäten in Heart Falls im Dezember. Hattest du vor, beim Packen der Weihnachtskörbe der Tafel am Samstag zu helfen?"

Sie klappte ihr Handy auf und schaute auf den Kalender. „Ja. Ich habe den ganzen Tag frei."

„Wenn es dann in Ordnung für dich ist, würde ich ein Mittagessen zu dir bringen. Du kannst Tag vier öffnen, und wir gehen um vier Uhr zu dem Event im *Rough Cut*."

„Planen wir da, die ganze Zeit über Mittag zu essen? Denn ich weiß nicht, ob ich vor den Feiertagen so viel essen möchte."

Er lachte. „Wir werden nicht die ganze Zeit essen. Dein Geschenk am Samstag muss man ein bisschen zusammenbauen."

Yvette nickte langsam, bevor sie ihm in die Augen schaute, und diesmal war ein Teil des Zögerns weg. Neugier und Erheiterung standen an seiner Stelle. „Okay."

*Okay*.

Tag eins. Pläne für Tag vier bereits gefasst. Alex zog ein Buch aus dem Regal an seiner Seite, und in der nächsten Stunde gingen sie durch den Laden und sprachen über Bücher.

Ihre gemeinsame Zeit war nach allgemeinen Standards ein bisschen unbehaglich, aber sie war auch weit weniger streitsam als einige ihrer vorherigen Begegnungen.

Es war ein Anfang, und mehr hätte Alex sich gar nicht wünschen können.

# 3

Natürlich war ihre veränderte Beziehung nun Kanonenfutter für die Gespräche in Heart Falls. Das fand Alex am nächsten Tag heraus, als er unterwegs zur Feuerwache war.

Seine erste Schicht, nun, da er zurück war, begann erst um zwei Uhr nachmittags, aber der Brandmeister Bradley Ford hatte ihn gebeten, früher zu kommen. Nachdem Brad so gut gewesen war, Alex im letzten Jahr von einem Augenblick auf den anderen gehen zu lassen, ohne dass er gewusst hatte, wann er zurückkehrte, dachte sich Alex, er müsse sein Glück in den nächsten paar Monaten bestimmt zurückzahlen.

Nicht, dass es ihm etwas ausmachte. Keiner aus der Mannschaft, mit dem er auf der Feuerwache gearbeitet hatte, forderte von ihm weniger als volle Bewunderung ein.

Die beiden Männer, die Alex als seine besten Freunde betrachtete, waren Mack und Ryan. Mack Klassen, der leitende Feuerwehrmann, war früher beim Militär gewesen und absolut solide. Ryan Zhao betrieb den Pub vor Ort, das *Rough Cut*, und arbeitete gleichzeitig als Freiwilliger. Dazu kamen Brad und Ashton, der auch Schichten in der Feuerwache leitete, und Alex war von einer Gruppe Männer umgeben, von denen er wusste, dass sie ihm nicht nur den Rücken stärkten, sondern auch bereit waren, ihm in den Hintern zu treten, falls es nötig wurde.

Er raste die Stufen hinauf ins Obergeschoss, direkt über der Garage für die Feuerwehrautos. Der Hauptbereich oben war dreigeteilt. Erst kam eine Küche mit Versammlungsraum, wo sie Mahlzeiten auftischten und sich für technische Fortbildungen trafen. Der nächste Bereich war ein Gemeinschaftsraum, in dem man seine Ruhe hatte oder sich etwas entspannter unterhielt, mit Sofas und Liegen, die in kleinen Gruppen beisammen standen. Im letzten Bereich waren der Duschraum und die Schlafabteile.

Der einzige Privatraum, der früher von Mack besetzt gewesen war, stand immer noch leer. In den letzten beiden Jahren hatte Heart Falls langsam die Anzahl der Freiwilligen erhöht, bis es genug Leute gab, die Nachtschichten übernehmen wollten, also hatten sie sich nicht die Mühe gemacht, den Raum wieder zu füllen.

Alex kam oben an der Treppe an und blieb abrupt stehen.

Als hätte der Gedanke an ihren Namen sie heraufbeschworen, schaute sich Alex schockiert am Tisch um, um festzustehen, dass nicht nur Brad, sondern auch der Rest der leitenden Mannschaft da war. Darunter Ashton, den Alex vor nicht mal zwanzig Minuten auf der Silver Stone Ranch zurückgelassen hatte.

Brad zog einen Stuhl heraus und tätschelte ihn irgendwie Unheil kündend. „Alex, Kumpel. Setz dich."

Er hatte nicht erwartet, dass er hier einen Spießrutenlauf hinlegen musste, aber Alex ging vor und versuchte, äußerlich so entspannt wie möglich zu wirken. „Na sieh mal einer an, ein Salut mit erhobenen Gewehren. Schön, dass ihr euch alle die Zeit genommen habt, mich wieder willkommen zu heißen."

Ryan grinste, seine schwarzen Haare schwangen über der Stirn. Als er sich vorbeugte, funkelte Schabernack in seinen dunklen Augen. „Das ist ein Verhör. Du musst Informationen rausrücken."

„Ganz genau, so ist es", stimmte Mack zu. „Sehen wir mal: ‚Hi, ich hab mich nur gefragt. Ich brauch eine Info und dachte, du kannst vielleicht helfen.' Haben so nicht alle E-Mails angefangen?"

„Meine schon."

„Meine auch."

„Und meine."

Scheiße. Als er sich auf die Suche nach Informationen über Yvette gemacht hatte, hatte Alex sein Bestes getan, die Fragen verdeckt zu stellen. Er hatte darauf vertraut, dass die Typen nicht voreinander erwähnen würden, was er vorhatte.

Er sah aus, als hätte er sich geirrt. Trotzdem würde er nichts zugeben, außer er musste.

Er ließ sich in den Stuhl fallen und sank betont zurück, verschränkte die Arme vor der Brust. „Stellt eure Fragen, aber ich will, dass vorweg festgehalten wird, dass ihr alle schlimmer seid als die berüchtigten alten Tratschtanten."

„Was gibt es denn sonst zu tun, während wir Schicht haben, von Mitternacht bis sieben Uhr, an einem völlig ruhigen Abend?", fragte Brad. Er rieb sich mit den Fingern über den Bart. „Spuck es aus. Was zum Teufel machst du mit Yvette?"

„Wir sind keine alten Tratschtanten", klärte Ryan rasch. „Wir achten hier auf eine Freundin. Außerdem eine gute Freundin von unseren Damen."

Alex kicherte. „Ihr meint also, dass eure Frauen euch dazu treiben, mich zu löchern."

„Klar. Wenn du dich damit besser fühlst", sagte Ryan.

„Ich habe keine Freundin, und ich will trotzdem wissen, was los ist.“ Das kam von Ashton.

Alex stand so dicht davor, den alten Mann wegen dieser glatten Lüge vorzuführen. Alle in der Stadt wussten, dass zwischen Ashton und Sonora Fallen *etwas* lief, obwohl sie sich weigerten, in die Öffentlichkeit zu treten und es zuzugeben. Aber nach seiner kleinen Unterhaltung mit Sonora am Vortag wusste Alex verdammt gut, dass die Frau so neugierig war, wie es nur ging. Das bedeutete, dass Ashton etwas Schmutz wollte, den er mit ihr teilen konnte, darauf hätte er gewettet.

Alex zuckte unverbindlich mit der Schulter. „Es ist genau das, was ich gesagt habe, als ich Kontakt mit euch aufgenommen habe. Ich wollte Yvette ein Geschenk machen, und ich wollte, dass es etwas ist, an dem sie Spaß hat.“

„Schön zu sehen, dass du dich endlich mal zusammenreißt und loslegst. Du bist langsamer als Molasse an einem kalten Tag.“ Das kam von Ryan. Sein Freund wirkte viel zu erheitert.

Alex imitierte, so gut es ging, einen Vulkanier. „Sagt der Mann, der viel zu lange gebraucht hat, um zu merken, dass er in seine beste Freundin verliebt ist.“

„Ja, aber als es ihm schließlich klar wurde, hat er doppelt so schnell gemacht, sie an sich zu binden und in die Familie zu holen. Maddy sieht aus, als würde sie bald platzen.“ Mack beugte sich vor und schüttelte den Kopf. „Du hast bald einen Teenager und ein Baby im selben Haus. Du stehst wohl auf Bestrafung.“

Ryan hob eine Hand. „Madison hat Erfahrung mit Kindern. Und Talia ist ganz begeistert, obwohl sie sich immer noch leichte Sorgen macht, dass es ein Junge wird. Sie glaubt, eine kleine Schwester würde weniger weinen als ein männlicher Nachkomme.“

„Ist nicht deine Schuld, dass beim Großteil ihrer Freundinnen kleine Brüder ankamen“, sagte Brad.

Alex schnaubte. „Und genau wessen Schuld glaubst du, ist das? Ich erinnere mich irgendwie, dass du einen ziemlich lauten Sohn hast."

„Guter Versuch, uns auf ein anderes Thema zu bringen." Mack stürzte die Ellbogen auf den Tisch und schaute Alex direkt in die Augen. „Also, du und Yvette."

„Hoffentlich, aber gibt es noch keine Garantie", erklärte Alex rasch. „Seht mal, ich weiß, dass das zum Teil daran liegt, weil ihr neugierige Frauen habt, und zum Teil, weil ihr alle auch selbst superneugierig seid. Also hier kommt es. Ihr wart alle eine große Hilfe, um etwas für den Dezember zusammenzustellen, von dem ich hoffe, es ist ein toller Plan, um einander kennenzulernen. Ich hoffe, ihr seht uns oft zusammen, aber darüber hinaus rückt mal ab und lasst uns etwas Platz."

Ashton grinste viel zu breit. „Ich weiß nicht, ob wir das tun können."

Brad wies mit dem Daumen in Ashtons Richtung. „Genau, was er sagt."

„Ist ja nicht, als wollten wir nicht, dass du Erfolg hast", erklärte Mack „Es ist nur so, dass wir uns schon sehr lange darauf freuen, dich durch dieses heikle Zeug mit der Beziehung zu lotsen."

„Unsinn." Ryan schaute zu den anderen Jungs am Tisch, bevor er sich mit einem Grinsen wieder zu Alex wandte. „Die sind alle viel zu nett. Hier wird zurückgezahlt, Kumpel. Für all die Male, als du dich eingemischt hast, und all die Male, in denen du uns reingelegt hast, stützen wir dir jetzt den Rücken."

„Warum klingt das eher wie eine Drohung als ein Versprechen?"

„Er ist verdammt klug. Manchmal", sagte Brad locker, während er sich zu Ashton wandte.

Ashton lachte nur leise.

Toll. Nicht nur würde er Yvette dazu bringen müssen, bei seinen Plänen mitzumachen, er würde sich auch mit wohlmeinenden, sich einmischenden brüderlichen Helfern herumschlagen müssen.

So sollte es sein. „Ihr seid alle ein Haufen Idioten."

„Auf jeden Fall." Mack wackelte mit den Augenbrauen. „Ich hoffe, dir ist klar, ganz gleich, wie sehr du es versuchst, es gibt eines, was du und Yvette nicht erreichen werdet."

Alex hielt inne, als er sich gerade vom Stuhl erheben wollte. „Was denn?"

Mack verschränkte die Arme vor der Brust und lehnte sich zurück, Erheiterung auf dem Gesicht. „Es gibt nun einen offiziellen jährlichen Hässlichen-Pulli-Wettbewerb der Feuerwehr. Brooke und ich haben das schon mehr oder weniger eingesackt. Wartet nur ab und seht."

Gelächter erklang. Alex schaute sich unter der Gruppe Männer um. Zusammen mit den Plänen, die er für diesen Monat mit Yvette gefasst hatte, schlängelte sich etwas Warmes und Glückliches durch seinen ganzen Körper.

Gute Leute. Gute Hoffnungen für die Zukunft. Er hatte es gesagt – nichts war garantiert, aber er fühlte sich optimistisch und entschlossen.

Er würde das zur denkwürdigsten Weihnachtssaison aller Zeiten für eine besondere, schöne Tierärztin machen.

Yvette hatte den ersten Weihnachtsfeiertag schon immer geliebt. Sie war eines dieser Kinder gewesen, die man kaum zum Schlafen bringen konnte, und war immer viel zu früh für sonst jemanden in der Familie unten gewesen, um den Baum anzuschauen.

Sie liebte das Gefühl der Vorfreude und die Schmetterlinge, die in ihrem Bauch flatterten. Damit fühlte sie sich lebendig. Fühlte sich, als würde sie bebend am Rande fantastischer neuer Entdeckungen stehen.

Der Schlüssel, den sie in der Schublade des ersten Tages gefunden hatte, verursachte bei ihr das gleiche Gefühl wie Weihnachten. Während sie im Bett lag und an die Decke schaute, plante Yvette ihren Vormittag, um das kribblige Gefühl so lange wie möglich hinauszuzögern.

Alex hatte recht gehabt. Vorfreude war eine mächtige Droge.

Sie zog den Schlüsselring unter ihrem Kissen hervor – ja, so besessen war sie davon. Ihn irgendwo herumliegen zu lassen, hatte falsch gewirkt.

Einmal mehr enthüllte der Schlüssel selbst keine Geheimnisse, aber inzwischen hatte sie Zeit gehabt, den Stern genauer zu untersuchen, und er glänzte mehr, als sie erst angenommen hatte. Als sie einen kleinen Knopf hinten drückte, lösten sich die beiden Hälften weit genug voneinander, dass sie den Stern an etwas Spitzes stecken konnte, etwa das Ende eines Bleistifts.

Sie musste diese hübschen Kinkerlitzchen irgendwo hinstellen, wo sie sie bewundern konnte.

Dieser Gedanke reichte, um ihre Beine in Bewegung zu setzen, sodass sie die Bettlaken zurückwarf und in die Kühle der Hütte ging. Sie nahm sich Zeit, das Feuer anzuschüren und den Kessel aufzusetzen, bevor sie sich umdrehte und ihre Möglichkeiten musterte.

Das Gute an ihrem vollgestopften Wohnraum war, dass sie echt alles machen konnte, was sie wollte. Anders als ihre Mutter oder Schwester, deren ordentliches Haus sich immer anfühlte, als hätten sie das Konzept des Minimalismus bis hin zu einer klosterartigen Kargheit getrieben.

Vielleicht machte es sie glücklich, aber es war so weit weg von gemütlich und visuell ansprechend, wie Yvette es sich nur vorstellen konnte. Sie war nicht unordentlich – was normalerweise die Bemerkung war, die sie zu ihrem Einrichtungsstil machten, mit der sie sie am allermeisten gegen sich aufbrachten. Wenn man viel hatte, bedeutete das nicht, dass dazu auch Schmutz gehörte.

Sie hatte *Schätze*.

„Okay. Neu konzentrieren." Yvette legte sich betont die Hände aufs Gesicht und stieß einen langen Atemzug aus.

In diesem Augenblick ging es darum, etwas Witziges und Spannendes zu zelebrieren und sich nicht mit Familiendämonen herumzuschlagen. Yvette starrte den Stern an, der in ihren Händen lag, dachte an den Vorabend zurück. An Alex, und wie es sich anfühlte, Zeit mit ihm zu verbringen.

Es war echt nichts falsch an dem, was sie taten. Vielleicht würde nichts aus dieser Eskapade werden, aber sie hatte kein solches Überangebot an Freunden, dass sie es nicht genießen konnte, noch einen zu bekommen.

Die Inspiration traf sie. Yvette griff unter den Tisch und zog einen Block mit Karopapier heraus. Nach ein paar Minuten mit der Schere und ein paar schicken Heftklammern hatte sie ein neues Meisterwerk geschaffen.

Als sie fertig war, war die rustikale Landszene, die sie letzten Sommer auf einem Flohmarkt mitgenommen hatte, neu ausgestattet. Das Gemälde war oben von blauem Papier überdeckt, während unten weißes Papier war, mit einem sehr amateurhaften Weihnachtsbaum, der fast den Rest des Rahmens füllte.

Reißzwecken, die in einem zufälligen Muster auf die Leinwand gedrückt wurden und in der soliden hölzernen Rückseite steckten, würden dafür sorgen, dass sie die hübschen Kinkerlitzchen, die sie fand, einfach ausstellen konnte.

Den ersten Schlüsselanhänger aufzuhängen – den Weihnachtsbaum – brachte ihren Bauch zum Blubbern.

Betont legte sie den Schlüsselanhänger mit dem Stern auf den Tisch und machte sich Frühstück, behielt aber die Zeit im Auge. Fünfzehn Minuten, bevor sie für die Arbeit fertig sein musste, fand sie die Schublade, die mit dem Stern markiert war, und öffnete sie.

Ein weiterer Schlüsselanhänger und eine kleine Stofftasche lagen unten in der kleinen Schublade. Yvette schüttete den Inhalt auf ihre Handfläche.

„Oh, Alex."

Ein silbernes Bettelarmband lag auf ihrer Hand, daran hingen bereits ein winziger Baum und ein Stern. Ein Beben stahl sich über ihre Haut.

Sie hatte sich schon immer ein solches Armband gewünscht.

Yvette hängte den Schlüsselanhänger mit dem Stern und den in der Form einer Zuckerstange von Tag drei an ihren neu geschaffenen Wandschmuck mit Weihnachtsbaum. Sie richtete den Stern so aus, dass er oben auf dem Baum steckte.

Das Armband legte sie vorsichtig in eine Schublade in ihrem Schlafzimmer.

Die Zeit verging rasch, ohne ihr die Gelegenheit zu bieten, sich hinzusetzen und das Armband zu streicheln, wie sie es wollte. Jeder Instinkt in ihr rief ihr zu, sie sollte Alex sagen, das wäre zu viel.

Sie liebte es aber. Das Armband war perfekt. Es war zu viel, und ...

Es war perfekt.

Sie zog ihren Kittel an, als das Handy läutete. Yvette ging ran, ohne hinzuschauen, den Blick immer noch auf die hübsche Ausstellung vor ihr gerichtet, und ihre Gedanken bei Alex und dem wilden Abenteuer, auf das er sie geführt hatte. „Ja? Was ist?"

Am anderen Ende der Leitung wurde ein genervtes Seufzen hörbar. „Wie erwartest du denn, dass Leute dich ernst nehmen, wenn du so was machst?"

Das fröhliche Summen in ihrem Körper verschwand. Die Blasen platzten nicht, sie wurden nicht allmählich weniger. Sie wurden einfach vom Geräusch der Stimme ihrer Mutter weggewischt.

„Oh. Hi, Mom."

„Na, ich schätze, du gehst normalerweise in diesem Tierladen da nicht ans Handy. Aber wir haben dich doch besser unterrichtet. Der erste Augenblick eines Anrufs legt den Tonfall für das fest, was später kommt, und obwohl du dir eine rustikale Laufbahn ausgesucht hast, musst du trotzdem noch professionell wirken, wenn du jemals Erfolg haben willst. Ich bin sicher, wenn du es versuchst, kannst du es lernen."

Vielleicht blieb ein Hauch der Blubberbläschen noch in Yvettes Körper, denn das nächste, was sie äußerte, kam völlig unerwartet. „Hattest du einen Grund für den Anruf, oder wolltest du mir nur eine Lektion erteilen?"

Sofort kam ein missbilligendes Schnauben. „Yvette Elouise Wright. Das war unhöflich."

Genauso wie eine Lektion erteilt zu bekommen, nur weil man ans Handy ging. Trotzdem hielt Yvette ihren Tonfall gleichmütig. „Ich muss jetzt zur Klinik. Gibt's denn was, was du brauchst?" Manchmal funktionierte es, ihre Mutter in eine andere Richtung zu lenken.

Manchmal.

„Deine Schwester hat noch einen Preis gewonnen. Top-Maklerin des Monats im November. Ist das nicht toll? Carrie ist viel zu bescheiden, als dass sie es dir erzählt hätte, aber am Samstagabend gehen wir alle essen, um das zu feiern. Du solltest dich uns anschließen. Es wäre wunderbar, die ganze Familie dabei zu haben. Du kommst einfach nicht oft genug vorbei, um bei uns zu sein."

Eine zwölfstündige Fahrt, in beide Richtungen, auf winterlichen Straßen, um mit ihrer Familie zu Abend zu essen? „Ich kann mir gerade jetzt nicht freinehmen, Mom."

Als hätte sie nichts gesagt, fuhr ihre Mutter fort: „Komm am Freitag. Da kannst du die kleine Cassandra sehen, wie sie in der Weihnachtsaufführung in der Schule der Star ist. Sie macht es toll wie immer. Ich bin so stolz auf meine Enkelkinder. Ich muss jeden Augenblick genießen, denn sie werden so schnell größer, und ich werde niemals wieder so Kleine haben, die ich verwöhnen kann."

Weil Yvette mit neunundzwanzig keine Kinder mehr haben konnte? Blah. Sie überlegte sich, ob sie versehentlich auflegen sollte, konnte sich aber nicht ganz dazu überwinden, diesen letzten Schritt zu gehen. „Wie ich sagte, ich kann gerade jetzt nicht freinehmen. Wie geht es dir und Dad?"

„Dein Vater – er ist wunderbar wie üblich, während er diese ganzen ehrenamtlichen Aufgaben übernimmt. Einfach unaufhaltsam. Er hat vermutlich mehr zu tun als du, aber er war auch nie faul. Sie haben ihn gebeten, noch ein Event auf die Beine zu stellen. Außerdem sind er und ich die beiden Vorsitzenden für das Herbstfest der Gemeinde."

Yvette achtete nicht auf die passiv-aggressive Kritik, schaute auf die Uhr und überlegte sich, wie lange sie hatte, bevor sie alles abbrechen konnte. „Klingt spannend."

„Das haben wir noch nie gemacht, aber ich habe deinem Vater gesagt, ich wäre sicher, dass du gerne helfen würdest. Du solltest ja inzwischen etwas über Kleinstädte wissen. Wir hätten gern dieses idyllische, altmodische Gefühl. Genau, wie du es magst."

*Himmel, Mom, so bringt man ein Kompliment und eine*

*Beleidigung in einem Satz unter.* Was eine Familienspezialität zu sein schien. Yvette schnappte sich eine Zimtschnecke, die sie vorgehabt hatte, für später aufzuheben.

Nach den meisten Familienunterhaltungen brauchte es eine große Portion Zucker und Kohlenhydrate, um wieder mit sich ins Reine zu kommen.

„Wir werden sehen." Es war besser, keine Versprechungen zu machen. „Danke für den Anruf, aber ich muss echt los. Tschüss."

„Carrie hat sich auch ..."

Schuldgefühle schossen durch Yvette durch, als das Gespräch mitten im Satz ihrer Mutter abgebrochen wurde. Aber die Wahrheit war, hätte Yvette den Anruf nicht beendet, wäre sie immer noch am Handy gewesen.

Seufzend ging sie zurück ins Büro. Familie war kompliziert. Ihre war unangenehm, ungemütlich und furchtbar zugleich.

Sie schlüpfte ins Büro, erfreut, als sie sah, dass der leitende Tierarzt Josiah da war und seine medizinische Ausrüstung einpackte. Es war das erste Mal, dass sie ihn sah, seit sie die Neuigkeiten von Lisa gehört hatte. „Ich höre, ihr habt beschlossen, die Räume in diesem riesigen Haus zu füllen. Ich gratuliere."

Sein Grinsen kam schnell, aber seine Wangen wurden rot. „Es ist noch ganz früh, also sagen wir noch nichts."

„Lisa hat es mir erzählt. Außerdem, wenn du wirklich willst, dass das noch eine Weile unter Verschluss ist, musst du sicherstellen, dass niemand Ollie begegnet", warnte Yvette ihn.

„Gut." Josiah nickte, sein stolzes und begeistertes Grinsen war immer noch da. „Ach, übrigens. Eine Änderung deines Plans heute Nachmittag. Bevor du rüber zur Kolonie gehst, musst du bei Reiner Halt machen. Er sagt, ein paar seiner Tiere müssen mal durchgecheckt werden, und es wäre eine gute Idee, das zu tun, bevor das Wetter umschlägt. Nach einem

Sturm ist seine Straße wie Kraut und Rüben, und wir haben Schnee vorhergesagt."

Yvette stöhnte. Es gefiel ihr normalerweise, dass ihr Boss nicht versuchte, sie zu schützen, und ihr vertraute, selbst mit den Alten umspringen zu können.

Aber Reiner?

Normalerweise hätte sie kein Problem gehabt, aber nach dieser Dosis ihrer Mutter war sie nicht sicher, ob sie die Geduld hatte, sich mit einem missgelaunten alten Mann herumzuschlagen.

„Könntest du die Fahrt übernehmen?" Sie bedauerte die Worte in dem Augenblick, in dem sie sie aussprach.

„Lässt sich nicht machen. Ich habe Finn gesagt, ich komme raus auf die Red Boot Ranch, und das schon vor zwei Tagen." Josiah schlang sich die Taschen über die Schulter, noch während er zur Tür unterwegs war. Er hielt inne, wandte sich um und nickte ihr verständnisvoll zu. „Du bekommst das hin. Wirklich. Außerdem mag dich Reiner."

„Genau. Er hasst mich bis aufs Blut", sagte Yvette mit einem Lachen.

„Jetzt dramatisierst du es doch nur."

Yvette bemühte sich sehr, eine Augenbraue zu heben, aber sie war sich sicher, dass ihre Miene stattdessen gequält wirkte. „Ich sage nicht nein, aber ich sage, da machst du dir was vor. Creighton Reiner hätte es gern, wenn nicht nur die weibliche Population, sondern ein Großteil der menschlichen Population auf der Erde verschwinden würde."

Josiah marschierte durch die Tür. „Wie gut dann, dass er dafür nicht verantwortlich ist. Wir sehen uns später. Alles Gute."

„Dir auch."

Ihre Worte hallten von der Tür zurück, die sich hinter ihrem Boss schloss. Sie holte tief Luft und gestattete sich den

Luxus, sie mit einem hörbaren Seufzen auszustoßen. Aber noch während sie diese zugegebenermaßen dramatische Beschwerde aus dem Weg schuf, packte sie alles zusammen, was sie womöglich für einen Besuch bei dem alten Mann brauchte.

Creighton war einer der Kunden, mit denen sich eigentlich niemand wirklich herumschlagen wollte, was ihn für Yvette in eine seltsame Art Herausforderung verbandelt hatte. Es war zu ihrer persönlichen Mission geworden, einen Besuch abzuschließen, ohne dass ihr Temperament mit ihr durchging. Es war auch irgendwie witzig, zu sehen, wie Creighton immer mürrischer wurde, da er es nicht schaffte, sie gegen sich aufzubringen.

Er war unhöflich zu Josiah, knurrig und streitlustig gegenüber jedem ihrer tierärztlichen Ratschläge und regelrecht fies zu den Leuten in der Stadt, wenn er reinkam, um hin und wieder mal was einzukaufen.

Jedes Mal, wenn Yvette zu ihm rausgerufen worden war, hatte er sich hinter sie gestellt, alles beobachtet und gemustert, und das mit einer Miene, die nahelegte, sie hätte sich kürzlich in einem frisch gegüllten Feld herumgerollt.

Wie gut, dass er sie mochte. Sie wollte gar nicht wissen, wie er sich benehmen würde, wenn er es wirklich auf sie abgesehen hätte.

Sie kicherte, während sie zu ihrem Truck ging.

# 4

Die Fahrt die steile Kiesstraße zum Grundstück des alten Mannes hinauf dauerte lang genug, dass Yvette ein halbes Dutzend Varianten von Weihnachtsliedern mitsingen konnte, die im Country-Stil wiedergegeben wurden. Dass sie mit Dolly Parton über ein „Hard Candy Christmas" sang, hielt sie davon ab, Tagträume von Alex zu haben und sich den gemischten, hoffnungsvollen Gefühlen hinzugeben, die er mit dieser Sache, die sie da taten, ausgelöst hatte.

Als sie auf der kleinen Farm ankam, zwang Yvette sich dazu, sich auf das Hier und Jetzt zu konzentrieren. Der Ort ähnelte einem Dutzend anderer in der Gemeinde. Creighton Reiner, ein Gentleman, der inzwischen Anfang achtzig war, war sein ganzes Leben Junggeselle gewesen. Ob das der Grund war, weshalb er so übel gelaunt war, oder ob er Single war, weil er übel gelaunt war, darüber wollte Yvette gar nicht spekulieren.

Aber er hatte sich den Ort auf jeden Fall auf eine Art und Weise eingerichtet, die ihn glücklich machte. Kein Hauch eines weiblichen Einflusses irgendwo.

Laut Josiah hatte Creighton sich schon darin versucht, einfach alles zu züchten. Im Lauf der Jahre hatte er Kühe, Ziegen, Schafe und Lamas gehalten. Im ersten Jahr von Yvettes Ankunft hatte er versucht, Enten zu züchten. Es war keine schlechte Idee, nur dass er es mit Vögeln versuchte, die er draußen in der Wildnis gefangen hatte.

Sie parkte neben seinem verbeulten alten Ford, schnappte sich ihre Ausrüstung, und hatte vor, den Hof zu betreten, um ihn aufzuspüren.

Etwas zog ihre Aufmerksamkeit auf sich.

Sie drehte sich um, um Creightons Truck ein wenig genauer zu betrachten. Es war keine Einbildung. Der Truck wirkte noch etwas schlimmer mitgenommen. Die vordere Stoßstange schien an etwas Großes und Festes geprallt zu sein. Etwas, das sich so wenig bewegen ließ, dass ein vertikaler Riss auf der Fahrerseite entstanden war. Als sie sich vorbeugte, fluchte Yvette, als sie feststellte, dass die ganze Stoßstange nur noch mit Hühnerdraht an Ort und Stelle gehalten wurde.

„Verdammt, Creighton", murmelte sie.

Ob es nun fehlendes Geld war oder weil es ihm scheißegal war, diese wacklige Stoßstange war nichts, was sie durchgehen lassen konnte.

Sie fragte sich, ob sie ihre Freundin Brooke dazu bringen konnte, die Farm verstohlen aufzusuchen. Hoffentlich konnte die Frau ihre Fertigkeiten als Mechanikerin und im Reparieren von Autos einsetzen, um mit dem Problem fertig zu werden, bevor der Mann noch eine Strafe bekam, weil er mit einem nicht verkehrstüchtigen Auto auf dem Highway herumfuhr.

Nicht, dass er die Farm oft verlassen hätte, aber wenn er es tat und dann sich selbst oder jemand anderen umbrachte, würde Yvette sich schrecklich fühlen.

Der alte Mann war nicht gleich zu sehen, aber die Hunde

der Farm waren in voller Anzahl da, zwei davon rannten begierig von der entgegengesetzten Seite der Scheune heran, um sie zu begrüßen. Ein paar weitere waren in der Ferne sichtbar, zu alt oder zu müde, um sich dem Rennen anzuschließen, aber ihre aufgeregten Gesichter waren trotzdem ihr zugewandt.

Sie blieb stehen, um die beiden jüngeren Collies zu streicheln, die an ihren Knöcheln herumsprangen. „Hey, ihr. Wie läuft es? Ja, ihr seid alle ganz liebe Hunde." Yvette steckte jedem ein Leckerli zu, bevor sie mit einer Hand nach vorne wies. „Wo ist der Boss? Wo ist Creighton?"

Als würden sie es verstehen, drehten sie sich um und machten sich auf über den Hof, bellten dabei begeistert. Sie folgte ihnen zu einer kleinen Scheune. Oder einem besonders großen Schuppen – sie konnte sich nie entscheiden, was es war.

Creighton begegnete ihr an der Tür, nur um sie finster anzuschauen. „Hier entlang. Schnell jetzt."

Yvette ging ihm nach, widerstand dem Drang, die Augen zu verdrehen. Trotzdem trieb sie der Ärger dazu, vor sich hin zu murmeln, mit einer unterdrückten, heiseren Stimme, viel zu leise, als dass er es gehört hätte: „Schön, Sie zu sehen, Yvette. Vielen Dank, dass Sie meine höllische Zufahrt herauffahren. Ich weiß es immer zu schätzen, wenn fähige Leute sich Zeit nehmen, um mir zu helfen."

Sie kicherte, so erheitert, dass ihre Laune, als sie sich ihm anschloss, um über das Gelände in einen kleinen Verschlag zu schauen, wieder hergestellt und ihr Lächeln aufrichtig war. „Wen müssen wir uns denn heute anschauen?"

Drei Schweine, zwei Ziegen und einen sehr hageren Hund später war ihr Lächeln vermutlich verblasst. Nur dass es nicht die Tiere waren, die ihr Sorgen machten, es war Creighton, der schmerzerfüllt humpelte, sie von einem Ort zum nächsten führte, sein fast schon uralter Hund Tex bewegte sich an seiner Seite, als wolle er helfen.

Yvette versuchte, hier und da einen Blick zu erhaschen, so gut sie konnte, aber der Alte bemühte sich, aus dem Weg zu bleiben, sodass sie nicht viel mehr sehen konnte als ein abgetragenes Paar Stiefel, einer davon war über dem Spann mit Isolierband umwickelt.

Sie konzentrierte sich auf die Tiere, bis sie mit dem letzten Patienten durch war.

„Viel mehr können wir für Hunter nicht mehr tun“, erklärte Yvette Creighton, während sie mit der Hand über den Kopf des ältesten Retrievers fuhr.

Er hatte ein ausgeleiertes, aber ordentliches Hundebett, das gemütlich an einer Seite der vorderen Veranda stand, und er bewegte sich langsam, um sich wieder dort hinzulegen, nachdem sie ihn untersucht hatte, sein Schwanz wedelte träge, während sie weiter in seine Richtung schauten.

Tex kam und berührte die Nase des anderen Hundes, bevor er wieder an Creightons Seite ging.

„Es gibt kein konkretes Problem“, fuhr Yvette fort. „Er ist ein wenig zu leicht. Vielleicht wollen Sie ihn mal im Haus füttern. Oder irgendwo getrennt von den anderen Hunden, um sicherzustellen, dass er auch seinen Anteil bekommt.“

Der alte Mann machte nur ein Geräusch, sagte aber nichts.

Bevor er sich von der Veranda herabbewegen konnte, sprach Yvette weiter. Rasch, bevor der Augenblick verging. „Wollen Sie, dass ich mir den Fuß mal anschaue?“

Creighton funkelte sie an. „Ich bin kein Hund.“

Sie funkelte direkt zurück. „Sie sind auch kein Pferd, aber ich sollte mir vermutlich trotzdem Ihren Fuß anschauen, um Sie wissen zu lassen, ob Sie mal zum Arzt müssen.“ Blut verfärbte seinen Stiefel über dem Isolierband, und das besagte, dass er sehr viel mehr geblutet hatte als nur eine kleine Abschürfung.

Einen Augenblick lang wirkte es, als würde er sie einfach wegschicken, aber als nächstes winkte er sie heran, wies mit dem Kopf in das Haus.

Es war das erste Mal, dass sie je da drin gewesen war. Nachdem sie die karge, nüchterne Art gesehen hatte, wie er sich in der Scheune und den Außengebäuden mit den Dingen befasste, war das Innere nicht, was sie erwartet hatte. Sie konnte kaum verhindern, dass ihr der Mund offenstand, als sie ihm in den ordentlichen und gemütlichen Raum folgte. Selbst gebaute Holzmöbel waren überall, dass helle Kiefernholz hob sich hübsch von dicken, dunkelblauen Kissen ab. Verziert war es hauptsächlich mit hübschen Holzstücken und interessant geformten Steinen. Wie ein Museum der Naturwunder.

Yvette unterdrückte ihre Neugier und konzentrierte sich auf den alten Mann, der sich in einen Stuhl mit gerader Lehne an einem kleinen Tisch gesetzt hatte, und seinen Arbeitsstiefel und die Socke auszog.

Er verschränkte die Arme vor der Brust und starrte sie vernichtend an. „Da."

Ein leicht blutverschmiertes Stück Stoff war um seinen Fuß geschlungen, mit Lumpenstückchen festgebunden. Yvette löste sie vorsichtig, bevor sie beim Anblick der Verletzung einen Pfiff ausstieß. „Tja, nun. Das ist ein ziemlich beeindruckender Schnitt. Lassen Sie mich raten. Axt?"

Noch ein unwilliges Geräusch. „Vor vier Tagen. Ich habe einen Astknoten getroffen, und da ging's daneben. Direkt durch meinem verdammten Stiefel durch."

Sie musterte die Verletzung sorgfältig, ignorierte die Tatsache, dass er sie lauter anknurrte als der Hund vorhin. Zum Glück konnte sie ihm Positives erzählen. „Sie sieht nicht aus, als wäre es entzündet, aber es ist tief genug, dass Sie das vielleicht nähen lassen sollten."

„Dann nähen Sie es doch zu. Ich gehe nicht in die Stadt."

Bei jedem anderen hätte Yvette sich geweigert. Aber wenn man bedachte, wie selten der Mann je in die Stadt ging, bestand die hohe Wahrscheinlichkeit, dass er ihren Rat ignorieren würde, wenn sie es nicht machte. Und ohne Nähen gingen die Chancen für eine Infektion in der Zukunft nach oben.

Sie machte sich sofort an die Arbeit. Völlige Stille senkte sich über sie, bis auf das rhythmische Ticken einer alten Kuckucksuhr an der gegenüberliegenden Wand. Es war seltsam gemütlich.

Genäht und verbunden zog Creighton eine saubere Socke an und stieg mit dem Fuß wieder in den Stiefel. „Jetzt reicht's. Machen Sie sich rar. Ich hatte genug davon, dass Sie sich in meine Angelegenheiten einmischen und herumstochern."

„Gern geschehen", sagte Yvette fröhlich, während sie aufstand, überraschend erheitert von seiner Unhöflichkeit. „Immer schön, Sie zu sehen, Mr. Reiner."

Erst als sie nach Hause fuhr, wurde ihr klar, was sie am meisten erheitert hatte. Er hatte versucht, sie zu nerven und wegzuschieben, doch die ganze Zeit war klar gewesen, dass ihm etwas durch die Gedanken gegangen war. Etwas, das ihm gestattet hatte, ihr Hilfsangebot anzunehmen.

Die nicht ganz so vehemente Grummeligkeit war nicht, was sie erwartet hatte. Sie merkte sich im Geiste vor, mit Josiah zu reden, um zu sehen, was er sonst noch für die Zukunft vorschlug. Sie dachte auch darüber nach, ob es eine Möglichkeit gab, jemanden mit medizinischer Ausbildung unter der Hand vorbeischauen zu lassen, um sich noch mal anzuschauen, ob ihr bei ihrer Untersuchung nichts entgangen war.

Ihre Zeit mit Creighton war die größte Ablenkung, die sie den ganzen Tag und den nächsten vor sich hatte. Was ihr genug Zeit verschaffte, über Alex nachzudenken. Darüber nachzudenken, was sie machten.

Die Ungeduld ritt sie wie ein wildes Pony.

An Tag drei öffnete sie eine kleine, schmale Schublade ganz unten auf der rechten Seite des Schreibtisches, um eine Flasche Wein, ein Päckchen Gewürzmischung und eine Nachricht zu enthüllen.

*Für in deinen nächsten Mädelsabend. Auf der Rückseite dieser Karte steht ein Rezept für Sangria. Ich bin froh, dass du gute Freundinnen in deinem Leben hast.*

Es schien ewig zu dauern, bis das Mittagessen am Samstag kam. Sie lenkte sich so gut ab, wie sie konnte, darunter war die längste Dusche aller Zeiten, während sie „Carol of the Bells“ aus vollem Halse zusammen mit LeAnn Rimes schmetterte.

Sie las gerade, als endlich ein festes Klopfen erklang. Yvette schoss hoch, das Buch vergessen, ihr Herz hämmerte vor Vorfreude. Sie öffnete die Tür, um den Cowboy zu begrüßen, der ihre Träume heimgesucht hatte, wie er in seiner ganzen muskulösen Pracht dastand.

Er hatte auch ein kleines Bündel aus grauem Fell bei sich, das er mühelos in einer großen Hand trug, und ein verlegenes Grinsen auf dem Gesicht.

Sie schüttelte den Kopf, noch während sie vortrat, um ihm das Kätzchen abzunehmen. „Alex. Ich bin froh, dass du das nicht in eine Schublade im Schreibtisch gesteckt hast, aber du kannst doch nicht …“

„Hey. Das ist kein Geschenk. Ich hab’s gefunden. Es ist unter deinem Truck herumgeschlichen, und ich wollte nicht, dass es auf die Idee kommt, sich da unten häuslich einzurichten." Er schaute zur Seite der Veranda, und seine Erheiterung verschwand, zwischen seinen Augenbrauen bildete sich eine Falte. „Was zum Geier?"

Er trat zur Seite und hob einen kleinen Korb. Es war ein altmodischer Picknickkorb, mit einem Schiebedeckel, und den Geräuschen nach zu urteilen, die daraus hervordrangen, war das Kätzchen in ihrer Hand nicht das einzige ihrer derzeitigen Probleme.

„Ernsthaft? Warum in aller Welt sollte jemand einen Korb mit Kätzchen auf meiner Veranda stehen lassen?" Yvette rümpfte die Nase. „Das war eine rhetorische Frage."

Alex stellte den Korb oben auf dem Schreibtisch ab, dann schob er den Deckel auf, um zwei weitere kleine miauende Bündel zu enthüllen. „Ich bin sicher, ihr findet hier eine ganze Menge ausgesetzter Tiere, die abgeladen werden."

„Es wurde besser, seit Sonora ihre Tierrettung angefangen hat, aber ja. Die Leute nehmen an, dass Tierärzte alle Tiere aufnehmen." Yvette seufzte, während sie das Kätzchen in ihrer Hand hochhob und dem kleinen grauen Pelzball in die Augen schaute. „Hey, Süßer. Ich schätze, wir müssen uns um dich und deine Geschwister kümmern."

„Lass mich das nehmen." Alex holte das Kätzchen aus ihrer Hand und setzte es zurück in den Korb, schloss ihn und verriegelte den Deckel. Sobald sie im Dunkeln waren, beruhigten sich die kleinen Dinger. „Wir können sie bei der Tierrettung abgeben, bevor wir rüber zum Pub fahren."

Yvette machte eine Geste zur Tür. „Ich kann sie mir doch auch gleich einmal anschauen, bevor wir gehen. Das wird mich davor bewahren, angerufen zu werden, um es später zu machen." Sie wartete, bis er den Korb auf den Tisch gestellt hatte und sich dann zu ihr drehte, damit sie ihm direkt in die Augen schauen konnte. „Also. Fangen wir noch mal neu an. Hi. Wie läuft ein Tag?"

Er ging weiter in den Raum, schloss den Abstand zwischen ihnen. „Jetzt besser", sagte er. In seinen dunklen Augen blitzte der Schalk, noch während ein Mundwinkel zu einem trockenen Lächeln hochging. „Das klingt jetzt gleich dumm, aber es stimmt. Ich hab dich in den letzten paar Tagen vermisst."

Das blubbernde Gefühl war wieder ein bisschen zurück in ihrem Körper. „Ich ..."

Warum war das so schwer? Warum war es so schwer, zuzugeben, dass sie nicht mal vor einer Stunde genau dasselbe über ihn gedacht hatte?

Entweder spürte er ihr Unbehagen oder sie hatte einfach Glück, denn er zwinkerte und wandte sich wieder zur Tür, verschaffte ihr den nötigen Platz zum Atmen. „Bevor ich meine Stiefel ausziehe, lass mich schnell das Essen holen."

Yvette räumte den Tisch ab, holte die Teller raus. Bis er das Festmahl ausgebreitet hatte, das abermals bei *Buns and Roses* gekauft worden war, sabberte sie schon. Suppe, gegrillte Sandwiches, und noch ein paar Zimtschnecken, die noch warm aus dem Ofen waren. „Das sieht toll aus."

„Und lecker. Das ist eine Land-Zwiebelsuppe. Tansy hat gesagt, die magst du am liebsten."

„Schon." Ein weiterer angenehmer Rausch erfasste Yvette, weil er gezielt das Essen ausgesucht hatte, das ihr schmecken würde. Sie verzog gespielt den Mund. „Tansy weigert sich, irgendwelche von ihren Rezepten zu teilen."

Alex atmete einmal tief und anerkennend ein und schloss die Augen. „Solange sie weiter kocht, werde ich weiter kaufen." Er drehte sich zu Yvette und hob seine Dose Limo hoch. „Auf die Unterstützung der Geschäfte vor Ort."

Sie lachte. „So sei es." Er hob sein Sandwich. „Jetzt erzähl mir was über deinen Vormittag. Was passiert denn im Land der Tierärzte?"

Während in den nächsten paar Minuten die Unterhaltung locker dahintrieb, gab Alex es auf, so zu tun, als wäre er ruhig, cool und gefasst. Er ließ den Blick wandern, wie es ihm gefiel, betrachtete alles vom schicken Schnitt ihrer Bluse bis hin zu den Haarsträhnen, die aus ihrem Pferdeschwanz entkommen waren und ihr Gesicht rahmten.

Während sie aß, klirrten die Anhänger ihres Armbandes mit einem kleinen Glöckchenklang zusammen, und er lächelte um seinen Bissen Sandwich herum.

Sie folgte seinem Blick zu ihrem Handgelenk, bevor sie den Blick zu seinem hob. „Das ist so ein hübsches Armband."

„Du trägst so was aber nicht jeden Tag, oder?"

„Nein, aber es ist hübsch, und ich liebe es total. Vielen Dank."

„Ach." Er lehnte sich zurück und grinste. „Ich war sicher, ich würde mit dir Armdrücken müssen, um dich zu überzeugen, dass du es behältst. Oder dass du mir die Hölle heißmachst, was weil ich zu viel ausgegeben habe – was ich nicht getan habe. Zu viel ausgeben, meine ich."

Sie rümpfte die Nase auf die liebenswürdigste Art. „Wärst du dreißig Sekunden, nachdem ich es geöffnet habe, ins Zimmer gekommen, hättest du recht gehabt. Aber da ich genug Zeit hatte, konnte ich mir überlegen, wenn ich dir vertrauen soll während dieser Sache mit dem Daten, dann muss ich dir auch vertrauen können, dass du weißt, was du dir leisten kannst. Und dass du auch weißt, dass teurer Schmuck nicht immer der richtige Weg ist."

Was eines der Dinge war, die er auf seine Liste geschrieben hatte. Die Notizen, die er sich gemacht hatte, nachdem er mit seinen Eltern geredet hatte, am Beginn dieser Reise.

*Sie wird keine teuren Geschenke mögen, sondern gut durchdachte.*

Instinktiv tätschelte er seine Tasche, bevor er sich dabei erwischte und ihr in die Augen schaute. „Gern geschehen. Ich hatte Spaß dabei, die Dinge zusammenzusuchen, von denen ich dachte, du magst sie vielleicht. Ein paar von ihnen haben was gekostet, aber ein paar sind auch recycelt. Das wird schon alles."

Das Lächeln, das sie ihm schenkte, war jeden Penny wert, den er für das Bettelarmband ausgegeben hatte – das war auf keinen Fall keiner der recycelten Gegenstände. Nicht laut der Abwärtskurve auf seinem Sparbuch.

Das war es trotzdem wert.

Sie aßen zu Ende. Alex erzählte von der Schaukel, die sie für die älteren Kinder auf der Ranch aufstellten, damit sie Spaß haben konnten, und wie eine Schar Kinder unerwartet in den Weg geraten war. Yvette erzählte ihm davon, am Vortag draußen in der Hutterer-Kolonie gewesen zu sein, als ein Teil des Zauns um den großen Verschlag mysteriös verschwunden war, sodass die ganzen Tiere geflohen waren. Chaos und großes Trara.

Er hatte immer gewusst, dass ihre Berufe einander ähnelten.

Yvette schob sich mit einem Stöhnen vom Tisch zurück. „Ich bin so voll."

Er schaute vor sie und lachte über ihr halb gegessenes Sandwich und das Getränk. „Ich sehe, du hast es geschafft, die Zimtschnecken zu essen."

Ihre Wangen wurden rot, ihr Körper spannte sich an. „Ja, na ja ..."

Er hielt inne. *Scheiße.*

Alex beugte sich vor und schaute ihr in die Augen. „Ich

rudere zurück, denn das hätte doch eigentlich ein Scherz sollen, der dich zum Lächeln bringt, und keiner, bei dem es dir unbehaglich wird. Falls es dir nicht aufgefallen ist, ich habe meine Zimtschnecken auch aufgegessen."

Sie nickte knapp, dann richtete sie sich auf. „Tut mir leid. Manchmal fühle ich mich immer noch wie eine Zehnjährige, die hört, dass es keinen Nachtisch gibt, bis ich alles auf meinem Teller aufgegessen habe."

Er griff über den Tisch und nahm die Hand, die ihm am nächsten war. „Wie hast du es noch mal formuliert, dass das Leben zu kurz ist, um schlechte Bücher zu lesen? Ich glaube, das bezieht sich auch aufs Essen. Das Leben ist zu kurz, um keinen Nachtisch zu genießen. Wenn das heißt, dass ich nur die Hälfte meines Gemüses futtere, soll es so sein."

Sie drehte die Hand nach oben, bis sie ihm die Finger drücken konnte. „Das ist ein gutes Mantra fürs Leben."

„Freut mich, dass du das gutheißt." Zeit für eine andere Ablenkung. „Räumen wir den Tisch ab, bevor du Tag vier öffnest. Wir werden etwas Platz zum Arbeiten brauchen."

Nicht mal zehn Minuten später nahm Yvette ganz begeistert den Schlüsselanhänger des heutigen Tages von dem Bild, das sie an die Wand gehängt hatte, während sie hinaus in die Kälte ging, ohne eine Jacke anzuziehen.

Alex nahm sich lachend ihre beiden Jacken, und legte ihr ihre über die Schultern. „Ziemlich aufgeregt?"

„Ein bisschen", gab sie zu, während sie die Arme verschränkte und den Schreibtisch anschaute. „Ich kriege nicht raus, zu welchem Schloss dieser Schlüssel passt." Sie schaute ihn an. „Es gibt keinen Hinweis, den ich sehen kann."

Er hielt die Hand vor, die Handfläche nach oben. Sie legte den Schlüsselanhänger hinein.

„Was ist es?", wies er sie an.

„Eine Feder." Als er den Kopf schüttelte, runzelte sie die

Stirn. „Komm schon. Versuch doch nicht, der Tierärztin zu erzählen, dass das keine Feder ist."

„Ja, es ist eine Feder, aber es ist mehr als eine Feder." Sie konzentrierte sich so fest, dass er fast den Rauch aus ihren Ohren quellen sehen konnte. „Du kriegst das raus."

„Gibst du mir einen Hinweis?" Sie ließ die Arme in ihre Jacke gleiten, rieb die bloßen Hände aneinander, da sie von eisiger Kälte umgeben waren.

Er war verführt, ihr einen Handel anzubieten. Er würde ihr die Hände wärmen, und ihr dafür einen Hinweis geben. Teufel, er würde mehr wärmen als nur ihre Hände ...

*Halt dich an den Plan,* warnte ihn sein Gewissen.

„Wenn du Hausaufgaben in Hogwarts hättest, würdest du was benutzen ...?"

Ihre Augen gingen weit auf, und sie schnappte sich den Schlüsselanhänger wieder, um ihn genauer zu untersuchen.

„Das ist eine Schreibfeder. Was bedeutet, dass er vielleicht die Schreibfläche öffnet."

Yvette wirbelte zurück zum Schreibtisch und steckte den Schlüssel ins Schloss. Sie juchzte mehr oder weniger, als sie den langen Rollabschnitt, der bis über die Seiten ging, reibungslos nach oben schieben konnte, um eine große Kiste und acht weitere kleine verschlossene Schubladen zu enthüllen.

„Ach du meine Güte. Okay, das erklärt auch, weshalb es viel zu wenige Schubladen gab, um bis ganz zum Vierundzwanzigsten zu halten." Ihr Lächeln in seine Richtung war so strahlend wie der Stern oben auf dem Weihnachtsbaum. „Das macht so viel Spaß."

Er griff an ihr vorbei und nahm die Kiste. „Gut. Jetzt ist es Zeit, um zu dem Teil des Dates zu kommen, wo man was basteln muss."

Sie zu beobachten, wie sie das Klebeband öffnete und die

Klappen der Schachtel zurückfaltete, war genauso gut, wie das Geschenk selbst zu öffnen. In diesem Augenblick wurde ihm absolut klar, dass Yvette Geschenke liebte.

Ihr Mund öffnete sich kreisrund, und sie gab leise, erfreute Geräusche von sich, während sie verschiedenen Knäuel aus bunter Wolle herausholte. Die Päckchen mit LED-Lichtern wurden danebengelegt, mit einer etwas verwirrten Miene.

Aber es war das Päckchen mit den winzigen Kabelbindern, das sie innehalten und einen Blick auf ihn werfen ließ, plötzlich besorgt. „Sollte ich mir Sorgen machen?"

Erheiterung kam auf. „Wühl doch weiter in dieser Kiste, Frau."

Ganz unten hatte er zwei Wollpullis hineingelegt. Seine und ihre Größe, aber im selben Muster. Hinten drauf große rote Scheunen, ein Zaun, der sich um die Taille legte. Weiße Schäfchenwolken vor einem blauen Himmel und Schnee auf dem Boden. Eine perfekte Szene auf einer Ranch in Alberta im Dezember, nur aus Wolle.

Yvette drückte sich die Finger an die Lippen. Als sie die Hände sinken ließ, klatschte sie fest. „Wir basteln uns hässliche Pullis, oder?"

„Ich bevorzuge das Wort *knallig*", sagte Alex ernst.

„Das wird so viel Spaß machen." Yvette wühlte wieder in den Plastiktüten, die sie zur Seite geworfen hatte, weil sie es so eilig gehabt hatte, nach unten zu kommen. „Alex. Sag bloß nicht, dass das Handpuppen sind."

„Es *waren* Handpuppen, aber nun kommen sie auf unsere Pullis." Die Puppen, die Yvette aus ihren Tütchen holte, passten auf einen einzelnen Finger. Alle möglichen Bauernhoftiere, darunter Hühner und Ziegen.

Alex schloss sich Yvette an, um durch den Stapel zu wühlen, und hob seinen Fund vor ihr hoch, sobald er ihn aufstöberte.

„Du hast auch Menschen gefunden?“ Yvette griff nach der Figur, die ihr am nächsten war, und es war zufällig ein kleiner Farmer. „Er ist süß.“

Sie strich mit dem Finger über den kleinen Cowboyhut, dann grinste sie Alex an.

„Du bist süß“, erwiderte Alex darauf, konnte seine Worte nicht aufhalten.

Eine kurze Pause, und ihre Wangen wurden wieder rosa. Nur dass diesmal kein Unbehagen zwischen ihnen stand wie am Ende der Mahlzeit.

Ach, verlegen war sie schon, aber es fühlte sich ... richtig an. Wie eine Verbindung, die zwischen ihnen wuchs, anstatt einer Wand, die nach oben schoss.

Yvette löste ihren Blick von seinem, klaute sich die Figur der Farmerin. „Also, nähen wir die auf die Pullis?“

„Was immer wir damit tun wollen“, sagte Alex. „Solange das Endergebnis was ganz Besonderes wird, damit es eindeutig klar ist, dass unsere Pullis viel besser sind als irgendwas, dass sich Mack und Brooke einfallen lassen können.“

Etwas, das verdächtig einem Schnauben ähnelte, entschlüpfte Yvette. „Nicht, dass du auf Wettbewerbe stehst oder so was.“

Er griff nach den LED-Lichtern, zog sie aus ihrer Verpackung. „Ich bin überhaupt nicht wettbewerbssüchtig. Das hast du ganz genau erkannt.“

Yvette zog den kleineren Pulli an, schloss die Knöpfe vorne, bevor sie die Arme an der Seite ausstreckte und sich langsam drehte. „Er passt.“

Lieber Gott, und wie. Er lag um ihre Hüften, dann schmiegte er sich um ihre Taille, und an ihren Brüsten wölbte er sich nach außen. Alex zwang seinen Blick dazu, weiter nach oben zu gehen, aber Teufel noch mal, er wollte nur da sitzen und ihre Kurven eine Weile begutachten. Er hatte gewusst, dass sie eine gute Figur hatte, aber der schiere Eindruck dieses Augenblicks war atemberaubend.

Er löste Lust aus. Sein Körper war aufgedrehter als ein Weihnachtskreisel.

Ohne sein Dilemma zu bemerken, schnappte sich Yvette zwei Packungen und hielt ihm eine hin. „Ich habe eine Idee. Was, wenn wir alles beleuchten, aber anstatt die Puppen auf die Pullis zu nähen, bringen wir sie mit Klettband an?"

Er zwang seine Gedanken weg von ihrem derzeitigen Weg und konzentrierte sich auf ihren Vorschlag. „Das wäre schon echt witzig. Nur dass ich kein Klettband habe."

Yvette deutete auf die Seite des Raumes. „Vertraue mir. Ich habe ein bisschen von absolut allem, was du womöglich brauchen könntest."

Er war ziemlich sicher, dass sie mehr als ein kleines bisschen von allem hatte, was er brauchte.

*Bleib bei der Aufgabe.* „Toll. Fangen wir an."

Wenn man bedachte, wie explosiv ihre Beziehung vor ein paar Jahren gewesen war, war es bizarr, wie glatt dieser Nachmittag lief, während sie zusammenarbeiteten. Zum Glück gehörte zu dem Klettband, das sie gefunden hatte, kein Nähen. Der Sekundenkleber erlaubte es ihnen, kleine Vierecke hinten auf die Puppen zu setzen, und sie dann strategisch auf den Pullis anzubringen.

Dann kamen sie an den heiklen Teil. Yvette zog ihren Pulli an und schob ihm die LEDs in die Hände. „Es wird sehr viel leichter sein, zu sehen, wo man die genau auf dem Stoff anbringen muss, wenn ich ihn trage."

Anbringen bedeutete berühren. Die Hände über ihren Oberkörper streichen, während er dicht genug bei ihr stand, um ihre Haut zu riechen. Den Apfelgeruch ihrer Haare. Die verführerischen Geräusche von ... allem.

Lieber Gott. *Leichter?*

Sie hatte ja keine Ahnung.

Alex schluckte heftig. „Dreh dich um."

Seine Stimme klang, als hätte er Kies gegurgelt, aber sie hatte ihm bereits den Rücken zugekehrt.

Er konzentrierte sich auf das, was er tat, doch seine Finger bebten, während er ihr sanft die langen Stränge über die Schultern legte und sich dann an die Arbeit machte. Er legte das Ende des dünnen Drahtes um den Rand der Scheune, und das war noch in Ordnung, bis auf die Hitze, die von ihrem Körper zu ihm durchdrang.

Erst als er begann, am oberen Geländer des Zauns zu arbeiten, der um ihre Taille führte und zur Vorderseite ihres Körpers ging – da wurde sein Mund trocken, und sein Herz fing an, so fest zu schlagen, dass es in seinen Ohren hallte.

Yvettes fröhliches Geplauder verklang langsam. Ihre Atmung wurde schneller, während seine Hände ihren Bauch streiften. Die vollen Wölbungen ihrer Brüste trieben in sein Sichtfeld.

Verdammt, er wollte unbedingt verhindern, dass das zu einem Augenblick wurde, der zu weit ging, zu schnell. Sein Blick blieb auf dem Herzschlag hängen, der an ihrem Halsansatz flatterte. Ihre Zunge glitt über die Lippen, sodass die Unterlippe befeuchtet wurde.

Ihre Hand senkte sich auf seinen Unterarm. Finger legten sich darum und hielten ihn fest. Als sie sprach, war es nicht mal ein Flüstern. „Alex?"

Wenn es nach seinen Plänen ging, trieb er sie bereits dazu, die Dinge sehr viel schneller körperlich werden zu lassen, als die meisten Männer es wagen würden. Er wäre ein Narr, wenn er sein Glück zu sehr strapazierte.

Alex war kein Narr.

Er wollte gerade einen Schritt zurück machen, als sie ihm einen höllischen Schock versetzte. Sie schlang die Arme um seine Schultern und drückte ihn fest. Ihre Körper kamen in Kontakt, Hitze legte sich um sie. Eine süße, üppige Frau, die sich an jeden Quadratzentimeter seines Körpers drückte.

*Heiliges Kanonenrohr.*

# 5

Noch während sie ihn umarmte, rasten Yvettes Gedanken. Die sexuelle Spannung, die zwischen ihnen anstieg, war so groß geworden, es hatte sich angefühlt, als würde sie gleich abheben. Es hatte wie die sicherste Lösung gewirkt, den Blickkontakt mit ihm zu unterbrechen, indem sie ihm eine Umarmung gab.

Jetzt war sie aber so dicht und persönlich an ihm dran, an jedem erhitzten Quadratzentimeter seines muskulösen Oberkörpers, dass ihr klar wurde, dass sie sich vielleicht ein winziges bisschen verrechnet hatte.

Trotzdem, nur ein Weg führte nach vorne. Sie zwang etwas Abstand zwischen sie und trat zurück, hob die Augen zu ihm, um ihn anzuschauen. „Ich weiß, dass wir – es fühlt sich immer noch seltsam an, das zu sagen – daten, aber ganz gleich, wie sehr ich es will ... Ich meine, es geht zu schnell. Ich meine, es ist nicht, dass ich kein Inter... Ach, verdammt."

Er lachte. Das Geräusch, das ihm entschlüpfte, war laut und herzlich und erfüllt von nichts als Glück. „Du weißt schon, ich habe das so ziemlich verstanden, jedes Wort, was du gerade gesagt hast."

„Schön für dich", sagte Yvette langsam und elend, „denn ich bin sicher, es war reiner Kauderwelsch."

„Nein, schon in Ordnung", beharrte Alex. „Du weißt schon, manchmal bekommt man doch eine Nachricht von jemanden, und es ist zum Großteil Müll, aber man versteht trotzdem genau, was derjenige gemeint hat? Also schreibt man zurück und sagt so was wie: ‚Schon okay, ich spreche Autokorrektur'?"

Erheiterung machte sich breit, verscheuchte ihre Verlegenheit. „Ja?"

Alex erwischte ihre Finger und hielt sie. „Ich spreche auch *verlegen.* Was bedeutet, ich glaube, du wolltest sagen, dass du die körperliche Anziehung zwischen uns spürst, aber es ist zu früh, um deswegen was zu unternehmen. Doch es fühlt sich auch falsch an, nichts deswegen zu tun."

Was ein wenig zu zutreffend war.

Sie verschränkte die Arme vor der Brust und funkelte ihn an. „Hast du mich hypnotisiert oder so was? Denn das war gerade einfach nur gruselig."

Seine Mundwinkel zuckten. „Weil ich deine Verlegenheit richtig interpretiert habe?"

Sie nickte. „So ziemlich hundertprozentig korrekt."

Diesmal war er derjenige, der sich weiter wegbewegte und zum Tisch wies. „Setzen wir das doch neu auf. Nicht, weil ich nicht zu gerne den Weg weiter beschreiten würde, den wir gerade betreten haben, aber ich will, dass uns diese Reise Spaß macht. Wir werden heute keinem körperlichen Drängen nachgeben, ganz gleich, wie sehr wir es wollen. Einverstanden?"

Yvette nickte stumm.

„Okay. Wie wäre es dann, wenn du den Pulli abnimmst, und wir machen ihn auf dem Tisch fertig?"

„Gute Idee." Sie schlüpfte aus dem Pulli und drückte sich die Hände auf die Wangen, um sie abzukühlen. „Vielleicht hole ich uns beiden was Kaltes zu trinken."

Er lachte leise, aber wieder war sein Grinsen das eines Mitverschwörers, und keine Verurteilung. „Klingt nach einem guten Plan."

Selbst mit etwas mehr Platz zwischen ihnen war sich Yvette immer noch jeder seiner Bewegungen äußerst bewusst. Jedes Mal, wenn ihre Arme einander streiften, raste ein elektrisches Flimmern über ihre Haut.

Das Gefühl war köstlich. Verführerisch, ohne verborgene Agenda oder Sorge, dass sie etwas falsch machen würde.

Ihr war es behaglich in der Gegenwart dieses Mannes, den sie auf vielerlei Art kaum kannte, und das reichte, um ihre Gedanken zu füllen und sie über alle möglichen Fragen nachdenken zu lassen, die sie stellen konnte. Alle möglichen Dinge, die sie wissen wollte.

In der Zwischenzeit arbeiteten sie an den Pullis.

Sobald sie fertig waren, wurden die knalligen Schöpfungen für nächste Woche verräumt, damit sie ihren großen Auftritt bei der jährlichen Festtagsversammlung der Feuerwehr hinlegen konnten. Yvette brachte Alex rüber zur Klinik und ließ ihn helfen, die Kätzchen zu untersuchen und ihnen die ersten Impfungen zu verpassen.

Der Himmel wurde schon düster, als er sie zu seinem Truck führte und den Korb mit den Kätzchen auf ihren Schoß stellte. „Wir halten an der Tierrettung an, bevor wir zum *Rough Cut* gehen."

„Es ist toll, die Tierrettung da zu haben", bemerkte Yvette, während sie über den Highway fuhren. „Es ist immer besser, wenn süße kleine Wesen wie diese letztlich in einem glücklichen Heim landen."

„Ich bin echt begeistert von den Katzen, die rund um Silver Stone leben", gab Alex zu.

„Sie zu haben, gehört sehr zu einer gesunden Ranch. Sie sind Arbeitstiere, genauso wie die Pferde und Hunde." Yvette spähte in den Korb, und eine kleine schwarze Nase reckte sich zu ihr empor. „So süß."

„Du hast keine Haustiere." Alex warf ihr einen Seitenblick zu.

„Du auch nicht", fuhr sie ihn an, bevor sie sich mit erhobener Hand unterbrach. Himmel, konnte sie vielleicht noch unentspannter sein? Sie senkte die Stimme zu einem normalen Tonfall. „Und ... lass mich das noch mal versuchen. Es stimmt. Ich habe im Augenblick keine Haustiere, aber das hängt mehr damit zusammen, wo ich lebe, und der Arbeit, die ich tue, als dass ich keine haben möchte."

Er griff über die Lücke zwischen ihnen und nahm sich eine ihrer Hände. Seine rauen Finger strichen über ihre Handknöchel, sein Daumen glitt über die Rückseite ihres Handgelenks. „Ich breche nicht zusammen, wenn du mit mir auf eine Art und Weise sprichst, die was anderes ist als ein gut regulierter Tonfall. Aber danke, dass du neu angefangen hast. Ich habe dich da nicht verurteilt."

Genau, was Yvette klar geworden war, nur Sekunden, nachdem sie reagiert hatte. Sie schaute auf ihre verbundenen Finger, richtete sich aus, bis sie sich sowohl gemütlich als auch leicht riskant fühlte. „Ich weiß, dass du das nicht getan hast. Du hast nichts falsch gemacht."

„Ach, keine Sorge. Gib mir nur genug Zeit, und ich bin sicher, ich kann irgendwas Törichtes abziehen."

Yvette saß still da, bevor sie die Wahrheit beichtete. „Ich hätte gern ein Haustier, aber bis ich weiß, dass ich mich darum kümmern und ihm genug Aufmerksamkeit zukommen lassen kann, bekomme ich meine Tierliebe-Quote bei der Arbeit. Ich habe schon so oft gesehen, dass wohlmeinende Leute sich Haustiere holen, die sie dann halb misshandeln, weil sie einfach nicht zur Verfügung stehen." Sie schaute ihm kurz in die Augen. „So ein Mensch will ich nicht sein."

Er drückte ihre Finger und sagte dann leise: „Das ist gut für dich."

Sie verfielen ins Schweigen. Yvette war ein wenig peinlich berührt von ihrer Beichte, aber auch stolz, dass sie es ausgesprochen hatte. Das Zusammensitzen war abermals eher behaglich als verlegen.

Sie hielten sich immer noch an den Händen, während sie in den Hof der Tierrettung fuhren. Sonora Fallens Haus stand südlich der weitläufigen alten Scheune, die vor ein paar Jahren renoviert worden war, damit sie einem neuen Zweck zugeführt werden konnte.

Alex lachte leise. Diesmal enthielt die Erheiterung einen frechen Unterton. „Na, na, na."

Yvette folgte seinem Blick, konnte aber nicht erkennen, was so unterhaltsam war. Das Einzige, was nicht wie sonst war, war das hintere Ende eines Trucks, das auf der gegenüberliegenden Seite des Hauses zu sehen war. „Was ist …? Oh. Ach, wirklich."

Das war Ashton Stewarts Fahrzeug, zum Großteil außerhalb der Sicht geparkt.

Yvette drehte sich zu Alex und grinste ihn an.

Er wackelte mit den Augenbrauen. „Wir müssen diese Kätzchen abgeben. Ich hoffe, wir unterbrechen da nicht irgendwas."

Sie wartete, bis er kam, öffnete die Tür, schaute sich die ganze Zeit nach irgendwelchen Anzeichen von Aktivität um. Nichts, und als sie nachsahen, war die Tür zur Tierrettung fest verschlossen.

Yvette drehte sich um und führte Alex die Vorderstufen zu Sonoras Haus hinauf. „Ich sollte mich deswegen echt schrecklich fühlen“, gab Yvette zu.

„Ich auch. Aber es ist seltsam. Ich tue es nicht. Ich bin nur neugierig und boshaft erheitert.“ Alex legte die Knöchel an die Tür und klopfte laut genug, dass auf keinen Fall irgendwer so tun konnte, als hätte er es nicht gehört.

„Komme gleich“, rief Sonora.

Yvette lehnte sich an Alex’ Seite. „Glaubst du, sie versteckt ihn in ihrem Kleiderschrank?“

Er lachte immer noch leise, als sich die Tür öffnete und Sonora in Sicht kam. Ihre langen, grauweißen Haare waren unordentlich zusammengesteckt, ihre Wangen gerötet, und ihre Augen leuchteten. „Yvette. Alex. Hi.“

„Hi.“ Es war verführerisch, sie weiter zu triezen, aber gleichzeitig spürte Yvette leichtes Mitgefühl für die Frau. „Die Tierrettung ist abgeschlossen, und ich habe ein paar verlassene Kätzchen gefunden.“

„Oh. Natürlich. Kommt rein.“ Sonora trat zur Seite und winkte sie nach vorne. „Ich brauche nur kurz, um meine Sachen zu holen.“

„Wir können hier draußen warten“, bot Yvette an.

„Auf gar keinen Fall. Kommt rein aus der Kälte. Ich bestehe darauf.“ Sonora packte Alex mehr oder weniger am Arm und zerrte ihn ins Haus, damit sie die Tür fest hinter ihm schließen konnte. „Bleibt hier.“

Sie wirbelte auf dem Absatz herum und ging zu der Seitenwand, wo Winterstiefel und Jacken warteten.

Alex’ Augen glitzerten so sehr, dass Yvette ihm den Ellbogen in die Seite stoßen und ihm sagen wollte, er solle sich benehmen.

„Wie läuft dein Tag?“, fragte er Sonora ganz unschuldig.

„Gut. Ich bin einfach nur faul.“

Yvette presste die Lippen zusammen, damit sie nichts sagte, während sie den vertrauten Truck leise am Wohnzimmerfenster vorbeirollen sah.

Ashton, der sich die Straße entlang und weg von seinem geheimen Stelldichein stahl.

Sobald Sonora sie hinaus und in die Scheune geführt hatte, ging es auch ganz schnell. Es dauerte vermutlich keine zehn Minuten, bevor Alex und Yvette wieder auf der Straße waren, schweigend unterwegs zu der Wohlfahrtsveranstaltung.

Eine Stille, die nur Sekunden dauerte, bevor Alex loskicherte. Was Yvette dazu brachte, fast an einem Schnauben zu ersticken, das ihr entschlüpfte. Sie waren noch nicht mal auf der Hauptstraße, bevor Alex ranfuhr, weil er so fest lachte.

Yvette keuchte und schnappte nach Luft. „Hast du gesehen, wie Ashton sich wegschleicht?"

„Den hätte ein Blinder mit Krückstock gesehen. Der Mann ist zum Teil ein Vogelstrauß. Wenn man so tut, als wäre man unsichtbar, ist man noch lange nicht unsichtbar."

„Wirst du ihm das verraten?", fragte Yvette.

„Weshalb sollte ich seine Illusionen zerstören?" Alex wischte sich Tränen aus den Augen.

„Hast du Sonoras Bluse gesehen?"

Er hustete, dann schaute er Yvette in die Augen. „Äh. Will ich das wissen?"

Die ältere Frau war ganz anständig gekleidet gewesen, aber Yvette war aufgefallen, dass ihre Knöpfe vermutlich viel zu schnell geschlossen worden waren. Sie waren völlig durcheinander gewesen. „Nein. Ich schätze nicht."

Sie grinste den ganzen Weg rüber zum *Rough Cut.*

~

NACHDEM ER DIE Tür für Yvette geöffnet hatte, marschierte Alex direkt hinter ihr in den vertrauten Pub. Das *Rough Cut* war den Großteil der Woche über entspannte Tanzfläche und Wasserloch, aber als Besitzer hatte Ryan auch versucht, es in eine Art Versammlungsort für die Gemeinde zu verwandeln. Im Lauf des letzten Jahres, mit Madison an seiner Seite, war dort mehr als nur Trinken und soziale Interaktion zwischen Erwachsenen vor sich gegangen.

Dieses jährliche Ereignis war eines, bei dem Alex nur zu gerne mitmachte und zur Hand ging. Essenskörbe für die Familien zusammenzustellen, die in der Gemeinde ein bisschen zusätzliche Hilfe brauchen konnten, war immer eine gute Idee, besonders zu dieser Jahreszeit. Alex wusste das viel zu gut, durch seine ersten Jahre mit einer Mutter, die immer weniger Geld gehabt hatte, als sie am Ende des Monats brauchten.

Ryan winkte ihn herüber, schob sich die dunklen Haare wieder aus den Augen, bevor er sich eine Kiste Vorräte schnappte. „Der Laster ist spät gekommen, also liegen wir zurück. Kannst du mir helfen, die neben den Sortiertischen zu stapeln?"

„Gib mir deine Jacke", sagte Yvette, die an Alex' Ärmel zupfte. „Ich schicke weitere muskulöse Helfer, sobald ich kann. Okay, Ryan?"

Er nickte. „Madison hat auch versucht, Leute aufzuspüren. Kannst du mir einen Gefallen tun und sie ein bisschen behüten? Wenn sie versucht, irgendwas Größeres zu heben als einen Becher heiße Schokolade, lass es mich wissen."

„Ich kann ihr schon ganz allein die Leviten lesen", versicherte ihm Yvette. Sie schaute zu Alex und wackelte mit den Fingern. „Wir sehen uns später."

„Verlass dich drauf."

Es dauerte länger als üblich, alles aufzubauen, da man noch

Kisten über die Tanzfläche schleppen musste. Aber noch während alle Vorräte zusammengetragen wurden, stellte Ryans Stellvertreterin Grace bereits die Linien zum Zusammenstellen auf und ließ alles loslaufen. Gefüllte Kisten wurden in Fahrzeuge verfrachtet, um heute Abend ausgeliefert zu werden.

Tatsächlich, bis es sechs Uhr war, hatten sie alles geschafft, was sie brauchten, bevor sich die Türen des Pubs öffneten und die Öffentlichkeit anzutanzen begann.

Grace kehrte zu ihrem Platz hinter dem Tresen zurück, während eine kleine Gruppe Freiwilliger an dem Tisch sitzen blieb, den sie sich genommen hatten. Brad und Hanna. Ryan und Madison. Brooke und Mack.

Yvette und Alex. Es fühlte sich gut an, sie sich als Paar vorzustellen.

Alex rückte auf dem Stuhl herum, bis er direkt neben Yvette saß, legte ihr einen Arm um die Schulter, ganz locker, aber eindeutig steckte er sein Terrain ab, während weitere Leute vom Ort in die Bar kamen.

Blicke blieben an ihnen hängen, eine ganze Menge Cowboys hielten inne, um von seiner Anwesenheit an ihrer Seite Notiz zu nehmen.

Ja. Mehr als ein Mann in Heart Falls wäre bereit gewesen, die süße Tierärztin zum Tanzen aufzufordern – und das konnte man auf jede mögliche Art interpretieren – aber Alex beabsichtigte, der letzte und einzige Mann zu sein, der sie in den Armen hielt.

„Bin das nur ich, oder war das ermüdender als letztes Jahr?“ Madison lehnte den Kopf an Ryans Schultern, die Augen geschlossen.

Brooke lachte. „Vielleicht war es die Bowlingkugel unter deinem Pulli, die es etwas erschöpfender macht.“

„Wassermelone“, verbesserte Madison. „Bowlingkugel beschreibt nicht mal annähernd die Dimensionen.“

Mack lehnte sich vor, die Hände auf den Tisch gedrückt, als würde er gleich ein Geheimnis teilen. „Erwähnt nur nicht noch was Größeres. Du weißt schon, wie einen Wal oder ein Zeppelin. Ich habe aus zuverlässiger Quelle gehört, dass man nicht für Totschlag belangt werden kann, wenn der Täter im elften Monat schwanger ist.“

Madison regte sich kaum, außer um die Augen zu verdrehen. „Du hast ein Glück, dass ich hier bin, und du da drüben. Denn das hätte einen Stoß in den Arm verdient.“

Sofort kam ein lautes *Autsch* von Macks Lippen, und er drehte den Kopf, um finster Yvette anzuschauen, die neben ihm saß. „Hey.“

Sie blinzelte unschuldig. „Was? Ich schwöre, ich habe nichts gemacht. Das sind wohl diese schelmischen Weihnachtsgeister, die insgeheim Wünsche erfüllen.“

Alex zog sie näher an sich, hielt Mack eine warnende Hand hin. „Denk nicht mal dran, ihr das zurückzuzahlen.“

„Ihr seid echt unwitzig“, beschwerte sich Mack, bevor er Yvette zublinzelte. „Vertraue mir. Ich bekomme meine Rache später.“

„Ja, er plant, dir auf die Füße zu treten, während ihr tanzt“, warnte Brooke.

Mack richtete sich plötzlich auf, schoss aus dem Sitz hoch. „Was für eine geniale Idee. Yvette, tanz mit mir.“

„Oh. Aber ...“ Sie hielt inne, dann nickte sie, noch während sie Brooke beäugte. „Ich schätze, ja.“

Brooke wedelte mit der Hand. „Geh. Mach ihn ein bisschen müde, sei so lieb.“

Einen Augenblick später beobachtete Alex, wie sein Date mit einem seiner besten Freunde wegtanzte.

„Diese Wendung der Ereignisse habe ich nicht kommen

sehen.“ Er drehte sich zurück zum Tisch und rückte mit dem Stuhl dichter an Brooke. „Was habt ihr vor?“, fragte er leise.

Denn das musste doch was mit der Drohung der Jungs zu tun haben, sich ganz geschäftig einzumischen.

Brooke hatte Mitleid mit ihm. Sie nahm ihn an der Hand und zog ihn auch zur Tanzfläche, er wirbelte sie in einem raschen Two-Step herum, während sie sprach. „Yvette ist eine wunderbare, fantastische Frau.“

„Stimmt.“ Alex nahm Brooke neu, um sie etwas fester zu halten, damit er die Kontrolle wieder übernehmen und zu führen beginnen konnte. „Was hat das damit zu tun, dass dein Mann sie mir einfach unter der Nase wegstiehlt?“

„Ich habe ihm gesagt, dass ich mit dir reden will. Und er macht so was einfach, weil er ein Guter ist. Besonders, wenn ich ihm einen direkten Hinweis gebe.“ Sie grinste Alex groß an, bevor sie nachdenklich wurde. „Ich mag dich. Im Lauf der Jahre habe ich gute Dinge über dich gehört, und die meiste Zeit, die ich mit dir verbracht hatte, habe ich auch genossen, aber ich warne dich trotzdem. Du musst die Sache, die du da mit Yvette machst, ernst nehmen.“

Was genau das war, was er vorhatte. Trotzdem war Alex an dieser Stelle eher neugierig als wütend. „Anstatt dich zu fragen, was zum Teufel du glaubst, was du da machst, lasse ich dich weiter erklären.“

Brooke verzog das Gesicht. Ihre nächsten Worte kamen etwas gepresst heraus, als würde sie sie sagen, bevor sie sich ihre Entscheidung noch einmal überlegen konnte. „Ich werde ihre Geheimnisse nicht ausspucken, aber ich möchte nur sagen, sie hat ein paar Trigger. Sie hat das größte Herz, das mir je untergekommen ist, was bedeutet, sie nimmt Leute beim Wort. Wenn du irgendwas sagst, was du dir dann anders überlegst, wird das echt wehtun.“

Was etwas anderes war, als das, was auf seiner Liste stand.

*Großzügiges Herz, weiches Herz.* „Das verstehe ich. Ich bin nicht angepisst von diesem Hinweis."

„Aber du ziehst gern Leute auf. Und das wird nicht immer gut laufen. Nicht, weil du ein Arschloch sein willst, sondern ..." Noch eine Pause. Brooke schüttelte den Kopf. „Sei nur einfach gnädig mit ihr, okay? Wenn es aussieht, als würde sie überreagieren?"

Ein Hauch Verständnis machte sich breit. Kleine Augenblicke, wie ihre zu harsche Reaktion auf seinen unschuldigen Kommentar, dass sie kein Haustier hatte. Sich übermäßig Sorgen zu machen, dass das, was sie hier vorhatten, keine gute Idee war.

Trigger. Warum sie die hatte, war eine andere Sache, aber zu wissen, dass sie da waren, war gut.

Alex nickte Brooke zu und weigerte sich, nach weiteren Informationen zu fragen. Die Warnung hatte gereicht, und jetzt würde es an Yvette liegen, ihm alles zu erklären, wenn sie bereit war. „Das kann ich tun."

„Gut. Denn wenn du ihr wehtust, werde ich dir dein Leben zur Hölle machen." Brooke schaffte es irgendwie, mit den Wimpern zu klimpern und beim Tanzen mitzuhalten.

„Habe ich mir notiert." Alex grinste. „Danke für die Empfehlungen für ihre Geschenke übrigens. Dein Rat ist wohl bestimmt der größte Hit auf dem ganzen Kalender."

Brooke setzte ein unschuldiges Gesicht auf. „Ich weiß nicht, wovon du redest."

„Ach, komm schon. Ich habe ja vielleicht Mack um Rat gefragt, aber ich wusste verdammt gut, dass alles, was ich ihn frage, rumkommen würde, weil er es dir erzählt. Was bedeutet, das Detail, dass Yvette ein Bettelarmband möchte, war deine Idee." Alex schwang sie fest herum, legte einen Weg fest, auf dem sie Yvette und Mack abfingen. „Also, danke. Du bist genial."

Sie grollte ein wenig. „Also gut. Gern geschehen."

Die Musik änderte sich, als sie gerade wirbelnd neben Mack und Yvette zum Stillstand kamen. Alex griff nach ihrer Hand, als ein weiteres Paar sich zwischen sie drängte.

„Komm schon, Yvette. Ich muss dich was fragen." Brad Ford schob seine Frau sanft zu Alex. „Versuch, ihn von Schwierigkeiten fernzuhalten, Hanna. Lauft nicht in jemanden rein."

Zehn Sekunden später tanzte Alex ... aber nicht mit seiner Verabredung.

Die zierliche Brünette in seinen Armen lachte leise. „Du solltest gerade dein Gesicht sehen."

Alex schaute über Hannas Schulter, um zu sehen, wie Brad Yvette über die Tanzfläche von ihnen wegwirbelte. „Ich werde hier verwaltet. Das ist ja wohl klar." Er schaute auf sie hinab. „Hallo, Hanna. Lange nicht gesehen. Wie geht's, meine Liebe?"

„Mir geht's gut. Meine Kinder sind gesund und glücklich, mein Mann ist eine Freude, meine Freundin ist mit jemandem zusammen, der ihr Hoffnung gibt." Hannas Lächeln wurde noch strahlender. „So, wie du auf diese Anmerkung reagierst, macht mich das noch optimistischer."

„Ich bin so ein Typ, der Leute optimistisch macht", behauptete Alex, noch während seine Erheiterung größer wurde. Er hatte sich gedacht, dass seine Freunde nerven würden, aber dass ihre Frauen da auch mitmischten ...

Plötzlich traf ihn die Inspiration. Was für eine perfekte Gelegenheit.

„Warum siehst du jetzt aus, als hättest du einen Schabernack im Sinn?" Hanna schüttelte eine Hand frei, damit sie sie ihm in die Brust stoßen konnte. „Spuck es schon aus."

„Was ist denn aus der stillen, unschuldigen Frau geworden,

die meinen Freund geheiratet hat? Du bist inzwischen schrecklich aufdringlich.“

Stolz stieg in Hannas Augen auf. „So sieht eine Frau aus, wenn sie bedingungslos geliebt wird.“

„Ich freue mich so sehr für euch beide.“ Alex beugte sich etwas dichter heran. „Ich brauche einen Gefallen.“

Es dauerte ein paar Minuten, es zu erklären, aber als er fertig war, verdrehte Hanna die Augen vor ihm und lachte auch. Alex nahm das als gutes Zeichen.

Als sie sich den anderen an den Tischen anschlossen, wo Madison und Ryan warteten, nahm Hanna Alex an der Hemdbrust und zog ihn zu sich herab.

„Du hast Potenzial. Versau das bloß nicht“, flüsterte sie, bevor sie ihm einen Kuss auf die Wange gab.

Brad schnaubte noch, während er Hanna in seine Arme riss und Alex gespielt finster anstarrte. „Ich habe gesagt, du darfst mit ihr *tanzen*.“

„Hey, *sie* hat mich geküsst“, beschwerte sich Alex, der einen Arm um Yvette legte und sie zur Tanzfläche zog. „Jetzt, bevor noch irgendjemand uns unterbrechen kann, entschuldigt uns.“

Yvette lehnte sich an ihn, ihr Körper ein wenig steif. Zum Glück änderte sich die Musik, und der Rhythmus wurde langsamer. Die gefühlvolle Ballade im Hintergrund über Nächte voller Sterne und süße Küsse gestattete es Alex, langsam den Abstand zwischen ihnen zu verringern, bis ihre weichen Kurven dicht an ihm waren.

„Schon besser.“ Alex legte seine Wange an ihre. „Hey, meine Liebe. Hat eine Weile gedauert, bis hierher zu kommen.“

„Ich habe das Gefühl, ich habe gerade einen Spießrutenlauf hinter mir.“ Yvette warf einen Blick auf den Tisch voller Freunde, dann schaute sie Alex in die Augen.

„Haben meine Freundinnen dir alle mit körperlichen Schäden gedroht?“

„Nicht alle“, erklärte Alex. „Einige sind nicht da, und Madison hat noch keine Chance bekommen.“

Ein leises Stöhnen kam von Yvette. „Tut mir leid.“

„Bitte sag mir, dass du durch die Typen nicht davor gewarnt wurdest, Zeit mit mir zu verbringen.“

„Ach, nein. Auf gar keinen Fall.“ Yvette kicherte.

Alex zog sie dichter heran und tanzte eine enge Kurve, denn es war so gut, sie in seinen Armen zu halten. „Hör jetzt nicht auf.“

Sie lächelte ihm in die Augen. „Mir wurden alle deine Vorzüge eingehämmert, dreifach. Ryan hat ein paar Kommentare am Tisch gemacht, bevor du zurückgekommen bist.“

„Fantastisch.“ Alex fragte sich, wo die nächstbeste Wand war, damit er ein paarmal den Kopf hineinhämmern konnte. „Jetzt wirst du so weit und schnell wie möglich weglaufen.“

„Oder vielleicht nicht.“ Ihre Miene wurde etwas ernster. „Du hast mir gesagt, du machst das aus einigen Gründen, die etwas weit hergeholt sind, aber es ist auch sehr süß.“

„Süß gefällt mir“, sagte er rasch. „Ich kann damit arbeiten, es süß zu nennen.“

Sie schaute ihm in die Augen. „Alex?“

„Ja?“

Sie zögerte, dann hob sie das Kinn. „Küsst du mich?“

# 6

Sein Griff um ihren Körper verfestigte sich einen Sekundenbruchteil lang. „Dich küssen?"

„Ich habe über *peinliche* Hinweise nachgedacht. Sie auszusprechen. Worin ich übrigens ziemlich gut bin." Yvette vermasselte das auf so viele Arten, aber gleichzeitig, was konnte schon schiefgehen?

Der ganze Tag bis jetzt hatte hierher geführt. Die Zeit, die sie sich genommen hatten, um die albernen Bastelarbeiten durchzuführen. Ihre Verbindung, als sie Geheimnisse wegen Sonora und Ashton aufgedeckt hatten. Sogar das Packen der Lebensmittelkörbe und die Zeit, die sie mit alten Freunden getanzt hatten. Das war alles zu einem großen Ganzen zusammen gekommen, das besagte, Alex Thorne versuchte sein Äußerstes, um ein Mann zu sein, den man ernst nehmen sollte.

Ihre Libido war einverstanden mit dieser Nachricht, laut und deutlich.

Also war es Zeit, mutig vorzutreten, auch wenn es schnell schien.

Sie strich mit den Fingern über seinen Nacken, um ihn

sanft zu liebkosen. Ihr Blick huschte von seinen Augen zu seinen Lippen, bevor sie sich aufhalten konnte. Die Worte kamen leise und heiser heraus. „Vorhin war es richtig, aufzuhören, aber gerade jetzt will ich wirklich, wahrhaftig einen Kuss."

Es lief immer noch die Ballade, darum wirkte es überhaupt nicht deplatziert, dass er sie langsam an seinem Körper wiegte.

Aber das fiese Lachen, das an ihre Ohren drang? Das war pures, zynisches Vergnügen. „Du legst die Geschwindigkeit fest, Süße. Aber nur, um sicherzustellen, dass du das weißt, ich bin bei dieser Bitte voll und ganz bei dir."

Er drückte ihr seine große Handfläche an die Wange, der Daumen seitlich, damit er ihr Kinn umfassen konnte, dann beugte er sich vor, und ihre Lippen trafen sich.

Es fing an mit einem sanften Streifen, das sofort fester wurde. Alex drehte ihren Kopf zur Seite, damit er ihren Mund besser für sich beanspruchen konnte. Er strich mit der Zunge unnachgiebig über ihre Lippen, bis sie sie öffnete, und dann – *lieber Gott* – es war gut. Der Mann küsste hart, doch mit einer kontrollierten Kraft, die besagte, dass das noch nicht das ganze Ausmaß dessen war, was sie erwarten konnte.

Seine freie Hand senkte sich auf ihren unteren Rücken, drückte fester zu, sodass nicht einmal mehr ein Hauch Luft zwischen ihnen war. Sie glaubte, die Verbindung wäre vorher schon dicht gewesen, aber jetzt reizte jede Erhebung seines Bauches ihren Körper und sorgte dafür, dass sie sich nach Kontakt direkt Haut an Haut sehnte. Seine dicke Erektion war direkt da, klar und deutlich. Fest wie ein ...

Ein scharfes Knabbern an ihre Unterlippe entriss ihr ein Keuchen und löste sie aus ihren geistigen Wanderungen. „Küss mich", befahl er.

Mein Gott, ihr wurde schon schwindlig, aber es war eine tolle Art, um umzukippen. Sie ließ ihre Zunge an seine gleiten, eine Gänsehaut huschte über ihre Haut, während aus seiner Brust ein sexy Stöhnen grollte.

Sie spürte es bis ganz hinab zu ihren Zehen.

Er löste sich leicht von ihr. Seine Lippen wölbten sich nach oben, immer noch mit ihren verbunden.

„Was ist so witzig?“, flüsterte sie.

Alex wiegte sie zur Seite, seine Lippen bewegten sich von ihr weg, nachdem er ihr alle Sinne geraubt hatte. Zum Glück, denn sie war nur einen Sekundenbruchteil davon entfernt gewesen, in Ohnmacht zu fallen oder irgendwas ähnlich Lächerliches zu tun.

Sein Mund neckte sie an der Wange und landete unter ihrem Ohr – und vielleicht war sie noch nicht fertig damit, ein bisschen überwältigt zu werden.

Sein Flüstern war völlig erheitert. „Dich zum ersten Mal auf der Tanzfläche zu küssen? Das ist ziemlich toll, trotz der zahlreichen Anstandsdamen und Zuschauer, und jeder hofft, wir machen einen Moment zu lang, damit sie unflätige Vorschläge einbringen können.“

*Ups.* Sie fuhr zurück, um zu sehen, wer ...

Oder zumindest versuchte sie, zurückzufahren. Es war, als würde man einen Berg bewegen wollen.

Sie blieb fest an ihm stehen, ganz nah und persönlich. Sein Griff blieb hart, und er lachte wieder, tief und schmutzig. „O nein. Es hat keinen Sinn, wegzulaufen, wir haben ja schon ein Publikum.“

Yvette holte tief Luft und richtete sich neu aus. Das Gefühl, das ihr Rückgrat hinauf lief, war weniger Verlegenheit, eher schon ...

*Stolz?*

Na, verdammt. Sie wiegte sich ein paarmal in seinen Armen, während sie über diese Enthüllung nachdachte.

Ein äußerst sexy und aufmerksamer Mann hatte

klargemacht, dass er nicht nur Zeit mit ihr verbringen wollte, sondern hatte sie direkt in der Öffentlichkeit geküsst. Es war ein toller Kuss gewesen, und sie freute sich auf einen weiteren.

Sie hatte seine Aufmerksamkeit verdient, und mehr als das. Da er schon von Anfang an gesagt hatte, dass er vorhatte, sie zu küssen und mehr, konnte sie seine Aufmerksamkeit genießen, ohne Schuldgefühle zu haben oder Bedenken zu entwickeln.

„Vielleicht haben wir eine ganze Reihe erste Küsse. An allen möglichen Orten, so was eben." Sie schaute ihm in die Augen, dann zwinkerte sie. „Wir können sie bewerten."

Er wirbelte sie fest herum, ein Lachen platzte aus ihm heraus. „Darauf freue ich mich, Ms. Wright. Auf jeden verdammten einzelnen."

Der Abend ging weiter mit einer Menge Gelächter, Tanzen und Zeit mit guten Freunden.

Wie es sich erwies, bekam Yvette ihren zweiten *ersten Kuss* an der Tür ihrer Hütte, als er sie absetzte. Dieser war langsam und erhitzt, und als Alex sich löste, glitzerten seine dunklen Augen im Mondlicht. „Das war ein ziemlich guter Kuss. Acht von zehn Punkten?"

„Schon." Das Wort kam ein wenig zitternd heraus, aber Yvette lächelte, die Finger in seinen verschränkt, da er dicht genug an ihr stand, um sie zu wärmen. „Danke für den tollen Tag."

„Ich verbringe gern Zeit mit dir", sagte er leise. „Genieße deine Tage fünf bis sieben, und wir treffen uns am Mittwoch."

„Warte." Sie hatten beide darüber gesprochen, dass sie beschäftigt waren und dass sie die nächsten paar Tage allein öffnen konnte. Aber da dieser Tag so gut gelaufen war, wollte Yvette nicht, dass die Magie endete. „Du kannst gerne vorbeischauen, wenn du dabei sein möchtest. Ich kann warten, bis du Zeit hast, dich mir anzuschließen."

Er trat näher, seine Hände legten sich auf ihre Hüften.

„Diese Einladung macht mich sehr glücklich. Und dann auch richtig wütend, denn ich kann da nicht zusagen. Noch nicht."

Wie nach einem Schwall kalten Wassers machte sich ihr Glück vom Acker. Sie beeilte sich, um auf eine Art zu antworten, die klarmachte, dass sie nicht wirklich irgendeinen Plan hatte. „Schon okay. Ich dachte nur, dass es vielleicht funktionieren würde. Mach dir deswegen keine Sorgen …"

Seine Finger spannten sich kurz an, um sie fest zu drücken. „Süße, du musst mal kurz still sein, bevor ich beschließe, dass man dir den Hintern versohlen muss, weil du verdammt schnell voreilige Schlüsse ziehst."

Okay. Yvettes Emotionen waren wie ein Jo-Jo. Hoffnungsvoll, dann wütend auf sich, und jetzt wütend auf ihn. Sie verschränkte die Arme vor der Brust. „Hast du gerade gedroht, mir den Hintern zu versohlen?"

„Das ist keine Drohung, wenn du es auch willst, aber still jetzt." Er zog sie an sich und hob ihr Kinn, sodass ihre Gesichter nur noch wenige Zentimeter entfernt waren. „Ich werde in den nächsten drei Tagen runter nach Pincher Creek geschickt. Ich kann nicht vorbeikommen, aber wenn du mich anrufen willst oder wir uns schreiben sollen, bin ich so nahe bei dir, wie die Technologie uns zusammenbringt."

Ein Ansturm von Hitze strömte in ihre Wangen. Hätte sich nur ein Loch unter ihr aufgetan, damit sie verschwinden konnte, aber nein. Sie stand direkt da, sein bohrender Blick war auf sie gerichtet. Leise sprach sie. „Ich bin wieder zu voreiligen Schlüssen gesprungen, oder?"

Sein Griff an ihrem Kinn entspannte sich, sein Finger strich locker über ihre Wange. „Schon okay, solange es dir nichts ausmacht, dass ich dich zurück auf den Weg hole, den wir beschreiten müssen."

Sie nickte langsam. „Das ist für mich in Ordnung." Sie schaute ihm in die Augen und versuchte sich an einem vorsichtigen Lächeln. „Wenn ich dich jetzt küsse, kann man das als unseren ersten Versöhnungskuss bezeichnen?“

„Mir völlig egal, wie du das nennst, wenn letztlich deine Lippen auf meinen sind.“

Dann hielt er sie, und sie küssten sich erneut, und Yvette fragte sich wieder einmal, in was für ein Märchen sie da hineingestolpert war.

Danach stellte sie sich neben den Adventskalenderschreibtisch, das feste Holz unter ihren Fingerspitzen, während sie zusah, wie sein Truck in der Ferne verschwand.

Sonntag war der Tag, an dem Yvette ihre Großeltern besuchte. Der Hauptgrund, weshalb sie vor zwei Jahren nach Heart Falls gezogen war, war gewesen, dass sie Floyd und Geraldine Wright besser kennenlernen wollte. Nachdem sie mit dem älteren Paar Zeit verbracht hatte, war sie ziemlich sicher, dass die seltsame Entfremdung in ihrer Familie mehr an ihren Eltern lag als an ihrer netten Oma und ihrem Opa.

Sie schloss sich ihnen im Gemeinschaftsraum an, blieb neben ihrer Oma stehen und musterte sie mit Sorge. „Oma? Was ist los?“

Ihre Oma seufzte. „Älterwerden ist heftig. Das ist alles, Süße.“

Opa Floyd starrte aus dem Fenster, ein glückliches Lächeln auf dem Gesicht, während er zusah, wie die Vögel an dem Vogelhäuschen hin und her flatterten, das gut mit Sonnenblumenkernen ausgestattet war.

Yvette blieb neben seinem Rollstuhl stehen und drückte ihm einen Kuss auf die Wange. „Hallo, Opa. Ich bin zu Besuch da.“

Er lächelte sie an. „Na, ist das nicht nett.“ Er nahm ihre Hand und tätschelte sie sanft. Seine vom Alter mitgenommenen Hände waren schwach und weich wie der Kuss eines Schmetterlings. „Vilket häligt leende.“

Yvette warf einen Blick zu ihrer Oma. „Was heißt das?"

Ein trauriges Lächeln zog über ihre Lippen. „Er hat gesagt, du hast ein schönes Lächeln. Komm. Setz dich und bleib ein bisschen."

Opa Floyd konzentrierte sich einmal mehr auf das Leben vor dem Fenster, also ging Yvette näher und setzte sich an den Tisch. Sie füllte sich eine Tasse Tee und schenkte bei ihrer Großmutter nach, als die Frau auf ihren fragenden Blick hin nickte.

Eine gemütliche Stille senkte sich kurz herab, während sie beide einmal nippten.

Dann stellte ihre Oma die Tasse ab und legte die Hände auf den Tisch. „Dein Opa muss bald in einen anderen Bereich des Heims ziehen. Wo es für ihn ein bisschen sicherer ist. Er wird vergesslich, weißt du."

Yvette legte die Hand über die ihrer Oma und drückte sie leicht. „Tut mir leid."

„Oh, mir auch. Aber ich bin auch froh, dass wir hier sind, wo ich nur durch den Gang gehen muss, um ihn jeden Tag zu sehen." Etwas leuchtete in Omas Augen, eine Feuchtigkeit, die sie wegwischte, bevor sie sich aufrichtete und ihr glückliches Gesicht aussetzte. „Wir sind beide gesund, so sehr wir es eben sein können. Wir haben vieles, für das wir dankbar sein müssen."

„Brauchst du Hilfe bei seinem Umzug?", fragte Yvette.

Ihre Oma nickte. „Das wäre schön. Es dauert noch eine Woche oder so. Es geht nicht darum, Möbel zu schleppen, oder so was, aber es wäre gut, wenn du da bist, wenn wir ihn neu einrichten. Obwohl er sehr viel vergisst, liebt er es, dich um sich zu haben."

„Ich freue mich, wenn ich helfen kann", sagte Yvette aufrichtig. „Lass mich nur wissen, wann, und ich werde es so einrichten."

Oma Geraldine lächelte. „Das ist noch ein Segen, dass du in unserem Leben bist. So viele Jahre, die wir nicht hatten, aber ich werde immer dankbar für die Zeit sein, die wir genossen haben."

Vielleicht war es ein Gefühl im Inneren, aufgewühlt durch die Augenblicke, die ihr mit Alex entgleist waren. Yvette war klug genug, um zu wissen, wo die Wurzel dieses Unbehagens lag.

Sie hatte Lektionen von ihrer Familie gelernt, die nicht positiv waren.

Trotzdem war sie immer noch etwas schockiert, als ihr die Worte entschlüpfen. „Wünschst du dir je, ihr wärt noch in Kontakt mit meiner Mom und meinem Dad?"

„Ach, Liebling." Oma schüttelte leicht den Kopf. „Nur selten will eine Mutter von ihren Kindern getrennt sein. Aber ich kann traurig sein und doch klug genug, um zu verstehen, dass es nichts gibt, was ich hätte tun können, um die Dinge besser zu gestalten. Nicht, ohne das aufs Spiel zu setzen, was für mich einfach das Richtige ist."

Was in vielerlei Hinsicht einen Sinn ergab. „Du bist mutiger als ich", gab Yvette leise zu. Es war keine direkte Aussage, dass sie sich wünschte, sie könnte auch alle Bindungen zu ihrer Familie kappen, aber dieser Umbruch war so nahe, wie er es zu diesem Zeitpunkt nur sein konnte.

„Meine Liebe." Ihre Oma hielt die Arme weit geöffnet und wartete, bis Yvette nahe genug rückte, um eine feste Umarmung entgegenzunehmen. „Du arbeitest immer noch daran, wer du bist, und was dir wichtig ist. Diese Reise braucht Zeit. Entschuldige dich doch niemals dafür."

An seinem Platz am Fenster begann Opa Floyd zu singen. Ein Lied, das Yvette aus ihren frühesten Jahren kannte, in denen sie aufgewachsen war, bevor ihre Familie sich verändert hatte. Nachdem sie ihre Oma ein letztes Mal gedrückt hatte, zog Yvette den Stuhl neben seinen, damit sie mitsingen konnte.

Sein Blick huschte zu ihrem Gesicht, und während das süße Lied durch die Luft trug, seine Stimme leicht zittrig, lächelte er.

Yvette mochte immer noch auf der Reise sein, aber Augenblicke wie dieser waren strahlend schön und gaben ihr Hoffnung. Sie füllten sie mit Freude.

Das Verlangen, Alex alles zu erzählen, wurde größer. Die Teile ihre Vergangenheit zu teilen, die ihr in den Weg gerieten, und ein Brainstorming zu machen, wie die Zukunft aussehen sollte.

Zu sehen, was der Mann mit den lachenden Augen vorschlagen würde, während sie auf diesem Pfad unterwegs waren, auf den er sie gebracht hatte.

***Alex***: *Schneit es in Heart Falls so viel wie hier unten?*

***Yvette***: *Nein. Und du kannst den Schnee behalten. Ich musste diesen Winter meinen Truck schon zweimal aus einer Schneewehe freischaufeln.*

***Alex***: *Zeit, das Schneemobil rauszuholen*

***Yvette***: *Ich habe hinten in meinen Truck Ski geworfen, nur für den Notfall.*

***Alex***: *Keine Schneeschuhe?*

***Yvette***: *Die habe ich auch. Außerdem Vorräte für den Notfall, Signallichter und das ganze restliche Zeug.*

***Alex***: *Du bist ja ein richtiger Pfadfinder. Ich melde mich freiwillig, jederzeit mit dir in der Wildnis festzusitzen.*

***Yvette***: *Warst du mal bei den Pfadfindern?*

***Alex***: *Eine ganze Woche lang. Dann hatte ich die tolle Idee, die ganzen Türen des Sportsaals mit Wasserballons zu* *verminen. Unser großer Anführer war nicht sonderlich begeistert, und ich wurde nach Hause geschickt.*

***Yvette****: Echt heftig. Dein Gruppenleiter hat überreagiert.*

***Alex****: Ich hatte auch Farbe ins Wasser gegeben, damit es noch beeindruckender aussah. Lila war anscheinend keine seiner Lieblingsfarben.*

***Yvette****: Nicht im Ernst.*

***Alex****: Es war okay. Mein Dad hat am Ende seine eigene Version der Pfadfinder gegründet, als die nächsten Pflegekinder vorbeikamen. Ich habe immer noch mein Campingabzeichen. Die selbst gebastelte Version.*

***Yvette****: Du musst mir mehr erzählen, wenn wir uns morgen sehen.*

***Alex****: Abgemacht. Aber erst, nachdem wir den Wettbewerb mit den knalligen Pullis gewonnen haben, oder?*

***Yvette****: Auf jeden Fall. Brooke und Mack werden untergehen.*

Alex stellte fest, dass er grinste, als er durch verschiedene Nachrichten zurückscrollte, die er und Yvette in den letzten paar Tagen ausgetauscht hatten.

Am Mittwochvormittag schneite es immer noch, aber er hatte getan, was er für die Silver Stone Ranch erledigen musste. Er schlug nur noch Zeit tot und wartete darauf, dass einige letzte Papiere unterzeichnet wurden und Ashton seinen Hintern zurück in den Truck bewegte.

Der ältere Mann stand draußen vor der Bürotür, die Hände in den Taschen, er nickte, während er mit dem Vorarbeiter der örtlichen Ranch plauderte, hatte es offensichtlich nicht eilig, irgendwo hinzukommen.

Alex' Handy klingelte, und er ging ran, freute sich über eine Ablenkung.

„Hey, Dad. Was ist los?“

„Hi. Deine Mom und ich trinken hier gerade Kaffee und haben beschlossen, mal zu versuchen, ob du Zeit zum Plaudern hast. Kannst du kurz? Ich habe dich auf Lautsprecher.“

Alex warf einen Blick hinüber, aber Ashton hatte sich kein bisschen bewegt. „Ich kann reden.“

„Wie läuft es denn bei dir? Wie läuft es mit diesem Mädchen, von dem du gesagt hast, du magst sie?“

*Um Himmelswillen.* Es war, als wäre er zwölf Jahre alt. „Mädchen? Komm schon, Dad. Sie ist fast dreißig. Ich genauso.“

„Ihr seid Babys“, erwiderte sein Dad.

„Wo wir von Babys reden, passt ihr auch auf?“ Das war seine Mutter. Natürlich.

Selbst übers Telefon, meilenweit entfernt, war Alex sofort bereit, rückwärts aus dieser Unterhaltung zu verschwinden. Sie musste umgelenkt werden, jetzt.

„Wie geht es euch beiden?“, fragte Alex, der betont das Thema wechselte. „Kümmert sich Cait gut um euch? Und Aaron?“ Seine Pflegeschwester und ihr Mann.

„Deine Schwester und Aaron sind ganz wunderbar. Außerdem ist Davis auch zu Hause.“

„Davis?“ Scheiße. Der Name seines Pflegebruders war eine unerwartete Neuigkeit. „Was macht der denn hier?“

„Er hilft.“ Der Tonfall seines Vaters war nicht mehr erheitert. „Ich weiß, er hatte seine Augenblicke, doch er ist wiedergekommen und hat sich entschuldigt. Er will seine Fehler wiedergutmachen.“

„Er hat die Stadt verlassen, weil ein Haftbefehl auf ihn ausstand, Dad. Das ist kein *Augenblick*. Das hat er richtig versaut.“

„Pass auf, wie du redest“, warnte seine Mutter. „Und ich stimme dir zu. Er war ein Arsch.“

„Also, warum ist der dann da?“ Alex war bereit, in seinen Truck zu springen und über die Prärie zu fahren, um seinem Bruder, falls nötig, die Faust ins Gesicht zu schlagen.

Seine Mom seufzte. „Ihm ist klar geworden ist, dass er ein Arschloch war, und er hat sich entschuldigt dafür, dass er ein Arschloch war, und er arbeitet daran, kein Arschloch mehr zu sein.“

„Pass auf, wie du redest, Liebling“, grollte Alex’ Vater, die Erheiterung in seiner Stimme war hörbar, bevor er sich wieder an Alex wandte. „Sohnemann, wir haben schon mal darüber geredet. Wenn ein Mann einen falschen Schritt macht, schiebt man ihn nicht über die Klippe. Man gibt ihm einen festen Weg zurück, auf dem er gehen kann, und schubst ihn dann in die richtige Richtung.“

Eine Philosophie, der Alex völlig zustimmte, da er viele Jahre lang öfter mal der Empfänger der ruppigen, aber süßen Liebe seiner Eltern gewesen war. „Ich weiß, und ihr habt recht. Ihr habt mich einfach auf dem falschen Fuß erwischt.“ Er nahm sich einen Augenblick, um sich wieder zu sammeln, bevor er neu ansetzte. „Wenn ihr sagt, die Dinge laufen gut, ist es gut. Ich vertraue euch, dass ihr mich wissen lasst, wenn sich was ändert und ihr mich wieder zu Hause braucht.“

„Natürlich. Aber das wird nicht nötig sein“, beharrte seine Mom. „Liebling, du brauchst Zeit, um dein Leben zu leben. Uns geht es gerade gut. Wir lassen es locker angehen und lassen zu, dass wir heilen.“

„Ich verspreche, Davis übernimmt mehr als nur seinen gerechten Anteil. Tatsächlich werde ich ihn mal anhauen, damit er dich anruft, okay? Er hat erwähnt, dass er das tun möchte. Vermutlich hat er sich aber Sorgen gemacht, dass du ihm den Kopf abreißt.“ Dad hustete betont. „Darum müssen wir uns keine Sorgen mehr machen, oder?“

„Nein. Ich werde mich benehmen. Sag dem Idioten, er soll

sich melden.“ Alex konnte sich seine Eltern vorstellen, wie sie am Küchentisch saßen, Tassen vor sich. „Wie läuft es denn mit der Reha? Immer noch schwierig?“

„Sehr.“ Seine Mom lachte. „Ich bin äußerst dankbar, dass mein Trainer hübsch anzuschauen ist. Das spricht also zumindest dafür.“

„Mom.“ Alex lachte. „Du bist furchtbar.“

„Sie ist unverbesserlich“, korrigierte sein Dad. „Aber schlimmer ist, sie hat recht, und sie neckt mich immer damit. Deine Mom hat diesen tollen dunkelhaarigen Schönling. Und ich stecke mit einem Typen fest, der fast so alt ist wie ich. Nicht mal ein hübsches Mädchen, das mich meine Übungen durchführen lässt.“

„Echt jetzt, das Leben ist ungerecht.“ Alex bemerkte eine Bewegung an der Scheune, als Ashton zum Abschied Hände schüttelte und sich dann umdrehte, um zum Truck zu kommen. „Ich liebe euch beide, aber ich muss jetzt abbrechen. Umarmt Cait und Aaron von mir. Sagt Davis, er soll anrufen. Wenn alles gut läuft, rede ich in einer Woche mit euch.“

„Wir haben dich lieb“, sagten sie in einem fast perfekten Chor.

Alex legte auf, nur ein Hauch Unbehagen schlich sich in die Zufriedenheit, dass er wusste, seinen Eltern ging es gut.

Ashton zog die Tür auf und beäugte Alex unzufrieden. „Ich habe nicht darum gebeten, Beifahrer zu sein.“

„Betrachte mich doch als deinen Chauffeur“, ermutigte ihn Alex. „Außerdem bin ich zuerst hier gewesen. Ich fahre.“

Ein heftiges Schnauben kam von Ashton, während er sich anschnallte. „Gut, fahr uns nur nicht in den Graben.“

„Jawohl, Sir.“ Alex winkte dem Cowboy zu, der wartete, um das Tor vor ihnen aufzuschieben, dann brachte er den Truck und den Anhänger auf den Highway. „Die Pferde, die wir mitnehmen, sehen echt gut aus.“

„Ja. Ich stimme nicht mit allem überein, was Frank macht, aber es ist klar, dass die Familie Stone Pferde bis aufs Mark kennt." Silver Stones preisgekrönte Zuchtlinien waren ein bisschen Glück und eine ganze Menge harter Arbeit, besonders durch Luke Stone.

„Manchmal sind Familien so", sagte Alex trocken, der an Davis dachte. „Man nimmt das Gute und versucht, sich darauf zu konzentrieren, und hofft, es übersteigt das Schlechte."

Ein tiefes, zustimmendes Grollen kam von Ashton. „Wie geht's deinen Eltern?"

Alex lächelte. „Ich habe gerade mit ihnen telefoniert. Sie sind fast durch mit dem Physiotherapieteil der Genesung durch. Scheint gut zu laufen."

Ashton neigte das Kinn. „Schon ein echtes Ding, dass die beiden gleichzeitig eine Operation gebraucht haben."

„Sobald man auf der Liste ist, will man ja nichts ablehnen, wenn man die Gelegenheit bekommt, sie durchzuführen." Alex warf einen Blick auf seinen Vorarbeiter. „Was ist mit dir und deiner Familie? Scheint was Gutes zu sein, dass du Tucker da hast."

Zum ersten Mal bekam er ein richtiges Grinsen von dem alten Mann. „Ich freue mich, dass mein Neffe zugestimmt hat, bei mir Lehrling zu werden. Er ist als kleiner Junge jeden Sommer auf Besuch da gewesen. Mir war nicht klar, wie viel Spaß es machen würde, ein weiteres Familienmitglied zu haben, das ich herumkommandieren kann."

Alex lachte. Tucker war nur einen Schritt davon entfernt, Ashtons Job zu übernehmen, und es war gut zu wissen, dass es kein böses Blut bei der bald stattfindenden Übergabe gab.

Was einen weiteren Gedanken auslöste. „Hast du vor, in den Ruhestand zu gehen, sobald Tucker übernimmt?"

Eine Antwort, von der sich dachte, dass sie *Teufel, nein* lauten würde.

„Ich werde wohl versuchen, was anderes zu finden, das mich beschäftigt hält“, sagte Ashton locker.

Na, Teufel auch. Vielleicht war es Zeit, das Glück ein wenig auf die Probe zu stellen. „Vielleicht solltest du versuchen, *jemanden* zu finden, mit dem du dich beschäftigen kannst. Du weißt schon, eine Süße, die Tiere liebt.“

„Kümmere dich um deine eigenen verdammten Angelegenheiten“, warnte Ashton, aber seine Stimme war von purer Erheiterung gesäumt.

„Ich kümmere ich mich nie um meine eigenen verdammten Angelegenheiten. Das macht mich so charmant“, erklärte Alex. Er warf einen Blick zur Seite. „Mit dem Risiko, zu unverblümt zu sein, weshalb zum Teufel schleichen du und Sonora hinter verschlossenen Türen herum?“

Ashton schaute ihm kurz in die Augen, bevor Alex wieder die Straße im Blick behalten musste. Aber dieser Augenblick und die Miene auf dem Gesicht des Mannes hatten gereicht, um es klarzumachen.

Die Herumschleicherei war nicht Ashtons Idee.

„Ich arbeite daran“, grollte er. Dann lehnte er sich zurück und starrte direkt nach vorne. „Wenn du das vor irgendwem wiederholst, werde ich es vehement leugnen. Dann werde ich dich den Rest des Monats für die Nachtschicht einteilen. Was echt beschissen wäre, um es dem süßen Ding anzutun, das du dir gerade unter den Nagel reißen willst.“

„Verdammt, du kannst echt fies sein“, beschwerte sich Alex.

„Wenn man so lange dabei ist wie ich, weiß man, wenn man aufhören muss, zu kleckern.“ Ashton schob sich den Hut über die Augen. „Schöne Fahrt. Weck mich, wenn wir nach Hause kommen.“

Was Alex in den nächsten zwei Stunden allein mit seinen Gedanken ließ. Ziemlich vielen Gedanken, alle auf äußerst unterschiedlichen Pfaden.

Ashton wollte Sonora. Interessant.

Seine Eltern erholten sich gut, und sein Pflegebruder – einer von ihnen – hing daheim herum und half.

Zurück zu Hause hatte Yvette ihm in den letzten drei Tagen süße, interessante Nachrichten geschrieben. Trotzdem vermisste er sie immer noch tierisch.

Das ergab einen wilden Wirrwarr aus Gedanken, die in seinem Gehirn auf Endlosschleife liefen.

Doch er konnte davon nicht genervt sein. Es waren alles eigentlich gute Sachen, und wenn es ans Eingemachte ging, gehörten sie alle zu einem Abenteuer, nach dem er sich gesehnt hatte.

Die Reise war Teil des Ziels. Er wollte keine einzige Minute davon missen.

# 7

Natürlich. Der Mittwoch erwies sich als Tag aus der Hölle. Es hatte um vier Uhr siebenundzwanzig in der Früh angefangen zu schneien – Yvette wusste den genauen Zeitpunkt, weil sie bereits wach gewesen war, unterwegs zu einem Notfalleinsatz.

Die drei Farmen, die sie vor dem Mittag aufgesucht hatte, hatten sich alle in einen adrenalindurchtränkten Augenblick nach dem anderen verwandelt. Sie war von einem Bullen verfolgt worden, von einem besonders eifrigen Pferd an die Holzbox gedrückt und nur einen Sekundenbruchteil davon entfernt gewesen, aus dem Heuschober geworfen zu werden, als unerwartet eine Eule an ihr vorbeigeflattert war und dem Farmer so einen Schrecken versetzt hatte, dass er direkt in sie hineingelaufen war.

Zu dem Zeitpunkt, als sie unterwegs nach Hause hätte sein sollen, um sich für die jährliche Weihnachtsversammlung der Feuerwehr zu fertig zu machen, steckte Yvette noch knöcheltief im eisigen Schlamm fest.

Sie riss sich frei, winkte dem armen Farmer zum Abschied

zu, der immer noch seine ganzen Aufgaben erledigen musste, und holte ihr Handy heraus, damit sie sich bei Alex melden konnte.

Normalerweise hätte sie neben sich gestanden, sich Sorgen gemacht, dass sie so spät dran war, und was er von ihrem fehlenden Verantwortungsgefühl halten würde. Es war furchtbar, dass sie die Stimme ihrer Mutter hören konnte, die ihr wieder Vorträge hielt, was persönliche Verpflichtungen anging, und dass man zuerst an andere denken musste.

Es half nicht, dass sie in den letzten paar Tagen eine Reihe Textnachrichten von ihren Geschwistern bekommen hatte. Sie war wohl beim samstäglichen Familienabendessen ein Gesprächsthema gewesen, und wer wusste, was ihre Mutter erzählt hatte, denn ihre drei älteren Brüder hatten ihr alle *falls du Hilfe brauchst, frag nur*-Nachrichten geschickt. Was nett gewesen wäre, nur dass ihre Hilfe immer mit Bedingungen einherging, und einer Forderung, dass sie zurück nach Regina zog.

Carrie andererseits hatte angefangen, Yvette vorzuwerfen, dass sie nicht zum Essen gekommen war, weil sie eifersüchtig war, hatte sich dann aber dazu vorgearbeitet, ihrer kleinen Schwester zu vergeben, „die ich so sehr liebe und für die ich nur das Beste will". All das, ohne dass Yvette einmal eine Nachricht beantwortet hätte.

Yvette suchte Alex' Kontakt heraus und zwang die ganzen negativen Gedanken weg. Sie war spät dran – so was passierte eben während eines Arbeitstages, besonders, wenn man mit Tieren zu tun hatte.

Sie hatte sich in den letzten paar Tagen die Zeit genommen, fest nachzudenken, besonders im Lichte des schlechten Gefühls, das ihr diese fiesen Textnachrichten gegeben hatten.

Zu voreiligen Schlüssen zu springen und von guten Leuten

das Schlimmste anzunehmen, waren beides schlechte Angewohnheiten, die sie aufgeben musste, was bedeutete, sie musste gerade jetzt darauf vertrauen, dass Alex es verstehen würde.

Er ging ran, als hätte er auf ihren Anruf gewartet. „Hey, Hübsche."

„Wenn du mich jetzt sehen könntest, würdest du ein anderes Wort benutzen." Während die Heizung auf vollen Touren lief, erwärmte sich das, was immer unten an ihren Füßen klebte, und füllte die Kabine mit einem schrecklichen Aroma. „Streich das. Wenn du mich gerade jetzt riechen könntest – dann hätten wir ein Problem."

Er verstand ihre verborgene Botschaft und lachte leise. „Kommst du spät von der Arbeit?"

„Du willst nicht, dass ich jetzt gerade zu einer Party komme. Außer, du willst, dass ich den ganzen Raum leere."

„Vergiss nicht, die Hälfte von uns hat schon keinen Geruchssinn mehr", versicherte ihr Alex. „Aber keine Sorge. Geh nach Hause. Mach dich frisch. Ich warte draußen bei dir, bis du fertig bist."

„Treffen wir uns doch an der Feuerwache", bot Yvette im Gegenzug an. „Es ist immer noch ein Date, und du kannst mich nach Hause fahren, wenn du mir einen Gutenachtkuss auf der Schwelle geben willst, aber ich würde mich besser fühlen, wenn du bereits Zeit mit deinen Freunden genießt. Ich verspreche, ich komme so schnell dazu, wie ich kann."

Er zögerte einen Augenblick, bevor er zustimmte. „Parke hinten, fahr rum zur Südseite des Gebäudes. Ruf mich an, wenn du ankommst, und wir treffen uns. Wir müssen doch noch unsere Pullis anziehen."

„Unsere Gewinnerpullis", versicherte sie ihm.

„Das ist mein Mädchen."

Sie legte auf, ein warmes Leuchten ging von ihren

schmutzigen Zehen bis ganz hinauf zu den Enden ihrer wirren Haare.

Es dauerte nicht lang, sich zu säubern, besonders, da sie ihren Geruch selbst kaum aushielt. Sie schickte Alex eine rasche Nachricht, als sie auf den Parkplatz auf der Rückseite der Feuerwache fuhr. Weihnachtslichter waren in jedem Fenster und verwandelten den Ort in etwas Festliches, das Gebäude sah aus, als hätte es glitzernde Augen und ein glänzendes Lächeln.

Sie kam um die Ecke des Gebäudes und blieb stehen.

Ein Schneemann verstellte ihr den Weg. Nicht nur einer, sondern eher schon eine Armee. Manche davon standen, andere lagen. Sie marschierte weiter, und Erheiterung machte sich breit, während ihr klar wurde, dass da eine Zombieapokalypse nachgestellt wurde, in der Schneemannversion.

Sie schaute sich verwundert um, als ein starker Arm sich um ihre Taille legte und Alex sie dicht heranzog. „Hey."

„Hey." Sie legte ihm die Arme um den Nacken, ohne nachzudenken. „Ups. Das fühlt sich irgendwie nicht wie das an, was ich jetzt gerade tun sollte."

„Für mich ist das kein Problem", flüsterte er, während er sich langsam hinabbeugte, den Blick auf ihre Lippen gesenkt. „Solange das nächste, was du tust, ein Kuss für mich ist."

„Ich kann schon ..." Ihr wurden die Worte abgeschnitten, als er ihre Lippen aufeinanderdrückte.

Kurz, aber auf keinen Fall süß. Ihr Herz hämmerte, als er sie schließlich losließ.

Sein Grinsen saß fest an Ort und Stelle, dann deutete er auf den Hof. „Gefallen sie dir?"

„Die Schneemänner? Die sind süß." Yvette schaute zur Seite, um sie genauer anzusehen. „Hast du die gebaut?"

„Ich und ein paar von den Jungs. Komm schon, ich zeige

dir den besten Teil." Er führte sie einen ausgetretenen Pfad entlang, wo die größte Masse der Schneemänner sich in einer dichten Schar versammelte.

Alle in unterschiedlicher Größe, mit sehr eigenen Charakterzügen, waren die Schneemänner in einem perfekten Halbkreis um eine Bank versammelt. Die Arme griffen zum Himmel, manche von ihnen, als würden sie auf einer Bühne stehen. Alle hatten ihre Augen und die Karottennasen auf die Mitte gerichtet und grinsten, als würden sie etwas Wichtiges anschauen.

Alex streckte die Hände aus, seine beste Imitation einer Glücksrad-Fee. „Ta-da! Unsere Selfie-Station."

Ein Schneemann war leicht geneigt, sodass er an seinem Nachbarn lehnte. Ihre beiden Köpfe lagen aneinander, die Nasen wie überkreuzte Schwerter. Sie hätte schwören können, dass sie versuchten, einander zu küssen.

Tief in ihrem Bauch setzte ein Lachen ein und stieg nach oben, zusammen mit einer gewissen Zufriedenheit. „Das ist perfekt."

Alex ließ seine Finger in ihre gleiten. „Komm schon. Wir müssen unsere Pullis anziehen und Leute beeindrucken."

„Ich verhungerte außerdem", sagte Yvette rasch. „Können wir Leute beeindrucken, während wir was essen?"

Er brummte, als würde er nachdenken. „Ich weiß nicht. Kannst du essen, ohne dass du einen Teller vor die Vorderseite des Wunders hältst, das unsere Knalligkeit ist?"

„Hier kommt eine Warnung, dass ich regelmäßig was zu essen brauche."

„Habe ich verstanden." Er zog sie in die Wärme der Feuerwache, Gelächter und der Geruch nach Weihnachten legten sich um sie.

Einen Augenblick später lagen auch seine Arme um sie. Er beugte sich vor und küsste sie noch einmal. Tief und langsam und ablenkend. Sie hätte sehr lange da bleiben können, während sie seine Lippen auf ihren genoss.

Nur dass von ihrem Magen ein Knurren kam, das so laut widerhallte, dass sie beide kicherten.

Er löste sich, lächelte in ihr verlegenes Gesicht. „Das klingt, als wäre es gefährlich, wenn man es ignoriert."

Sie griff in die Tasche, die an ihrer Schulter hing. „Hier. Wenn wir sie jetzt anziehen, können wir nach oben gehen und uns in die Schlange fürs Essen stellen. Perfektes Timing."

Die Pullis wurden angezogen, die LED-Lichter so stark wie möglich eingestellt. Sie beide leuchteten mehr oder weniger, als sie Hand in Hand die Stufen hochgingen.

Als sie oben am Absatz ankamen, stieg ein Jubel auf. Die Menge, die sich versammelt hatte, war größer als im Vorjahr, da alle freiwilligen Helfer und ihre Familien mit dabei waren.

Der Brandmeister stand auf. Brad beäugte sie beide, sein Grinsen wurde größer. „Na, ihr hellt den Laden aber gehörig auf."

„Du bist ja auch nicht allzu unauffällig, Chief", erwiderte Alex, der den Arm jetzt um Yvettes Taille legte und sie ans hintere Ende der Schlange fürs Buffet stellte. „Wir kommen gleich rüber."

Yvette blinzelte noch. „Glitzert er?"

Brads Pulli schien völlig aus Lamettasträngen zu bestehen, die Schichten wogten im hellen Licht von oben wie ein schwarz-weißes Polarlicht.

„Keine Sorge. Sein Pulli ist gut, aber unsere sind besser", versicherte ihr Alex. Er schnappte ihr einen Teller und reichte ihn ihr. Er beugte sich dicht an sie und sprach mit einer verschwörerischen Ruhe, während sie an den Tischen vorbeigingen, die sich unter Tabletts mit Truthahn, frischgebackenen Brötchen und allen möglichen Salaten durchbogen. „Lass mich wissen, was dein Lieblingsnachtisch ist, und ich schnappe dir einen zusätzlich."

„Nachtisch?"

Er legte den Kopf schief und wies zum Tresen am anderen Ende. „Psssst. Lass die Horden bloß nicht wissen, dass es den gibt."

Yvette wurde der Mund wässrig, als sie Kartoffelbrei, Fleischbällchen und Bratensoße auf ihren Teller schaufelte, zusammen mit einer großzügigen Portion Cranberrysoße. „Ich brauche gleich jetzt was ganz Einfaches, Gutes. Jede Menge davon."

Sie hatte keine Idee, wie er es schaffte, aber als sie ihren Teller auf einen leeren Platz neben Brooke auf den Tisch stellte, stellte Alex einen weiteren Teller hin mit allem, was sie bereits ausgesucht hatte. „Hier. Du brauchst bestimmt deine Kraft."

Sie wollte schon widersprechen. Ihr Gehirn machte einen unwillkommenen Einwand wegen der reinen Menge an Essen vor ihr. Aber Alex' Blick richtete sich direkt auf sie.

„Es war ein anstrengender Tag. Danke."

Er beugte sich vor und berührte mit seiner Nase ihre, nur einen Sekundenbruchteil lang, Erheiterung tanzte durch seinen Blick. „Iss, was du möchtest. Ich verspreche, in der Zukunft wartet noch ein Nachtisch."

„Alex. Was ist dieser Wahnsinn, den ihr draußen gebaut habt?" Ryan und Madison saßen ihnen gegenüber, und während die beiden Alex wegen der Schneemänner neckten, haute Yvette rein.

Neben ihr lehnte sich Brooke mit der Schulter an sie und sprach leise. „Iss weiter. Ich habe gehört, du bist heute von einem Ende des Bezirks zum anderen gefahren, und ich wette, du hast nichts zum Mittagessen bekommen." Ihre Freundin schnappte sich das Brötchen von Yvettes Teller. Einen

Augenblick später hatte sie es dick mit Butter bestrichen und zurückgelegt. „Außerdem, wenn du isst, heißt das, ich kann dir alle möglichen Sachen erzählen, und du kannst nichts erwidern. Denn du bist viel zu höflich, als dass du mit vollem Mund reden würdest."

Yvette warf ihr einen raschen Blick zu, schluckte im richtigen Augenblick, dass sie rasch von ihrer Limo trinken konnte, bevor sie ihr die Zunge rausstreckte. „Ich kann durchaus schnell essen und dir die Hölle heißmachen. Wenn du es verdient hast."

„Ich verdiene nichts dergleichen", beharrte Brooke. Ihre Stimme senkte sich wieder. „Ich sehe, Alex ist ein ganz Lieber."

Yvette spießte ein weiteres Stück Truthahn auf und zog ihn durch die Soße. *„La la la la la."*

Von ihrer Freundin kam ein Lachen. „Du bist glücklich. Das hast du auch verdient, und obwohl ich weiß, dass er seine Augenblicke hatte, passt Alex auf dich auf. Ich mag das."

Da waren sie schon zwei. Yvette brach ein Stück von ihrem Brötchen ab und tunkte es in die Soße auf ihrem Teller. Sie hielt inne, bevor sie es sich in den Mund steckte, schaute Brooke in die Augen. „Ich habe Spaß, und ich lerne was."

Sie dachte an all die Veränderungen, von denen ihr klar wurde, dass es dazu kommen musste.

Nur dass das Gehirn ihrer Freundin einen völlig anderen Weg einschlug. Brooke schnaubte beinahe. „Na, gut, und was genau wird dir beigebracht? Ach, ich weiß es. Du lernst schmutzige, ungezogene Dinge, weil Alex dir beibringt ..."

„Hör auf", sagte Yvette, aber es war gedämpft, weil sie noch das verdammte Stück Brötchen im Mund hatte. Sie kaute und schluckte rasch. „Nein."

„Na, wenn du was Neues und Ungezogenes lernst, besagt der Freundschaftskodex, dass du es mir berichten musst. Ich bin ja deine beste Freundin und so."

„Ich esse", beschwerte sich Yvette. „Bitte mich doch nicht jetzt darum."

„Schon in Ordnung. Ich frage ihn", sagte Brooke plötzlich, dann beugte sie sich vor, und bevor Yvette etwas dagegen einwenden konnte, sprach sie lauter. „Richtig, Alex?"

Er unterbrach die Unterhaltung, die er mit seinen Freunden auf der anderen Seite des Tisches führte, und warf einen Blick in ihre Richtung. Sein Blick traf den von Yvette. Er hatte wohl einen Hinweis in ihren Augen gesehen, dass sie über etwas weniger Unschuldiges redeten, als noch eine Extraportion Dessert zu stehlen, denn er grinste breit. „Auf jeden Fall richtig. Sofort richtig, jetzt richtig, richtig richtig. Ich weiß nicht, wovon ihr redet, aber ich bin voll dabei."

Ihre Wangen wurden tiefrot. Ach du liebe Zeit.

Das waren die Augenblicke, die für Alex klarmachten, dass er und Yvette zusammen gehörten.

Ja, sie war ganz verlegen, während er verstohlen die Hand unter den Tisch schob, ihre Finger in seine nahm und sie fest drückte, bevor er ihre verbundenen Hände auf seinem Oberschenkel ablegte, doch war es eine *gute* Verlegenheit.

Er hatte immer noch einige Knoten zu lösen, wenn es um diese Frau ging. Aber die Teile, die so perfekt passten, ließen ihn nicht nur vor Verlangen prickeln, sondern beruhigten und befriedigten auch etwas in ihm. Er wusste, dass sie erst mal Freunde werden mussten.

Auf der anderen Seite von Yvette hatte Brooke ein Lächeln auf, das Schwierigkeiten verhieß. „Ich mag einen Mann, der gern zustimmt."

Ihr Mann saß auf der anderen Seite des Tisches. Mack

beäugte sie voller Vorfreude. „Oh, und wie du das tust. Und du hast einen. Also hör auf, meinen Freund zu necken."

„Alex ist auch mein Freund", beschwerte sich Brooke. „Das heißt, ich darf ihn genauso necken wie Yvette."

Madison gesellte sich zu der Schar. Sie hatte sich vom Tisch weggeschoben, die Hände lagen auf der Wölbung ihres Bauches. „Im Necken bist du am besten, aber es ist Zeit, sich mal mit dem echt großen Elefanten im Raum zu befassen."

Mack schlug sich eine Hand vor den Mund und schüttelte den Kopf, seine Augen waren vor Erheiterung in Falten gelegt.

„Du bist *so* nervig", sagte Madison, die ihm leicht auf den Arm schlug.

„Ich habe doch gar nichts gesagt", beschwerte sich Mack empört.

„Du hast es gedacht. Echt laut." Madison rückte an Ryans Seite. „Bring deinen Freund dazu, dass er nett zu mir ist."

„Hör auf, schreckliche Dinge aber über Madisons Babybauch zu denken", befahl Ryan, der die Hand über die Wölbung legte und ihr einen Kuss auf die Wange drückte. „Er ist wunderschön."

„Vielen Dank, Liebling." Sie legte eine Hand über seine und redete leise mit erheitertem Unterton. „Okay, er ist wunderschön *und* groß."

„Auf jeden Fall – schön, meine ich. Das wollte ich doch sagen, bevor du damit angefangen hast." Mack griff mit der Hand über den Tisch nach Brooke. „Kannst du mir hier mal aushelfen, Liebling? Bevor sie mich aus dem Fenster schmeißen oder so was?"

Sie nahm ihn an den Fingern und nickte kurz. „Der Raum gehört ganz dir."

Yvettes Finger spannten sich um die von Alex an, als Argwohn hochschoss. Die ganze Ausgangslage war perfekt für eine gewisse Ankündigung.

Und tatsächlich schaute Mack den Tisch entlang, um sicherzustellen, dass die Kernmitglieder der Gruppe alle zuhörten. „Brooke und ich möchten gerne ankündigen, dass sie auch bald die Sache mit diesem wunderschönen Bauch machen wird. Baby Klassen wird im kommenden Sommer erwartet."

Und das bedeutete, die nächsten zehn Minuten waren erfüllt von Umarmungen und Händeschütteln und einem festen Klopfen auf den Rücken, während sich die Neuigkeiten verbreiteten.

Yvette bekam die erste Umarmung mit Brooke, bevor sie ungläubig den Kopf schüttelte. „Ich habe überhaupt nichts geargwöhnt. Ich freue mich so für euch."

Brooke zwinkerte Alex zu, während sie sich über Yvettes Schulter lehnte. „Wir mussten warten, bis die Menge groß genug war, damit sich unsere Ankündigung auch lohnt."

„Fantastische Neuigkeiten", sagte Alex, der die Hand hinter Yvette durchschob und Brooke vorsichtig drückte. „Du und Mack werdet die Sache mit der Familie richtig rocken."

„Es wird helfen, dass wir so viele Babysitter da haben", sagte Brooke mit einem Zwinkern, bevor sie sich an die nächste Person wandte, um ihre Gratulation entgegenzunehmen.

Alex ließ seinen Arm um Yvette gleiten und führte sie um den Tisch, damit sie sich der Gruppe anschließen konnten, die Mack gratulierte. Dann traten sie zur Seite, warteten mit Brad und Hanna, bis der Trubel ein wenig nachließ. Yvette lehnte sich an Alex' Brust, war völlig locker.

Ihm gefiel es. Ihm gefiel es sogar sehr.

Sie schoss hoch und schaute zu ihm zurück, bevor sie mit dem Kopf aufgeregt durch das Zimmer wies. „Komm mit. Ich sehe jemanden, mit dem ich reden muss."

Er ging bereitwillig mit, kam vor einer zierlichen

Rothaarigen zum Stehen, die vor einem Mann zu flüchten schien, der sie in die Ecke getrieben hatte.

Yvette räusperte sich. „Tut mir leid, darf ich unterbrechen?“

Der Mann – der Bruder eines ihrer Freiwilligen? – funkelte sie an, denn sie hatte ihm mitten im Satz das Wort abgeschnitten.

Aber die Frau drehte sich mit einem dankbaren Lächeln um. „Kein Problem. Was ist los?“

„Brad hat mir gesagt, du hättest Informationen, die ich brauche. Das dauert nicht lang. Vielen Dank, es ist schön, dich kennenzulernen“, sagte Yvette zu dem Mann, noch während sie die Frau am Arm nahm, und immer noch festgeklammert an Alex, die beiden zur Seite des Raums zog.

Der Mann starrte ihnen nach, Verwirrung und ein Hauch Frust auf dem Gesicht.

„Danke“, sagte die Frau, die eine Hand auf Yvettes Arm ließ und sie leicht drückte. „Er ist ein neuer Freiwilliger, also wollte ich ihm nicht in den Arsch treten, aber ich stand schon kurz davor.“

„Das mit Brad war eine Lüge“, sagte Yvette. „Ich muss aber mit dir reden.“ Sie wandte sich an Alex. „Hast du Sydney schon kennengelernt, seit du wieder in der Stadt bist? Ich glaube nicht, dass sie schon hier gelebt hat, als du gegangen bist.“

Der Name klang vertraut, aber er schüttelte den Kopf, hielt ihr eine Hand hin. „Alex Thorne. Silver Stone Ranch, und einer der Schichtleiter hier bei der Feuerwehr.“

„Du bist Alex.“ Die Frau lächelte strahlend. Sie drückte seine Hand fest, dann stemmte sie die Hände auf die Hüften. „Dr. Sydney Jeremiah. Ich war draußen in Black Diamond, aber ich eröffne hier in Heart Falls ein Behandlungszentrum.“

Jetzt hatte Alex ein Gesicht, das zu dem Namen passte.

„Ich habe von dir gehört. Ich hatte Glück, dass ich deine Dienste noch nicht gebraucht habe."

„Hoffen wir, dass es so bleibt", sagte sie fröhlich, bevor sie sich an Yvette wandte. „Ja?"

„Machst du Hausbesuche?"

Sydney schaute Yvette von oben bis unten an, ihr Blick hing an den Lichtern auf ihren beiden Pullis.

Yvette schüttelte den Kopf. „Nicht für mich. Creighton Reiner hat sich den Fuß verletzt. Er hat sich von mir nähen lassen, aber es wäre schön, wenn du hingehen könntest, um dir meine Stickarbeiten mal anzusehen."

Sydney nickte langsam. „Ich nehme an, das ist einer von den Alten hier im Ort?"

Sie hatte nicht um seine Hilfe gebeten, aber Alex war mehr als bereit, sie anzubieten. „Bisschen ein mürrischer Kerl, aber er hat ein gutes Herz. Wenn ihr möchtet, kann ich dich und Yvette begleiten, wenn du Zeit hast. Und sehen, ob ich helfen kann, damit es ein bisschen glatter läuft."

Yvette stieß mit der Schulter an seine. „Das ist eine gute Idee."

Die Ärztin zuckte mit der Schulter. „Ich sehe mal in meinem Kalender nach. Sogar mürrische alte Bastarde haben medizinische Hilfe verdient."

„Danke." Yvette neigte den Kopf zu Brad, der gerade gerufen hatte, dass sie sich versammeln sollten. „Komm mit uns, wenn du Stärke in der Gruppe suchst. Du weißt schon, um deinen Verfolger abzuschütteln."

„Der Typ war nur übermäßig freundlich", sagte Sydney, bevor sie die Nase rümpfte. „Irgendwie wie ein Welpe, aber ich hatte keine zusammengerollte Zeitung, um ihm damit einen Nasenstüber zu geben."

Alex kicherte, und er bot ihnen beiden seine Arme an. Als

sie beide die Hände um seinen Bizeps legten, marschierte er mit ihnen zur Versammlung und fühlte sich wie ein Held.

„Es ist Zeit für den offiziellen ersten Wettbewerb in Sachen knallige Pullis." Jemand hatte Madison ein Mikro geholt, und sie stand auf einer erhöhten Plattform an der Seite des Raumes, eine Hand ganz unzeremoniell auf ihrem Bauch. „Weil wir alle wissen, dass das inoffizielle Event letztes Jahr von meinem Mann gewonnen wurde. Vielen Dank aber auch."

„Er war der Einzige, der verkleidet war", rief Mack.

„Wer schläft, verliert", erwiderte Ryan.

Sydney schlüpfte in die Menge hinein. Yvette schockte Alex tierisch, indem sie den Arm um seine Taille legte, damit sie Seite an Seite standen, auf jeden Fall ein eng aneinandergeschmiegtes Paar.

Während Madison die Regeln für die Abstimmung durchging, lehnte Yvette die Wange an die von Alex und flüsterte ihm ins Ohr: „Ob wir gewinnen oder verlieren, mir hat es echt Spaß gemacht, unsere Pullis zu basteln. Und Zeit mit dir zu verbringen. Ich wollte, dass du das weißt."

Er küsste sie auf den Mundwinkel und zog sich zurück, bis er ihre Stirn an seine legen konnte. „Danke, dass du mitgemacht hast. Ich glaube, wir machen das mit dem Daten echt gut."

„Ich schätze schon."

„Außerdem werden wir auf jeden Fall gewinnen." Er zwinkerte, bevor er sich wieder zur Menge wandte.

Einen Augenblick später schlüpften alle, die angemessen gekleidet waren, vor die Versammlung und drehten sich zum Publikum um.

„Die Jury muss jetzt bitte vortreten", verkündete Madison.

Eine Gruppe von etwa einem Dutzend Kindern wand sich nach vorne durch.

Von da an war der Wettbewerb so ziemlich gelaufen.

Brooke und Mack hatten ihre Pullis mit Reihe um Reihe glänzender, in Bänder geschlagener Kisten verziert. Ryan trug wieder mal den klassischen Pulli, den er und Madison während ihres Kampfes einsetzten. Brad hatte seinen schimmernden Lamettaumhang, und Hanna hatte einen, der mit Grünzeug verziert war. Vielleicht Mistelzweige?

Alex musste Brad wegen genau dieser Entscheidung irgendwann mal in der Zukunft unter vier Augen aufziehen.

Eine weitere Dutzend Freiwillige hatten auch Hand angelegt, aber als er und Yvette schließlich vor die Kinder liefen, strahlten ihre Augen so richtig. Besonders, als er einem von ihnen eine Fingerpuppenkuh aus seiner Tasche reichte. „Du sagst, wo die hinkommt. Sollen wir sie in die Scheune stellen?"

Die Augen des kleinen Mädchens strahlten. Sie schüttelte den Kopf und schob das Tier sehr sorgsam auf ein Stück Klettband, das oben auf einem der Zaunpfosten war. Ein Kichern kam von der ganzen Jury.

Einen Augenblick später waren Yvette und er beide umringt von eifrigen Kindern, die ihre Fingerpuppen nahmen und verrücktspielen ließen. All die kleinen Stücke mit Klettband, die zufällig über die Pullis verteilt waren, wurden mit Bauernhoftieren an unsinnigen Orten gefüllt. Die meisten standen auf dem Kopf, denn das schien den meisten Spaß zu bringen.

Aber es war das kleine Mädchen, das sowohl den Bauern als auch die Bäuerin hatte, das die meisten Lacher provozierte. Sie hatte beschlossen, dass die beiden ganz oben auf der Spitze der Scheune auf der Rückseite von Yvettes Pullis sitzen mussten.

Das würde nur funktionieren, wenn sie einander fest umarmten. Das kleine Kind tätschelte sie heftig, damit sie auch hielten.

„Da“, sagte sie. „Die sind wie der Stern oben im Weihnachtsbaum. Der macht alles perfekt, wisst ihr.“

Die beiden, die sich aneinanderschmiegten, da saßen und über ein wunderbares Heim hinweg blickten? Alex hätte nicht mehr zustimmen könnten.

Als die Kinder fertig abgestimmt hatten, hatten er und Yvette eindeutig gewonnen.

Brad versuchte, streng zu wirken, aber es war zu viel Weihnachtsfröhlichkeit im Raum, als dass es angehalten hätte. Sein gespieltes Grollen war noch da, als er neben Alex trat. „Du hast herausgefunden, dass Kinder in der Jury sind.“

Alex zuckte mit den Schultern. „Vielleicht. Vielleicht nicht.“

Von Yvette kam ein leises Kichern. Alex ignorierte alle um sie herum, damit er sie nach unten führen konnte auf den Ehrenplatz unter dem wachsamen Blick der Zombieschneemänner. Da saßen sie, die Arme umeinander gelegt, als das offizielle Foto des Knalliger-Pulli-Gewinners für die Nachwelt geschossen wurde.

Bevor sie ihren Platz aufgaben, machten sie eine Reihe Selfies. Dann brachte Alex Yvette zurück in die Wache, um das Gelächter und die Wärme guter Freunde zu genießen.

Ein weiterer erfolgreicher Schritt in Richtung Zukunft.

# 8

Als Yvette die Schublade von Tag zehn öffnete, fand sie – wie üblich – den Schlüssel für den nächsten Tag. Aber das tatsächliche Geschenk war kein glänzender winziger Pferdeanhänger wie hinter Türchen neun. Es war nicht süß und lecker wie der Gutschein hinter Türchen sieben für eine Schachtel Timbits.

Es war sehr viel mysteriöser und brachte ihr Herz zum Hämmern. Ein winziger Zylinder, nur ein wenig größer als ein Bleistift, ließ sich aufschrauben, um etwas zu enthüllen, das eine alte Schatzkarte zu sein schien.

Sie quietschte vor Freude und ließ zu, dass das Glück durch ihre Adern pumpte, bevor sie das Handy nahm und Alex schrieb.

***Yvette***: *Es gibt nur ein Problem mit dem Geschenk von heute*

***Alex***: *Oh?*

***Yvette***: *Ich sehe anscheinend nicht, wo ich dieses Abenteuer anfangen soll. Kann ich einen Hinweis kriegen? Ich dachte daran, mal nachzusehen, ob du unsichtbare Tinte* *eingesetzt hast, aber ich will die Karte nicht ruinieren, wenn ich das nicht muss.*

***Alex***: *Vielleicht brauchst einen Partner, um dich um dieses Problem zu kümmern. Ich sehe, dass du heute nach Silver Stone rauskommst. Vielleicht können wir mal Pause machen, wenn du fertig bist.*

Oh, dieser gerissene Mann. Yvette schaute sich noch einmal die Karte an, legte im Geiste den Weg der Schritte darauf über die Orientierungspunkte dessen, an das sie sich von Silver Stone erinnerte.

***Yvette***: *Abgemacht. Ich versuche, dich zu informieren, eine halbe Stunde, bevor ich fertig bin.*

Wie es sich erwies, hätte sie sich keine Gedanken machen müssen. Alex traf sie auf dem Parkplatz, den Cowboyhut hatte er auf, die Arbeitsstiefel an den Füßen.

„Bist du heute mein Führer?", fragte sie.

Er trat vor. „Ich musste mich nicht mal freiwillig melden. Ashton hat mich sofort auf die Liste mit den Tierarztpflichten gesetzt."

Sie hielt inne, bevor sie sich umschaute, und beschloss, darauf zu pfeifen. „Hast du vor, mich zu küssen?"

Sofort schob er seinen Hut zurück, und einen Augenblick später war sie in seinen Armen, seine große Hand hielt ihren Nacken umfasst. „Ich wollte dir keine Angst machen, aber ich kann nicht sagen, dass es mir gefallen hätte, das zu verpassen."

Bevor sie ihn auch necken konnte, zog sie er sie noch dichter heran, setzte ihre Sinne mit einem kurzen, aber begeisterten Kuss in Brand.

Er trat zurück und zog seinen Hut wieder hoch, neigte ihn nach vorne und tippte sich daran, bevor er sie angrinste. Er neigte den Kopf zur zweiten Scheune. „Hier entlang."

Das war kein Bereich, wo sie jemals Probleme gehabt hatten. Yvette genoss die Arbeit mit Alex. Genoss die Art, wie er ihr, während sie sich jedem neuen Tier näherten, eine Zusammenfassung gab, wo die Probleme lagen, doch noch während er redete, wurde er langsamer. Senkte die Stimme, damit zu der Zeit, wenn sie sich das Tier anschaute, es so ruhig wie möglich war.

Nach ein paar Stunden hörten sie auf und gingen in die Kantine, um kurz Kaffeepause zu machen. Yvette holte die Schatzkarte heraus und legte sie auf den Tisch zwischen ihnen. „Das macht Spaß. Sobald du erwähnt hast, dass du mein Führer sein würdest, hatte ich eine ziemlich gute Ahnung, wo wir anfangen müssen."

„Klingt gut. Wir haben noch ein paar Aufgaben auf der Liste."

Und so endeten sie nicht mal eine Stunde später neben der Haupttür zu einem der ältesten Gebäude von Silver Stone. Eine Verbindung zwischen zwei neueren Gebäuden, mit gealtertem Holz, das honiggolden war an den Stellen, wo Hände im Lauf der Jahre immer wieder entlang gestrichen hatten.

Yvette schaute auf die Karte. „Zwanzig Schritte nach Süden."

Dieser Hinweis war leicht. Er führte sie direkt durch einen Gang mit Boxen auf einer Seite und Sattelzeugräumen und weiteren Lagerräumen auf der anderen.

Der nächste Teil war nicht so eindeutig. Als sie zögerte, beugte sich Alex über sie. „Was jetzt, Süße?"

„Jetzt sieht es aus wie eine Feder. Oder Spirale. Aber ich habe keine Ahnung, was das bedeutet." Sie schaute sich um, drehte sich langsam, weil sie hoffte, sie würde etwas sehen, was eine Idee auslöste.

„Lass mich wissen, wenn du noch einen Hinweis willst", bot Alex an.

„Hier und jetzt wäre gut."

Er neigte langsam das Kinn. „Ich will aber Bezahlung für meine Hinweise."

Ein nicht sehr damenhaftes Schnauben kam von Yvette. „Aber natürlich willst du die."

Er zog sie an sich. „Keine Sorge. Ich mache dich nicht bankrott."

Wieder wurden ihre Lippen eingenommen, und Yvette fragte sich, wie um aller Welt sie so lange ohne Alex' Küsse überstanden hatte. Sie waren köstlich. Hypnotisierend. Tief in der Seele zufriedenstellend und süchtigmachend.

Außerdem offensichtlich atemberaubend, denn als er sich löste, klammerte sie sich an seine Schultern, um auf den Beinen zu bleiben. „Wenn du das noch oft machst, werde ich zu einer Pfütze auf dem Boden."

„Es wird schwer, deinen Schatz zu finden, wenn du dich in eine Amöbe verwandelst." Er tippte sie auf die Nase und wirbelte den Finger durch die Luft an seiner Schulter. „Hier ist ein Hinweis."

Yvette beobachtete ihn genau, aber obwohl sie die Bewegung sah, löste das keinen weiteren …

Seine Hand hob sich langsam in die Luft.

„Es gibt noch ein Stockwerk, oder nicht?", wollte Yvette wissen, die sich umschaute, um zu sehen, wie man dahin kam.

An der Wand ein paar Meter entfernt waren einige Seile durch einen Haken gefädelt. Sie führten nach oben zu einem Flaschenzug hoch in den Balken.

Okay. Rätsel gelöst, aber auf gar keinen Fall würde Yvette dieses alte Aufzugssystem nutzen, um in den Heuboden zu kommen. „Sag mir, dass es einen anderen Weg nach oben gibt."

Alex nahm die Seile und holte sie zu ihnen herab. „Das ist sicher", versprach er. „Ich habe alles überprüft."

Ihr Herz hämmerte, und diesmal war es nicht wegen der Aufregung der Suche. *„Alex."*

Jedes bisschen ihrer Angst war in diesem Wort zu hören.

Er legte die Arme um sie und drückte ihre Schultern noch einmal, bevor sie zu dem Apparat wies. Eine ein Meter mal ein Meter große Plattform hing auf Schaukelhöhe über dem Boden. „Ich komme mit dir. Ich bin jeden Schritt des Weges bei dir."

Ein langer, bebender Atemzug entschlüpfte ihr, und Yvette schaute ihm ins Gesicht. Auf seinen Lippen war immer noch der leichte Hauch eines Lächelns – es schien, als würde der niemals ganz verschwinden. Aber seine Augen waren ernst, und er wirkte felsenfest. Wie ein Berg, der sich nicht bewegen ließ.

Ein steter Ort, an den sie ihr Vertrauen geben konnte.

„Lass mich nicht fallen", flüsterte sie, bevor sie sich mit dem Hintern auf die Plattform setzte.

Er lehnte sich vor und schaute ihr genau in die Augen. „Es wird Spaß machen. Vertrau mir."

Die ganze Plattform unter ihren Hüften sank um ein paar Zentimeter, als er sich ihr anschloss, und unabsichtlich ließ sie ein leichtes Kreischen hören.

Als nächstes zog er auch schon an den Seilen und hob sie nach oben, eine Hand über der anderen. Sie hatten ihre Jacken an der Wand gleich hinter der Scheunentür hängen lassen, und sie beobachtete, wie sein Bizeps und seine Unterarme sich durch die schiere brutale Kraft wölbten, die er bei jeder Bewegung einsetzte.

Lieber Gott, seine Arme waren so sexy, wie sie es noch nie in ihrem Leben gesehen hatte.

Sie waren offenbar auch das Ablenkendste, was sie je gesehen hatte, denn ehe sie es sich versah, zog er an einem dritten Seil und schwang ihre Plattform hinüber zum soliden Holzboden des Heuschobers.

Yvette ließ die Füße auf die Bodenbretter gleiten, und Alex

schloss sich ihr an, warf die Seile über einen Haken neben dem nächstbesten Balken.

Dann hielt er sie wieder in den Armen, drückte ihr einen zarten Kuss auf die Stirn. „Ich wollte dir keine Angst machen. Aber danke für das Geschenk, das du mir gerade gemacht hast."

Sie wurde reglos, dachte über seine Worte nach. Als sie aufsah, erkannte sie die absolute Wahrheit in seinen Augen. Darin ertrank sie einen Augenblick lang. In diesem erstaunlichen und nicht sonderlich vertrauten Gefühl. Sie war nicht perfekt gewesen, und doch schien er überhaupt nicht unzufrieden mit ihr. Er hatte sie nicht aufgezogen oder unhöfliche Kommentare gemacht oder sonst etwas.

Er hatte ihr für das Geschenk gedankt – ihm zu vertrauen.

Der Augenblick war riesig, und doch war sie nicht ganz bereit, das laut zur Kenntnis zu nehmen.

Stattdessen neigte sie leicht das Kinn und zog dann die Karte aus ihrer Tasche. „Es ist nicht mehr weit. Willst du mir helfen, den Schatz zu finden?"

Er zwinkerte und wies sie dann zu den Heuballen. „Fröhliche Schatzjagd."

Nach weniger als fünf Minuten, in denen sie in diese Richtung und dann jene kroch, stieß Yvette ein lautes Lachen aus. „Du nimmst mich doch auf den Arm."

Versteckt in der entlegenen linken Ecke des Heuschobers waren die Heuballen verschoben worden, um eine gemütliche kleine Nische mit einer dicken, bunten Picknickdecke zu bilden.

Alex machte es sich gemütlich, streckte sich auf dem robusten Baumwollstoff aus. Er klopfte auf den Platz neben sich. „Komm her. Ich habe was für dich."

Sie konnte nicht widerstehen und kroch neben ihn, stützte sich auf einen Ellbogen. „Da möchte ich wetten."

Er strich mit den Fingerknöcheln über ihre Wangen. „Überraschung. Die Picknickdecke gehört dir."

Sie schaute mit glücklicher Überraschung nach unten. „Die ist schön."

„Hinten hat sie robusten Jeansstoff, mit einer dreifachen Schicht Watte, also hält sie Stroh und Heu aus", sagte er mit einem Lächeln. „Da wir beide wissen, dass Rummachen irgendwo in der Nähe eines solchen Materials ein Rezept für ein Desaster ist."

„Haben wir vor, rumzumachen?", fragte sie unschuldig.

„Wir haben vor, das zu tun, was uns glücklich macht." Sein Cowboyhut war zur Seite gefallen, während Alex sich seitlich herabließ, bis Yvette flach auf dem Rücken liegen konnte. Er schaute mit hungrigen Blick auf sie hinab.

Irgendwas Versautes in einer Scheune zu tun, in der sie arbeitete, gehörte nicht zu ihrer üblichen Arbeitsmoral, aber sich auf das zu konzentrieren, was sie jetzt glücklich machen würde, war sehr verlockend. „Küsst du mich?"

Er schob den Cowboyhut weiter zurück und richtete sich aus, sodass seine ganze lange, hagere Gestalt an ihre Seite gepresst war. Er beugte sich hinüber, seine Lippen nur Zentimeter von ihren entfernt. „Ja, Ma'am."

Sie war so süß. Der Kontrast zwischen ihrer absoluten Furchtlosigkeit mit völligem Kontrollbewusstsein und diesen Augenblicken, in denen sie Zartheit und Angst zeigte. Die Tierärztin, die wusste, was sie tat, und die Frau, die manchmal immer noch ihr Gleichgewicht zu suchen schien. Er liebte das alles. Wie alle ihre Einzelteile zusammenkamen, um eine Frau zu erzeugen, die ihn von den Socken holte.

Außerdem, wenn er sie berührte, auch das kleinste bisschen, wurde sein Schwanz härter als ein verdammter Stein.

Er fluchte innerlich, denn sie sollte das Tempo vorgeben. Er hatte gesagt, es läge absolut bei ihr, wie schnell und wie weit sie gingen – und er hatte vor, dieses Versprechen zu halten, aber lieber Gott, er wollte sie.

Gerade jetzt allerdings würde er diesen Vorgeschmack ein wenig weitertreiben. Seine Hand ruhte auf ihrer Taille, und er brachte ihre Lippen zueinander. Sie hatten diesen Teil in der letzten Woche schon oft genug geübt, sodass sie automatisch die Arme hob, um sie um ihn zu legen. Die Finger einer Hand schob sie in seine Haare und bog sich zu ihm, während er seine Hand langsam über ihren Bauch nach oben wandern ließ.

Er spielte mit ihrer Zunge, ihr Atem kam in winzigen, keuchenden Zügen, die an seiner Wange vorbeistrichen. Sie keuchte, als seine Hand auf ihrer Brust landete.

Alex stöhnte, bevor er sich aufhalten konnte.

Selbst durch ihr dickes Oberteil und ihren BH entzündete ihre Hitze, die in seiner Handfläche überquoll, ein loderndes Feuer in ihm.

Dielen quietschten. Ein stetiger, zackiger Rhythmus folgte …

Schritte.

Die sich näherten.

„*Scheiße.*“

Sie lösten sich abrupt. Yvette zerrte an ihrem Oberteil, damit es wieder alles bedeckte, während Alex sich neu ausrichtete, damit er nicht seinem Schwanz völlig das Blut abschnitt. Sie blieben beide sitzen, verborgen hinter den Ballen.

„Wir sollten vermutlich das Heu im zweiten Heuschober erst aufbrauchen.“ Tuckers Stimme. Tief, mit einem Hauch Gelächter an den Rändern.

Alex war sicher, dass sie nicht zu sehen waren. Yvette hatte sich die Finger über den Mund gelegt, also waren sie still, obwohl sie erheiterte Blicke wechselten.

Aber Alex dachte auch, dass ihnen Tucker auf der Spur war und wusste, dass sie hier waren. Jetzt musste sich nur noch zeigen, ob man sie direkt erwischte oder ob der Mann wartete bis später, um Alex die Hölle heißzumachen, weil er im Heuschober herumgeknutscht hatte.

„Ich dachte, in dieser Scheune wäre noch genug, um mindestens ein paar Monate zu halten. Aber du willst es nicht jetzt benutzen?" Ginny Stone, Tuckers Verlobte, machte ein fragendes Geräusch. „Das ergibt keinen Sinn."

„Dass man ein paar Orte für ... *Katzen* ... zum Spielen offenhält, ist wichtig." Tucker sprach das ganz trocken aus.

Aus irgendeinem Grund löste Tuckers Anmerkung ein lautes Lachen bei Ginny aus. „Okay, gut. Ich weiß aber nicht, warum du mich hier raufgeholt hast."

„Das weißt du nicht? Dann lass mich mal deine Erinnerung auffrischen, Göttin."

Einem plötzlichen Keuchen von Ginny folgte weiteres Lachen, dann gingen sie ein paar der Schritte zur entfernten rechten Ecke des Heuschobers.

Weg von dem Ort, wo Alex und Yvette reglos saßen.

Es gab keine Zeit zu verlieren, denn es gab Dinge, die Alex nicht hören musste. Dass sein zukünftiger Boss herumknutschte, war eines davon.

Alex presste sich einen Finger auf die Lippen, neigte den Kopf zum Ausgang hin.

Yvette folgte ihm, hob die Decke hoch und bewegte sich leise ihm auf den Fersen, bis sie am Rand des Heuschobers waren.

„Wie kommen wir ...?", flüsterte sie.

Er deutete auf die Seitenwand, trat drumherum zu einem

Ort, wo ein schmales, äußerst robustes Treppenhaus nach unten führte.

Sie sagte nichts, bis sie ganz draußen waren. Dann lachte Yvette, stieß Alex leicht in den Bizeps. „Es gab doch einen anderen Weg in den Heuschober."

„Es gibt viele Wege, einen Schatz zu finden", erwiderte er anerkennend. „Aber man kann doch einen fliegenden Teppich nicht gegen einfache Stufen austauschen, oder?"

Sie schüttelte den Kopf, schaute sich rasch um, dann küsste sie ihn. „Das hat Spaß gemacht. Danke auch für die Decke."

Er grinste. „Ich sollte wieder an die Arbeit. Wir sehen uns aber morgen?"

„Da kannst du wetten."

Er brachte sie zurück zu ihrem Truck, stahl sich noch einen Kuss, und dann wartete er, bis ihr Truck von der Ranch verschwand, bevor er seine Füße wieder zur Arbeit zwang. Begierig darauf, dass der Tag vorüber war und der nächste kam.

Er stand draußen, als Yvette ihn um acht Uhr morgens abholte.

Sydney Jeremiah saß bereits auf dem Beifahrersitz, und sie rutschte sofort in die Mitte, jonglierte mit dem Kaffee, während Alex sich hinsetzte und anschnallte.

„Wir könnten meinen größeren Truck nehmen", erklärte Alex.

„Ich dachte, wenn Creighton meinen Truck kommen sieht, verschwindet er vielleicht nicht und versteckt sich." Yvette deutete auf die Tüten vorne auf der Konsole. „Ich war dran mit dem Zimtschneckenkauf. Tansy und Rose richten übrigens schöne Grüße aus."

Sydney half, indem sie Alex einen Leckerbissen zuschob,

und dann die Tüte als Teller hielt, damit Yvette sich ihren schnappen konnte, sobald sie draußen auf dem Highway waren. „Ist es schrecklich, wenn ich zugebe, dass *Buns and Roses* einer der Hauptgründe ist, weshalb ich nach Heart Falls gezogen bin?"

„Das ist gar nicht schrecklich. Es zeigt, dass du vernünftig bist", versicherte ihr Alex.

Yvette grinste. „Dieses Café liegt allen am Herzen, aber ich muss zugeben, dass Rose und die ganzen Kinkerlitzchen, die sie verkauft, mich einfach glücklich machen."

„Du magst glänzende Sachen?", fragte Sydney.

Alex schaute Yvette kurz in die Augen, bevor sie sich wieder auf den Highway konzentrierte. „Ein bisschen zu sehr manchmal", gab sie zu.

„Na, das ist nicht möglich." Sydney nahm einen großen Schluck vom Kaffee, bevor sie glücklich seufzte. „Außer, du bist irgendwie ein Messie, und ich muss dir helfen, das wieder hinzubiegen."

Alex sprang rasch zu Yvettes Verteidigung. „Sie ist auf keinen Fall ein Messie, aber du musst mal bei ihr vorbeikommen und dir das ganze coole Zeug anschauen, das sie gesammelt hat. Himmel, ich muss es auch mal genauer anschauen. Bei ihr zu Hause gibt's eine ganze Menge schicker Sammlergegenstände."

„Was magst du am liebsten?", fragte Sydney sie interessiert.

Yvette zögerte kaum, bevor sie in ein Grinsen ausbrach. „Tja, vor diesem Monat hätte ich gesagt, meine Sandsammlung, die nicht mal so besonders glänzend ist, sondern sehr persönlich. Jedes Mal, wenn ich an einen Strand komme, oder einen See mit einem Strand, stehle ich nur genug für ein kleines Röhrchen. Die sind alle in einem Ausstellungkasten. Es ist faszinierend, die ganzen unterschiedlichen Texturen und Farben zu sehen."

„Das klingt toll. Ich kann sehen, wie das eine Menge glückliche Erinnerungen hochholt. Schön für dich." Sydney leckte sich die Finger sauber, bevor sie fragte: „Was ist dein neuer Liebling?"

Alex gefiel diese Frau, die klug und aufmerksam war und Yvette unbedingt ermutigen wollte.

Ein leises Summen kam von Yvette. „Mein neuer Liebling kommt von dem Gentleman auf dem Beifahrersitz neben dir. Er hat mir hübsche Anhänger gegeben, die ich an mein Armband hängen kann."

Sydney stieß ihn freundlich mit dem Ellbogen in die Rippen. „Gut gemacht, du Charmeur. Es ist nett, ein Paar zu sehen, das sich so gut verträgt wie ihr beiden. Wie lange seid ihr schon zusammen?"

„Welches Datum haben wir heute?", fragte Yvette, deren Lippen sich zu einem Lächeln wölbten.

Sydney wirkte kurz verwirrt, bevor Alex Mitleid mit ihr hatte. „Ich habe eine Weile gebraucht, um meinen Kopf aus dem Arsch zu kriegen und klug genug zu sein, um zu merken, was für ein Juwel Yvette ist. Ich war bis Anfang des Monats nicht in der Stadt."

Schock ging kurz durch die Augen der Frau, bevor sie ihr neutrales Gesicht aufsetzte. „Schön für euch."

Die Unterhaltung verlegte sich auf Orte in der Stadt, wo Sydney vielleicht jemanden finden konnte, der bei ein paar Renovierungsarbeiten half. Alex sang mit, als „Run Run Rudolph" auf der Playlist kam, und die Mädchen lachten, während er es zusammen mit Luke Bryan auf die Spitze trieb.

Yvette schüttelte aber den Kopf. „Ich kann mich irgendwie erinnern, dass du mal gesagt das, du hättest nur an Karaokeabenden gesungen."

„Das wäre schade. Du hast eine tolle Stimme." Sydney nickte zustimmend.

„Mir hat es immer Spaß gemacht, beim Radio mitzusingen." Alex wollte nicht zugeben, dass ihm, nachdem er beschlossen hatte, der Verehrer von Yvette zu werden, klar geworden war, dass Singen noch etwas war, das sie zusammen unternehmen konnten. Er hatte nicht rechtzeitig daran gedacht, um etwas Musikalisches in ihre Kalendergeschenke zu packen, aber er hatte bereits Pläne mit Schabernack für die Zukunft.

Schabernack, zu dem er gehörte, sie und einige großartige Liebeslieder. Nur um die Stimmung weiter in die richtige Richtung zu lenken.

Die holprige Straße hinauf zur Farm wurde etwas glatter, als sie auf den Hof fuhren.

„Sieht aus, als wäre er zu Hause." Alex schaute von dem altersschwachen Truck, der vor dem Haus parkte, zu dem Rudel Hunde, das auf sie zukam.

„Aus dem Kamin kommt auch Rauch", erklärte Sydney.

Yvette begrüßte bereits die Hunde, steckte ihnen Leckerlis aus ihren Taschen zu, während sie ihnen die Köpfe streichelte. „Hey ihr. Ja, ich bin's wieder. Wo ist der Boss?"

Der Boss stand auf der vorderen Veranda, die Arme vor der Brust verschränkt, eine äußerst wenig einladende Haltung. „Was zum Teufel macht ihr hier?"

„Hi, Mr. Reiner. Auch schön, Sie zu sehen", rief Yvette mit völliger Fröhlichkeit.

Alex kämpfte gegen ein Lächeln an.

Yvette deutete an ihre Seite. „Das ist Sydney, und ich glaube, Alex kennen Sie. Er arbeitet auf Silver Stone."

Creighton schaute Alex in die Augen. „Die Schickimicki-Pferde verkaufen sich immer noch wie warme Semmeln?"

„Ja, Sir", sagte Alex.

„Dieser Ashton macht dir auch noch die Hölle heiß?"

„Ja, Sir, und er hat seinen Neffen zur Unterstützung

geholt, für die Tage, an denen Ashton das Leben etwas leichter nehmen und ausschlafen will."

Creighton schnaubte, bevor er die drei wieder betrachtete. „Wenn ihr vorhabt, mir irgendwelche religiösen Pamphlete zu geben, könnt ihr gleich wieder umkehren."

Yvette hatte es zur untersten Stufe der Treppen geschafft. „Ich bin wieder da, um mir noch mal Hunter anzusehen, und dachte mir, während ich Ihren Hund untersuche, kann sich Sydney mal Ihren Fuß ansehen."

„Weshalb sollte ich so ein kleines Mädchen das machen lassen?" Creighton richtete sich auf, ragte trotz seines Alters über ihnen auf.

Alex wollte den Mann gerade an seine Manieren erinnern, als Sydney vortrat, die Hände vor sich aneinandergelegt, als wäre sie tatsächlich ein kleines Mädchen, das gleich vor der Klasse etwas vortragen wollte.

Sie mochte aussehen wie eine Fee, doch in der nächsten Minute bewies Sydney, dass sie Eier aus Stahl hatte. „Ich habe als Klassenbeste abgeschlossen, fünf Jahre jünger als die meisten Männer im Programm. Aber der echte Grund, weshalb Sie wollen, dass ich mir Sie ansehe, ist, dass ich auch echt gut schieße. Wenn ich einen Betäubungspfeil einsetzen muss, um Sie zu Boden zu bringen, wenn Sie irgendwann mal morgens draußen Ihre Pflichten erledigen und es nicht erwarten, mache ich das. Dann bin ich aber echt angepisst, dass ich das tun muss, anstatt gleich hier und jetzt anzufangen und zu tun, was in fünf Minuten erledigt sein sollte. Also sparen Sie sich Ihre komische Haltung und platzieren Sie Ihren Arsch gefälligst auf dem Stuhl, damit ich mir diese genähte Wunde mal ansehen kann. Klingt das wie ein Grund, der gut genug für Sie ist, Sir?"

Alex behielt Creighton im Auge, musste sich aber eine Hand über den Mund legen und so tun, als würde er sich die

Wange kratzen, denn auf gar keinen Fall konnte er sein Grinsen unterdrücken.

Yvette wiegte sich leicht, beinahe, als würde sie ersticken.

Sydney ließ die Wimpern klimpern, dann legte sie die Hände hinter den Rücken, noch einmal ein kleines Mädchen. „Sollen wir jetzt damit weitermachen?"

Creighton machte auf dem Absatz kehrt und ging zurück in die Hütte, ließ aber die Tür offen.

Die drei folgten ihm nach drinnen.

Yvette blieb im Eingang stehen. „Hunter ist nicht auf der Veranda. Wissen Sie, wo er ist?"

Creighton zuckte mit den Schultern. „Vermutlich in der Scheune. Die Hunde haben alle ein Nest draußen, um es im Winter warm zu haben."

Der Mann beugte sich hinab, um seinen Stiefel zu öffnen.

Yvette wies mit dem Kopf zu Sydney und bedeutete Alex, dass er bei ihr bleiben sollte, dann trat sie nach draußen, auf der Suche nach ihrem Patienten.

Der alte Mann grummelte ein paar Mal, aber er ließ Sydney seine Verletzung untersuchen und sich von ihr eine kleine Spritze geben, die etwas Medizin enthielt. „Yvette hat das gut gemacht, es heilt schnell. Nehmen Sie die Pillen, um sicherzustellen, dass da keine Infektion reinkommt, bis es völlig verheilt ist."

Sie waren unterwegs durch die Tür, als der alte Mann grollend sprach. „Danke."

„Gern geschehen. Falls Sie Probleme haben, rufen Sie an, und ich werde vorbeikommen und Sie durchchecken", versprach Sydney.

„Strapazieren Sie Ihr Glück nicht über", grollte er.

Alex lachte leise, während sie die Stufen hinab und zur Scheune gingen, um Yvette zu suchen. „Das war tatsächlich ziemlich freundlich von Creighton."

„Wirkt wie ein wunderbarer Gentleman“, sagte Sydney völlig ernsthaft.

Yvette war in der Scheune, verwirrt und besorgt. „Ich habe überall gesucht, aber Hunter kann ich nicht finden.“

Selbst mit einer gemeinsamen Suche aller drei gab es keine Spur von dem Hund.

Schließlich zuckte sie mit den Schultern und deutete zurück zum Truck. „Ich komme in ein paar Tagen wieder raus. Vielleicht ist er auf die gegenüberliegende Seite des Grundstücks gegangen, und ich werde nicht durch den Schnee waten, um ihn zu finden.“

Erst ließen sie Sydney raus. Die Ärztin wackelte mit den Fingern, bevor sie in ihr gemütliches kleines Haus am Rand der Stadt verschwand.

„Sie ist hammerhart“, sagte Yvette glücklich. „Ich freue mich, dass sie sich uns beim nächsten Mädelsabend anschließt.“

„Die Männer in dieser Stadt werden nicht wissen, was sie da trifft“, beschwerte sich Alex mit einem Kopfschütteln. „Wenn ihr Damen es einmal im Monat krachen lasst. Es ist eine Katastrophe, die man nur auslösen muss. Vielleicht braucht ihr beim nächsten Mal Hilfe. Ihr wisst schon, ein paar große, starke Jungs, die Sachen für euch heben und rumtragen.“

„Im Traum“, erwiderte Yvette. „Schade auch, dass wir es Mädelsabend nennen, also kannst du nicht eingeladen werden.“

„Dann lad mich doch zu was anderem ein“, scherzte Alex.

„Vielleicht mache ich das. Vielleicht könntest du morgen rüberkommen, und nachdem ich meine Kalenderüberraschung geöffnet habe, kannst du dich mir anschließen, wenn ich meine Großeltern besuche.“

Alex erstarrte, die Lockerheit, mit der sie ihn gebeten hatte, etwas so Persönliches zu machen, schickte einen Rausch durch ihn durch.

Bevor er etwas sagen konnte, hatten sich ihre Finger auf dem Lenkrad versteift, und sie starrte direkt nach vorne. „Ach, egal. Das war ein alberner Vorschlag. Ich bin sicher, du hast was zu tun, das du machen musst."

„Yvette." Ihr Name ertönte schärfer, als er beabsichtigt hatte.

Sie schaute zu ihm und verzog das Gesicht. „Tut mir leid."

Er schnappte sich ihre Hand und küsste ihre Handknöchel sanft. Er atmete langsam, als würde er sicherstellen wollen, dass er sagte, was sie hören musste. „Ich freue mich so, dass du mich eingeladen hast. Ich sage es noch mal. Was immer für Erwartungen du hast, wir finden immer noch Zeug raus, aber ich *will* für dich da sein. Was bedeutet, du kannst mich zu etwas einladen, und wenn ich es nicht schaffe, sage ich dir, warum. Wenn ich es nicht machen möchte, sage ich dir das auch. *Vertraue* mir."

„Ich versuche es." Die Worte waren ein kaum hörbares Flüstern.

Er lachte, ließ das Geräusch durch die Angespanntheit des Raumes zwischen ihnen hallen. „Du machst es toll. Und ich freue mich darauf, deine Großeltern sehen, obwohl ich sie schon kenne, da Mack, Ryan und ich abwechselnd einmal im Monat die Feuerübung im Seniorenheim durchführen."

Sie blinzelte. „Du hast recht. Das hatte ich vergessen." Sie rümpfte die Nase. „Wo wir gerade beim Vergessen sind, das ist die andere Sache. Wir ziehen meinen Opa morgen um."

# 9

Um halb elf Uhr am nächsten Vormittag parkte Alex vor der Seniorenresidenz Heart Falls und beeilte sich, zu Yvette zu gehen. Er war ein bisschen spät dran, aber sie hatte auf seine Nachricht mit lächelnden Emojis geantwortet, und einer Zusicherung, dass sie ihn trotzdem noch da haben wollte, wenn er es schaffte.

Die Residenz war ein gemütliches Gebäude, mit einem großen zentralen Innenteil und vier davon wegstrebenden Wohnbereichen. Zwei davon hatten Miniwohnungen mit einem oder zwei Zimmern, in denen man unabhängig leben konnte. Der dritte war mit erhöhter Betreuung, wo ausgebildetes Pflegepersonal mit den täglichen Bedürfnissen der Bewohner half.

In der vierten Abteilung war ein Bereich für Alzheimer- und Demenzpatienten, und dorthin war Alex unterwegs, während er half, die letzte Ladung von Floyd Wrights Besitztümern zu tragen.

„Ist es Zeit für Kaffee?“, fragte Yvettes Opa, seine Stimme

bebte leicht, während er über die Schulter zu seiner Frau schaute, die seinen Rollstuhl schob.

„Ist es", sagte Geraldine zustimmend. „Nach dem Kaffee werden wir dich in deinem neuen Zimmer einrichten."

„Ich hoffe, sie haben heute anständige Plätzchen." Er schaute zu Yvette, die neben ihm ging, eine bunte Decke über einen Arm gelegt. „Magst du Plätzchen?"

„Meistens. Besonders mit Kaffee, aber ich mag auch Zimtschnecken, Donuts und sehr viele andere süße Leckereien."

Er machte ein zustimmendes Geräusch und nickte fest.

Oma Geraldine warf einen Blick zu Alex, der einen Karton mit Papieren in der Hand hielt. „Danke, dass du das trägst. Wir hatten nicht genug Hände, um alles zu nehmen."

„Ich helfe gerne." Sie mussten einen Augenblick an den Sicherheitstüren warten, während Yvette den Code eingab.

Ein paar Minuten später hatten sie Floyd an einen der runden Tische im Gemeinschaftsbereich gesetzt. Geraldine setzte sich neben ihn, während die Helfer Tassen mit Kaffee und Teller mit Leckereien brachten.

„Hier. Das bringe ich in Opas Zimmer." Yvette griff nach der Kiste in seinen Armen.

Er wies mit dem Kinn zu den Wohnbereichen. „Du gehst voraus. Ich folge dir."

Yvette lehnte sich an ihm vorbei, um ihre Großmutter anzulächeln. „Wir sind gleich wieder zurück, Oma."

„In Ordnung, meine Liebe. Wir sind dann hier." Sie legte ein weiteres Plätzchen auf den Teller und schob ihn näher zu ihrem Mann. „Da. Das ist einer deiner Lieblinge."

Floyds neues Zimmer war nur ein paar Schritte entfernt. Yvette schob die Tür auf und ließ Alex zuerst hinein.

Es war ein einfaches Zimmer mit einem Bett an einer Wand und einem Schrank an der anderen. Es gab gerade genug Platz, dass ein einzelner Liegesessel und ein Tisch an die Wand gestellt werden konnten. Ein kleines angeschlossenes Bad war die einzige andere Tür im Raum. Aber es gab ein großes Fenster mit einem tiefen Fensterbrett, und eine ganze Reihe hübscher Gegenstände standen dort aufgereiht, damit Floyd seine Freude daran haben konnte.

Alex stellte den Karton auf den Tisch und griff nach der Decke in Yvettes Armen. „Hier. Ich lege die auf das Bett, wenn du dich um dem Rest kümmern willst, der in diesem Karton ist."

„Ich weiß nicht mal, was in diesem Karton ist", gab sie zu, aber sie ging den Handel ein. „Ich hoffe, das geht gut."

Er hatte nicht groß Gelegenheit gehabt, konkrete Fragen zu stellen, doch er wusste genug über den Ort, um es zu verstehen, ohne es gesagt zu bekommen. „Ich nehme an, dein Opa braucht zusätzliche Hilfe? Es ist nicht mehr sicher für ihn in dem Bereich, wo man unabhängig leben kann?"

„Nein." Yvette stellte ein weiteres Bild auf den Fensterrahmen, dann öffnete sie die Schubladen im Schrank. „Meine Oma wird weiterhin in ihrer alten Wohnung leben. Sie sagt, sie wird jeden Tag hierher kommen, um Zeit mit ihm zu verbringen. Es gibt keinen Grund, weshalb sie nicht genauso hier sitzen und stricken kann."

Alex nickte, während er sich in dem kleinen Raum umschaute und an das gemütliche Apartment dachte, in dem er sie vor fünf Minuten getroffen hatte. „Es wird funktionieren, und ich freue mich. Aber es ist eine gewissermaßen traurige Phase im Leben."

Er richtete sich auf, nachdem er die Decke geglättet hatte, um festzustellen, dass Yvette die Arme vor der Brust verschränkt hatte, Traurigkeit im Blick.

Sie neigte den Kopf. „Kriege ich eine Umarmung?"

„Natürlich, Liebling." Er nahm sie in die Arme, drückte ihr

einen Kuss auf die Stirn, bevor er ihren Kopf an seine Wange zog. „Das sind gute Leute, und es ist ein guter Ort. Du musst dir keine Sorgen um sie machen."

„Tue ich nicht", beharrte Yvette leise. „Es ist nur ..."

Sie drückte ihn fest, während sie Luft holte und sie langsam wieder ausstieß.

Alex stand auf und hielt sie fest. Ließ sie nachdenken und ließ sie spüren. „Wir können darüber später reden, wenn du willst. Ich habe allerdings das Gefühl, wenn wir jetzt nicht schnell rauskommen, wird dein Opa jeden einzelnen Keks auf dem Tisch essen."

Ein leises Lachen kam von ihr. „Da hast du recht."

Sie rückte weit genug ab, damit sie ihn sanft küssen konnte, dann nahm sie ihn an den Fingern und zog ihn zurück in den Gemeinschaftsraum.

Oma Geraldine plauderte mit einer Frau links von ihr. Opa Floyd schien seinen Kaffee und seine Plätzchen fertig zu haben und entspannte sich nun in seinem Stuhl, sein Kopf nickte leicht.

Alex setzte sich rechts von ihm hin, Yvette neben ihn. Yvette schloss sich der Unterhaltung der Damen an.

Alex hörte zu, ohne zu unterbrechen, schaute sich die Arbeiter und Bewohner an und war still, während Geraldine diesen neuen Teil des Lebens begann, einen neuen Status mit ihrem Lebenspartner.

Er hatte es ernst gemeint, als er Yvette gesagt hatte, dass diese Residenz ein guter Ort war. Er machte sich auch keine Sorgen um Floyd – man würde sich gut um ihn kümmern. Ihn lieben.

Nur dass es eine Veränderung war. Eine größere als alles, was Alex jemals vor sich gehabt hatte ...

Was Erinnerungen an seine Vergangenheit hochholte. Teufel, jeder Teil seines Lebens, jede Phase hatte ihre

Herausforderungen gehabt. Hatte Gutes und Schlechtes gebracht, aber dem stellte man sich besser mit jemandem, dem man wirklich wichtig war.

Für Floyd war das Geraldine. Außerdem Yvette, und wenn Alex wirklich Teil ihrer Welt werden sollte, bedeutete das, dass das ältere Paar, das in der Nähe saß, auch Teil seiner Welt werden musste.

Es war ein inspirierender Augenblick, der ihn tief im Inneren traf.

Die Damen redeten noch. Auf der Suche nach Ablenkung entdeckte er ein Rolltablett, das an der Wand hinter ihm stand, und er zog es herüber und sah ein begonnenes Damespiel. Er musterte das Brett, versuchte herauszufinden, was der nächste beste Zug war.

Er schaute auf und stellte fest, dass Floyd ihn ganz genau beobachtete.

Ein bebender Finger kam langsam über den Rand des Rollstuhls und schob einen Stein an einen neuen Platz. Dann lehnte sich Floyd zurück und tat so, als würde er schlafen.

Oh. So lief das also, was? Alex schaute zu den Damen, aber keine von ihnen passte auf. Er grinste Floyd an und bewegte leise seinen eigenen Spielstein.

Alex wartete. Es dauerte ein bisschen, bevor ein Auge sich öffnete. Im nächsten Augenblick strahlte Floyds Gesicht in einem riesigen Grinsen, bevor das Lächeln verschwand. Konzentriert lehnte er sich vor, griff über das Spiel …

Er nahm einen seiner Steine und sprang dreifach über Alex' Steine, sodass er die Hälfte seiner noch verbliebenen Steine rausnahm.

Alex blinzelte. *Wie bitte?*

Er warf einen Blick auf Floyd, dann verbiss er sich ein erheitertes Lachen. Denn der ältere Mann hatte sich abermals in die Kissen seines Stuhles zurückgelehnt, die Augen geschlossen. Ein leises Schnarchen grollte, als würde er schlafen. Ob es nun gespielt oder echt war, das Timing des Mannes war vernichtend.

Alex lachte noch, als er und Yvette aufbrachen.

Sie blieb neben ihrem Truck stehen, wirkte nachdenklich. „Willst du noch rüberkommen?"

„Auf jeden Fall. Du musst doch noch Tag zwölf öffnen."

Es war warm genug, dass Alex sich in den Adirondack-Stuhl niederließ und stöhnte, als er die Beine ausstreckte. „Das fühlt sich gut an. Lass mich einfach mal kurz entspannen."

Yvette lachte leise, dann warf sie ihm eine Decke zu und setzte sich auf den Stuhl neben ihm. „Wilde Nacht?"

„Vielleicht werde ich einfach alt", beichtete Alex. „Lang aufbleiben oder früh aufstehen sind nicht das Problem. Aber lang aufbleiben *und* früh aufstehen finde ich inzwischen etwas weniger unterhaltsam."

Sie schaute ihm in die Augen, und ein süßes Lächeln huschte über ihr Gesicht. „Danke dir so sehr, dass du heute mit mir gekommen bist. Es hat mir eine Menge bedeutet."

„Das habe ich gern gemacht." Die Worte kamen ganz gelassen. Jetzt überlegte Alex wegen dieser anderen Enthüllung, die ihm gekommen war.

Bevor er allerdings etwas sagen konnte, meldete sich Yvette zu Wort. „Wie geht es deinen Eltern?"

„Gut. Echt gut." Besonders, nachdem Davis ihn mit einem vollen Update über alles, worum er sich kümmerte, kontaktiert hatte. Es schien, als könne man sich doch ändern. „Ich glaube, es gibt immer noch Augenblicke, in denen Dad es übertreibt, aber das gehört für ihn eben dazu."

„Es ist echt nett, dass du da rausgefahren bist, um dich um sie zu kümmern." Sie verzog das Gesicht und hielt inne. Sie schien Mühe zu haben, die Worte zu finden. Sie hob die

Schultern zu einem leichten Zucken. „Du hast eine echt tolle Beziehung zu ihnen."

„Sie war nicht immer perfekt, was wir haben es immer versucht." Sie schien es nicht eilig zu haben, ihren Adventskalender zu öffnen, und für Alex gab es im Moment keinen Ort, an dem er sein musste. Es schien lange fällig zu sein, sich gut zu unterhalten. „Sie haben mir so ziemlich das Leben gerettet."

In ihren Augen stand Verwunderung. Ernsthaftigkeit und auch Sorge. „Du warst ein Pflegekind, oder?"

Er nickte. „Meine Mama war nicht gerade die beste. Meine leibliche Mutter, sollte ich sagen. Sie hätte überhaupt keine Mutter werden sollen, also halte ich ihr das nicht wirklich vor. Als sie mich weggegeben hat, hat es mich auf einen ganz anderen Weg gebracht, als ich ihn sonst eingeschlagen hätte, da ich in die Familie Thorne kam."

Yvette nickte langsam. „Das freut mich. Sie klingen wie tolle Leute."

„Sie sind meine Familie. Als ich achtzehn wurde, habe ich offiziell ihren Nachnamen angenommen, weil ich das betonen wollte." Für Alex sagte das alles, was man sagen musste. Nur dass ihr immer noch etwas durch den Kopf zu gehen schien, was er völlig verstehen konnte. „Machst du dir Sorgen um deine Großeltern?"

„Um meine Oma ein bisschen", gab sie zu. „Echt, an dieser Stelle erinnert sich mein Opa nicht an genug, um sich langfristig wegen irgendetwas aufzuregen. Außerdem wird es sehr helfen, ausgebildete Pfleger um sich zu haben, in diesen Augenblicken, wenn er echt schlimm reagiert. Meine Oma konnte sich nicht länger mit seinen verwirrten Phasen herumschlagen und sich körperlich um ihn kümmern."

„Deine Großmutter weiß, dass du hier bist. Sie scheint

jemand zu sein, der um Hilfe bittet, wenn sie welche braucht", versicherte ihr Alex.

Sie nickte. Eine kleine Bewegung, betont. „Ich bin echt froh, dass ich raus nach Heart Falls gekommen bin damals." Sie schaute ihm direkt in die Augen, ruhig und stetig. „Ich durfte Zeit mit meinem Opa genießen, bevor er zu vergesslich wurde. Aber ich bedaure all die Jahre, in denen wir einander nicht hatten."

„Weshalb hattest du sie denn nicht in deinem Leben?" Die Worte entschlüpften ihm, bevor ihm klar wurde, dass das vielleicht ein bisschen zu persönlich war. Ein bisschen zu heikel, aber dann kehrte der Gedanke zurück, dass er alles an ihr wollte. Nicht nur ihre Freuden, sondern auch ihre Sorgen.

Er wollte für sie da sein, was bedeutete, dass er wissen musste, was nicht stimmte, und was stimmte, und welche Nöte er teilen musste, um ihre Last zu lindern.

Yvette starrte auf ihre Hände hinab. „Vor über fünfzehn Jahren haben meine Eltern den Kontakt zu meinen Großeltern abgebrochen. Eher schon zwanzig. Ich bin mir nicht ganz sicher, denn wir haben nicht in der Nähe gewohnt, also hat es in gewisser Weise vernünftig gewirkt. Wir Kinder haben es erst gemerkt, als die Weihnachtsgeschenke und Geburtstagsgeschenke nicht ankamen, und keine Anrufe mehr."

Diese Information schockierte Alex.

„Deine Großeltern haben es aufgegeben, sich bei euch zu melden?" Alle möglichen schrecklichen Dinge kamen ihm in den Sinn. „Was ist passiert? Weshalb haben deine Eltern das getan?"

Yvette holte tief Luft, legte die Decke enger um ihre Schultern, bevor sie ihm fest in die Augen schaute. „Meine Mom hat behauptet, sie taten, was für unsere Familie das Beste wäre. Dass wir zusammen sein müssten, als eine Einheit, immer gemeinsam. Dass die Zeit, die wir mit Oma und Opa verbrachten, nicht dazu beitrug, eine gesunde Familie zu sein."

Himmel. Alex hatte Freunde, die den Kontakt zu ihren Eltern abgebrochen hatten. Manchmal war es wegen schrecklicher Dinge wie sexuellem Missbrauch oder Vernachlässigung. In letzter Zeit waren eine Menge Situationen hinzugekommen, wo es einfach nicht das Beste für jemanden war, den Stimmen der Leute noch länger zu lauschen, die Prioritäten hatten, die sich gänzlich von dem neuen Pfad unterschieden, den sie jetzt einschlagen wollten.

Nur dass das nicht erklärte, weshalb Yvette nach Heart Falls gekommen war, um die Verbindung zu den Leuten zu erneuern, die abgeschnitten worden waren ...

*Oh.*

Er beobachte sie genau. „Ich schätze, irgendwann hast du beschlossen, dass die Entscheidung deiner Eltern, den Kontakt abzubrechen, nicht unbedingt in *deinem* besten Interesse war."

„Ich glaube, die Entfremdung war eher dem geschuldet, dass meine Oma und mein Opa es nicht guthießen, wie sich meine Mom und mein Dad benahmen. Es minderte die Schuldgefühle, die Stimme der Vernunft nicht mehr länger zu hören."

Alex rückte in seinen Sitz nach vorne. „Ist alles in Ordnung?"

Sie rümpfte die Nase, dachte heftig nach. „Schon. Ehrlich. Es gibt nur gewisse Momente, in denen es mich als Erwachsene echt schwer trifft, dass wir einigen Leuten, denen wir wichtig sein *sollten*, nicht wichtig *sind*. Doch eine Menge Leute, die, wo es überhaupt keinen Grund gibt, dass sie sich kümmern sollten, es trotzdem tun. Das muss ich für mich durcharbeiten."

Für diese Art Unterhaltung saßen sie verdammt noch mal zu weit auseinander. Alex klopfte auf seinen Schoß und öffnete dann die Arme. „Das ist der Teil am Erwachsenendasein, der echt nervt und gleichzeitig toll ist. Aber du musst das nicht da drüben durcharbeiten, ganz allein."

Sie schüttelte den Kopf, noch während sie die Decke fallen ließ und auf seine Seite kam. Dann war sie in seinen Schoß geschmiegt, den Kopf an seiner Schulter. „Danke noch mal, dass du heute mit mir gekommen bist. Ich weiß, dass es meiner Oma viel bedeutet hat. Sie ist diejenige, auf die ich mich jetzt konzentrieren will."

Mit Yvette in seinen Armen, ihrer Wärme an seiner Brust, atmete Alex tief ein und genoss die Freude über ihr Vertrauen. Denn das war es, wenn er sie hier hielt, nach dem, was sie gerade gebeichtet hatte.

„Es war mir ein Vergnügen." Ein Gedanke kam ihm. Ein schelmischer, wunderbarer Gedanke. „Kuschel dich mal ein bisschen an, aber dann ist es Zeit, die nächste Tür deines Adventskalenders zu öffnen."

Etwas in ihrem Inneren zog, aber seltsamerweise wuchs auch die Zufriedenheit. Der alte Schmerz war nicht in einen Wirrwarr aus Stacheldraht eingeschlagen, mit scharfen Rändern, die sie jedes Mal schnitten, wenn sie sich bewegte.

Ihre Familie hatte sie verletzt. Verletzte sie noch immer, wenn sie ehrlich war.

Es war eine Verletzung, und sie war immer noch da, aber es war, als wäre die Wunde gewaschen worden und könne anfangen zu heilen.

Man sollte jetzt bloß nicht so tun, als hätte es sie nie gegeben – aufrichtig sagen zu können, dass sie weiterziehen konnte, war ein Traum, den Yvette sich noch nicht mal gestattet hatte.

Sie erwischte sich dabei, wie sie den Kragen von Alex'

Jacke streichelte, seine Haut heiß unter ihren Fingern. Die Zeit, die sie in den letzten Wochen zusammen verbracht hatten, manchmal knutschend, manchmal einander nur träge berührend, machte es zu leicht, dem Anstieg der Hitze nachzugeben.

Aber erst musste etwas Wertvolles anerkannt werden. Sie ließ ihre Hände seine Wange hinaufgleiten und hob das Kinn, bis sie sich in die Augen schauten. „Ich genieße mein Geschenk", gab sie zu. „Du bist sehr kreativ."

Er küsste sie. Einmal. Ein leichter, sanfter Druck seiner Lippen auf ihren. Gerade ausreichend, um ein Flattern in ihrem Herzen aufkommen zu lassen.

„Die Inspiration war gut", scherzte er. „Willst du deinen Schlüssel holen?"

Ihre Beine waren wacklig. Als Alex eine Hand auf ihren Hintern legte, um sie im Gleichgewicht zu halten, aber gleichzeitig auch mal zudrückte, half ihr das Prickeln ihr Rückgrat hinauf beim Wegtänzeln, während sie einen Blick zu ihm zurückwarf. „Ganz schön übergriffig."

„Jederzeit. Überall", versprach er.

Sie lachte den ganzen Weg dorthin, wo ihr Schlüssel auf sie wartete.

Alex stand neben dem Schreibtisch, während sie den Schlüssel hineinschob und eine kleine Schublade weit hinten im Schreibtisch öffnete, um zu enthüllen …

„Ein Kartenspiel?" Sie hob eine Augenbraue. „Äh, Dankeschön?"

„Ha. Das ist nicht nur einfach irgendein Kartenspiel."

Sie beäugte ihn von oben bis unten, nahm sich Zeit, den Anblick zu genießen. „Ein besonderes Spiel, für Strip-Poker?"

Er grinste. „Nicht mal annähernd. Wir sind noch nicht in diesem Stadium."

Enttäuschung hätte nicht das erste sein sollen, was sie traf. „Okay, dann. Was ist das für ein Spiel? Worum geht es?"

Er nahm sie an der Hand und führte sie in die Hütte, zog seine Jacke und Stiefel aus und kam an den Tisch, um die Karten zu mischen. „Fragen und Küsse."

Na ja, mit einem Teil seines Vorschlags konnte sie ja mitgehen. „Du küsst wirklich ziemlich gut. Ich schätze, da kann ich zustimmen. Aber was soll der Teil mit den Fragen?"

Sein Grinsen wurde breiter. „Ich schlage vor, dass wir Krieg und Frieden spielen. Mit dreimal aufdecken. Der Gewinner darf eine Frage stellen, der Verlierer muss den Gewinner küssen."

Er war ja eine Nummer. „Das klingt nicht, als würde jemand verlieren."

„Nein. Es ist eine schnelle Art, um mehr über den anderen zu erfahren, aber ich will dich auch echt küssen." Die Hitze in seinen Augen reichte, um sie auf der Stelle in Flammen aufgehen zu lassen.

„Aber nur der Verlierer darf küssen", rief sie ihm in Erinnerung.

„Ich bin echt beschissen im Kartenspielen."

Sie lachte, holte ihnen beiden Gläser mit Wasser, bevor sie sich um die Ecke zu ihm an den Tisch setzte. Sie nahm die Hälfte des Spiels, die er ihr anbot, und legte sie direkt vor sich. „Bereite dich vor."

Seine Augen blitzten.

Bei der ersten Karte, die sie umdrehten, hatte sie eine Zehn, er eine Fünf. Sie zog die Karten zu ihrem Teil des Tisches und drehte die nächste Karte um. Eine Vier, die er locker schlug.

„Jetzt geht es ans Eingemachte für die erste Runde mit Belohnungen. Los", sagte Alex.

Sie enthüllten beide ihre Karten, und er schlug sie mit einem Punkt, acht gegen sieben.

Nur dass sie das, durch die Art, wie er das Spiel eingerichtet hatte, nicht für einen großen Verlust hielt. „Was ist deine Frage?"

Alex rückte auf seinem Stuhl zurück und verschränkte die Arme vor der Brust. Sein Blick wanderte über sie. Ein langsames, neckendes Liebkosen. Ihre Nippel wurden hart, und ihr Herz schlug schneller, nur weil der Mann so ein dreister Bastard war.

Es war nicht gerecht.

Die Chancen standen gut, dass er etwas völlig Peinliches fragen würde, und die Hitze in ihren Wagen würde weiter zunehmen.

„Wenn du in den Urlaub fahren würdest, würdest du einen Stand, einen See oder eine Berghütte wählen? Oder was ganz anderes?"

Jetzt aber. Das kam unerwartet.

Yvette hielt inne, um nachzudenken. „Wenn es ein Urlaub ist, in dem ich mich entspannen will, würde ich wohl die Berghütte nehmen. Wenn es um ein Abenteuer geht, nehme ich entweder den Strand oder irgendwo, wo es eine Menge Geschichtliches gibt. Museen, große Kirchen. So was eben. Obwohl ich nie wirklich viel gereist bin."

Seine Miene veränderte sich. „Ach. Das ist ein guter Punkt. Das mit dem Entspannen im Gegensatz zum Abenteuer."

Er griff nach den Karten, aber Yvette ließ warnend die Zunge schnalzen. „Immer langsam mit den jungen Pferden. Ich bin dran."

Und da entdeckte sie ihren logistischen Fehler. Ihn um die Ecke des Tisches zu küssen, war nicht annähernd die Erfahrung, auf die sie aus war. Nicht heute.

„Komm schon." Sie schnappte sich ihre Karten, bedeutete ihm, dass er es genauso machen sollte, dann nahm sie ihn an der Hand und lotste ihn in ihr Schlafzimmer.

Er sagte nichts. Setzte sich nur gehorsam auf die Stelle, auf die sie klopfte, sein Grinsen wich keinen Millimeter. „Ganz recht. Ich gewinne, sogar wenn ich verliere."

„Vorhin warst du viel zu weit von mir weg", erklärte sie hochnäsig.

Yvette lehnte sich vor. Alex traf sie in der Mitte. Sie drückte ihm eine Handfläche an die Wange und schaute ihm ins Gesicht, bevor sie ihn küsste. Langsam, erhitzt, aber sie hatte ganz die Kontrolle, denn als sie sich zurückbewegte, blieb er da. Die Augen geschlossen, ein Grinsen breitete sie aus wie Honig auf einen warmen Toast.

„Dieses Spiel gefällt mir so gut." Er schnurrte mehr oder weniger, seine dunklen Augen glommen.

Sie stieß ihn mit dem Ellbogen an, verbarg ein Lächeln. „Mach deine Karten bereit."

Er schnappte sich seinen Stapel, rückte aber auf dem Bett zurück, breitete sich gemütlich aus. Sie saß im Schneidersitz da, legte ihre Karte als erste hin.

Ein König. Alex legte eine Zwei hin.

„Verdammt, die gute Karte war ja ganz verschwendet", beschwerte sich Yvette.

Ihre zweite Karte und ihre dritte wurden von ihm geschlagen.

Einmal mehr schaute er sie ruhig an. Hitze stieg in seinen Augen auf, während er über seine Frage nachdachte. „Was ist eine Sache, die du mich über deinen Körper wissen lassen willst?"

Sie zögerte. „Was meinst du da zum Beispiel?"

Er stützte sich auf einen Ellbogen, die Karten zur Seite geschoben. Er strich mit den Fingern ihren Arm hinauf, bis sein erhitzter Daumen an ihrem Hals spielte. „Was gefällt dir denn im Bett, Yvette? Ein langsames Hinarbeiten? Hart und schnell? Ein bisschen von beidem?"

Sex. Nach dem ganzen Herumknutschen bisher stand zur Debatte, Sex ins Spiel zu bringen.

Wollte sie es? Auf jeden Fall.

Sein Daumen ruhte an ihrem Halsansatz, ging vor und zurück. Sie sammelte ihre zerstreuten Gedanken. „Ich glaube nicht, dass ich dir nur eines sagen kann. Ich meine nicht ..."

Sie hielt wieder inne, diesmal absichtlich. Er hatte sie gebeten, ihm auf so vielerlei Arten zu vertrauen; das war ein großer Bereich, wo sie *auch* Vertrauen einfordern würde. Sie hatte es verdient. Verdient, sagen zu können, was sie wollte.

„Ich will Exklusivität. Ich will Zeit, um rauszufinden, was uns gefällt. Ich will keine Checkliste oder irgendeinen Fahrplan, den man einfach abarbeitet. Ich will, was sich für uns beide gut anfühlt."

Bevor er sich bewegen konnte, tat sie es. Schob sich an seine Brust, damit er flach auf dem Rücken auf dem Bett lag. Noch eine weitere Anpassung, und sie saß auf ihm, ihre Hüften ruhten auf seinen festen Oberschenkeln.

Die Hitze in seinen Augen blitzte heller.

Yvette strich mit den Fingern über den Saum seines Hemdes. „Du hast nicht festgelegt, wo ich dich küssen darf. Willst du das noch machen?"

„Überall. Wo du willst." Die Worte waren nur einen Schritt von einem Knurren entfernt.

Sie öffnete seinen ersten Knopf. Seinen zweiten. Beugte sich vor, während sie weiter sein Hemd öffnete. Sie schob die Stoffbahnen zur Seite, um seine feste Brust mit einer leichten Spur dunkler Haare zu enthüllen.

Seine Brust hob und senkte sich, weil er so schnell atmete.

Sie legte die Hände auf ihn. Hitze brodelte unter ihren

Handflächen. Indem sie ihn als Stütze nutzte, schob sie sich weit genug hoch, um ihm einen Sekundenbruchteil lang direkt in die Augen zu schauen, bevor sie den Blick auf seine Lippen senkte. Ihre starke Wölbung küsste. Zu seinem Kinn weiterging und seinen Hals hinab. Sein Geschmack stahl sich herein, während sie kurz mit der Zunge über seine Haut strich, der Geruch seiner sauberen Seife und sein maskuliner Duft füllten ihre Sinne.

Sie küsste sich seinen Körper hinab, hielt nur wenige Zentimeter vor dem Nabel inne. Die Wölbungen seines Bauches waren wie Felsen, und sie fuhr sie mit den Fingern nach, bevor sie ihnen mit den Mund folgte.

Bei den Geräuschen, die von ihm kamen, spannte sich ihr ganzer Körper an. Seine große Erektion war deutlich unter seiner Jeans sichtbar, während sie zwischen seine Beine glitt.

Eine Sekunde später blinzelte sie schockiert, als ein Kartenspiel vor ihr erschien, direkt oben auf seinem Bauch. Er rollte sich weit genug hoch, sodass sie Mühe hatte, sie zu nehmen, bevor sie überallhin fielen.

„Zeig deine Karten", knurrte er, klopfte auf das Bett neben ihnen.

Eine Fünf. Die sie locker mit der Zehn schlug, die sie umdrehte.

Seine zweite Karte war eine Drei, und sie dachte sich, dass sie eine dritte Karte umdrehen mussten, um das Patt zu lösen, als er eine Zwei drauflegte. „Du gewinnst", erklärte er.

Einen Augenblick später lag sie auf dem Rücken, er hatte sich über ihr aufgerichtet. Die Schenkel zwischen ihre geschmiegt, sein schweres Gewicht presste ihre Unterkörper aneinander.

Er stützte die Ellbogen zu jeder Seite ihres Kopfes auf. „Wie lautet deine Frage?"

Sie musste sich was einfallen lassen, was sie ihn fragen

konnte? Gute Güte, wie sollte sie denn gerade jetzt daran denken können?

„Später. Küss mich“, verlangte sie.

Sein Grinsen blitzte auf, während er ihr ihre Worte von vorhin zurückgab. „Du hast niemals festgelegt, wo ich dich küssen darf.“

„Überall. Wo du willst“, bettelte sie.

„Gute Antwort.“

Er nahm sich ihre Lippen. Nichts war kontrolliert oder zurückhaltend, besonders nicht, dass sein Gewicht so perfekt auf ihr lag. Als er mit der Zunge über ihre Lippen strich, öffnete sie sie mit einem Stöhnen, verschränkte die Finger in seinen Haaren, um ihn an Ort und Stelle zu halten. Er ließ die Zunge träge hinein und heraus gleiten, gleichzeitig wiegte er die Hüften im selben Tempo. Neckte mit seiner Härte ihre empfindlichste Stelle.

Er löste sich, nahm den unteren Rand ihres T-Shirts und zog es ihr vom Körper. Dann nahmen die Küsse wieder Fahrt auf. Eine Reihe entlang ihres Schlüsselbeins, ein neckendes Knabbern am Rand ihres BHs entlang. Er legte eine Hand um ihre Brust, dann rieb er mit der Wange im Kreis über ihren anderen Nippel. Die feste Spitze prickelte bei jeder Berührung seines Dreitagebarts.

Yvette schloss die Augen und ließ die Wärme seines Mundes, der über ihren Körper hinabging, jeden Nerv entzünden. Jedes wundervolle bisschen in ihr, das wusste, dass in diesem Augenblick nichts falsch war. Es fehlte an gar nichts, nur mehr von dem, was er ihr gab.

Als er schließlich den Knopf ihrer Jeans öffnete, den Reißverschluss ganz langsam nach unten zog, erklang jeder Zahn in ihren Ohren wie ein Schuss, und sie atmete unstet ein.

Er nahm gleichzeitig ihre Jeans und ihre Unterhose und zog sie aus.

Sie brauchte jedes bisschen Mut, um ihre Lippen aufeinandergepresst zu halten. Um nicht so was zu sagen wie: *Ach, das musst du nicht machen.* Um zu sagen, dass sie dran war, ihm etwas zu geben.

Von ihm kam ein bedürftiges Stöhnen, und sie richtete sich auf die Ellbogen auf, um die Szene zu betrachten. Um wirklich den Anblick dieses attraktiven Mannes zwischen ihren Oberschenkeln zu genießen, der mit Hunger auf seinem ganzen Gesicht auf ihr Geschlecht starrte.

Er schüttelte den Kopf. „Das will ich schon so lange."

Während sie immer noch zusah, wobei Yvette sich nicht sicher war, ob es die Vorfreude verschlimmerte oder verbesserte, spürte sie ein Beben über ihre Haut perlen. Er bewegte sich so langsam, Zentimeter um Zentimeter, zu der Stelle, wo sie ihn am meisten brauchte.

Mit den Fingern strich er von ihrem Nabel bis an den Venushügel, hielt sie fest, bevor er die Finger in ihre Locken gleiten ließ und sie öffnete.

Mit einem tiefen Atemzug beugte er sich vor und küsste sie. Ein perfekter, sanfter Kuss.

Dann wurde er gierig, seine Zunge eroberte sie, seine Finger nahmen sie. Sein freier Arm nagelte sie ans Bett, während er leckte und saugte, seine Finger in ihrem Geschlecht pumpen ließ, sodass sie wild wurde vor Verlangen.

Es war heftig und schnell, und es war perfekt.

Hätte sie beschreiben müssen, was sie wollte, wäre es nicht das gewesen, aber nun, da er da war, und tat, was er wollte, um ihr etwas zu geben, hätte es nicht besser sein können.

„Gott, du schmeckst gut." Er strich mit den Fingern wieder in ihr entlang, dann setzte er zu einem neuen Angriff auf ihre Klitoris an.

Yvettes Knie fielen auseinander, sie vergrub die Finger in seinen Haaren, ihre Hüften legten sich an ihn, während die

Hitze anstieg. Während sie ins Innere abstieg, um die Erlösung zu finden.

Er gab sie ihr. Genau die richtige Art von Reiz, genau den richtigen Druck. Als er die Lippen über ihrer Klitoris schloss und im Gleichklang mit seinen pulsierenden Fingern saugte, flog sie fast vom Bett. „Alex."

Ohne mit seiner Hand innezuhalten, erhob er sich und legte sich neben sie. Seine Hüften wiegten sich fest, sein Schwanz ein eisernes Band an ihrem Oberschenkel, während er ihr mit einem wilden Kuss die Luft zum Atmen stahl. Seine Berührung forderte sie auf, jedes letzte Pulsieren ihres Orgasmus mitzunehmen, das ihr Innerstes für sich einnahm.

Es dauerte ein bisschen, um wieder zur Erde zu kommen, besonders, da seine Lippen auf ihren waren. Er zog die Finger langsam heraus, hielt immer wieder inne, um sie zu reizen. Knabberte an ihrer Unterlippe. Strich mit dem Daumen über ihre Klitoris.

Jede einzelne Bewegung sorgte dafür, dass durch ihren Körper anhaltende Lust rollte.

Sie strich mit den Fingern durch seine Haare. Ein zufriedenes Grinsen zeigte sich einen Augenblick, bevor er sich den Mund mit dem Handrücken abwischte.

„Ich habe doch gesagt, ich gewinne."

Yvette klimperte mit den Wimpern vor ihm. „Wir sind noch nicht fertig."

Seine Lippen zuckten, dann hustete er. „Das sind wir auf jeden Fall."

Moment. *Was?*

Sie griff nach unten, aber bevor sie an seinen Bauch fassen konnte, fing er ihre Handgelenke und nagelte sie neben ihrem Körper ans Bett. Ein leichter Wandel in seiner Miene zog ihre Aufmerksamkeit auf sich, und ...

„Wirst du rot?"

Sein Grinsen wurde breiter, aber seine Wangen waren auf jeden Fall rosiger als vorher. „Du machst die köstlichsten Geräusche, wenn du kommst, Yvette Wright. Das hat mich ganz schön aus der Bahn geworfen."

Schock und so etwas wie Stolz schlichen sich ein. Zu erfahren, dass er von ihrem Herumspielen so angetan war, dass er gekommen war, nur weil er sich an ihr gerieben hatte, ließ überall an ihr wieder Hitze ausbrechen.

Trotzdem, sie war sich nicht sicher, was in einem solchen Augenblick angemessen war. „Wenn du das sagst, was ich glaube, dass du sagst, entschuldige ich mich jetzt oder gratuliere ich dir?"

„So ist das Leben eben. Lach nur nicht." Er rollte sich auf der Matratze zurück, seine Miene war verlegen. „Obwohl wir vielleicht zusammen lachen sollten. Teufel auch, Frau. So habe ich die Kontrolle nicht mehr verloren, seit ... Na ja, ich weiß nicht mehr, seit wann."

„Ich bin sicher, es ist gut, diese Art Erinnerung auszusperren, eine kluge Entscheidung, die alle Typen regelmäßig treffen."

Diesmal kicherte Alex. „Da hast du wahrlich recht. Obwohl das nicht wirklich ein Unterhaltungsthema mit meinen Freunden ist. Zumindest nicht, seit wir nicht mehr zur Schule gehen."

„Ach komm", scherzte Yvette. „Ich bin sicher, versaute Gespräche über so ziemlich alles von Sex bis Masturbation kommen schon dran während eurer Schichten bei der Feuerwehr."

„Stimmt schon. Aber glaubst du, einer von uns würde zugeben wollen, dass wir nur so lange durchhalten wie ein Teenager?" Er küsste sie wieder. Langsam und tief und feucht und köstlich. Löste seine Lippen gerade weit genug von ihr, dass warme Luft an ihren Wangen vorbeistrich, als er sprach.

„Ich bin glücklich. Das reicht vorerst. Lass dich von mir ein bisschen halten."

Sie legte die Arme um ihn. Versuchte nicht, sie weiter oder schneller zu treiben, sondern genoss die tiefe Bindung zwischen ihnen, genau jetzt, genau hier.

Alex drückte ihr einen letzten Kuss auf die Nasenspitze, dann schob er ihren Kopf unter sein Kinn. Yvette seufzte glücklich. Warm, befriedigt.

Erheiterung war immer noch in ihrem Inneren, was seinen peinlichen Zustand anging, aber selbst das war richtig. Der Grad an Vertrauen, der es möglich machte, einfach diesen Moment in sich aufzusaugen, und sich mit *So ist das Leben eben* später zu befassen – das war stark.

Sie lehnte sich fest in seine Umarmung und genoss die Glücksgefühle, die durch ihre Seele zogen.

# 10

Voller Tagträume schwebte Yvette mehr oder weniger mit ihrem Schlüssel von Tag vierzehn hinaus auf ihre Veranda, wollte herausfinden, was Alex Süßes in die heutige Schublade gesteckt hatte, um sie zum Lächeln zu bringen.

Heute waren es zwei Wochen, und Yvette überlegte, wie sehr sich die Dinge verändert hatten.

Ach, sie verstand immer noch, weshalb der vergangene Alex ihr auf die Nerven gegangen war. Aber er hatte sich sehr verändert seit dieser Zeit. Obwohl er es immer noch schaffte, Sachen zu sagen, die sie aufregten, lag das normalerweise daran, dass sie darauf aus gewesen war, sich überhaupt erst angegriffen zu fühlen. Sie hatte ihre heiklen Themen, das war klar.

Aber jetzt versuchte auch *sie,* sich zu verändern.

Sie schaute wieder auf den Schlüsselanhänger hinab, diesmal eine winzige Kerze. Sowohl der Anhänger als auch der Schlüssel waren zierlich, und sie glaubte, dass sie wusste, welche kleine Schublade am Schreibtisch er öffnen würde.

Eine von denen, die hinter der Abdeckung des Schreibtisches verborgen gewesen waren.

Obwohl sie sicher war, hatte sie bis jetzt noch nicht einmal nach der Schublade gesucht. Sie war, um ehrlich zu sein, nicht mal versucht gewesen. Die Wartezeit verwandelte sich in eine köstliche Art der Vorfreude. Etwas, von dem sie niemals geahnt hatte, dass es ihr so gefallen würde.

Genauso wie sie es verschoben hatten, die Dinge sexuell weiter zu treiben, und obwohl sie immer noch nicht ganz da waren, funktionierte es perfekt, einen Schritt nach dem anderen zu machen. Früher oder später würden sie miteinander schlafen. Versaut, wild, schmutzig, heiß ...

Vielleicht, weil sie vom Gedanken an Sex abgelenkt worden war, schob sie die Abdeckung ein wenig zu rasch nach oben. Der Schlüsselanhänger fiel ihr aus der Hand, schlitterte über das glatte Holz auf der Oberfläche des Schreibtisches.

Yvette beobachtete entsetzt, wie der Schlüssel und der Anhänger außer Sicht verschwanden, in einen schmalen Spalt zwischen der Schreibfläche und dem Seitenstück fielen.

Eine Reihe Flüche kamen ihr über die Lippen, und sie waren sowohl laut als auch einfallsreich, aber viel zu ernst gemeint, um bewundert zu werden. „Was habe ich getan?"

Sie klopfte auf die Seite des Tisches, spähte in den Spalt, dann legte sie sich auf den Boden, um zu sehen, ob durch irgendein Wunder das Brett bis ganz nach unten verzogen war, sodass der Schlüssel durchgefallen war. Dieses Glück hatte sie nicht.

Sie eilte zurück ins Haus und schnappte sich einen Hammer und einen Schraubenzieher, an dieser Stelle nicht mal sicher, was sie tun würde. Wenn sie den Schlüssel nicht finden konnte, würde alles stillstehen. Alex' ganze harte Arbeit wäre ruiniert.

Selbst mit der Taschenlampe und als sie vorsichtig einen

verbogenen Kleiderbügel in den Spalt schob, holte sie nichts heraus.

Yvette musterte die Seite ein bisschen genauer und zog den Schreibtisch vor. Erleichterung machte sich breit. Die Rückseite wurde von einer Reihe Schrauben gehalten. Wenn sie sie abnahm, konnte sie vielleicht die Seitenwand weit genug lösen, damit sie ihren Schlüssel freigab.

Sie machte sich an die Arbeit, legte sorgsam jede Schraube in eine Schale.

Sie war halb fertig, als der Schreibtisch knackte, das Geräusch von Holz, das über Holz glitt. Aufgeregt legte sie eine Hand auf die Rückseite und eine Seite und zog vorsichtig …

Etwas Metallisches klapperte auf der Veranda, landete mit den eindeutigen *Pling*.

Sie kroch aus ihrer unbehaglichen Lage hervor, kam auf die Knie, fuhr mit der Hand darunter und zog heraus …

*O mein Gott.*

Sie blinzelte, aber das änderte nichts. Auf dem Boden vor ihr war der Schlüsselanhänger, den sie gesucht hatte. Aber etwas anderes blitzte zu ihr empor. Ihr Herz raste, und ihr Mund wurde trocken, als sie es aufhob.

Es war ein Ring. Silber, oder vielleicht Weißgold, mit ganz winzigen Diamantsplittern auf jeder Seite eines rosaroten Steins. Er war hübsch, er war perfekt. Er sprach jedes bisschen ihrer schmuckliebenden Elsternatur an.

Aber *o mein Gott*. Es war ein *Ring*.

Was zum Geier?

Ja, sie hatte sich auf diese Verrücktheit mit dem Daten eingelassen, und bisher lief es ganz gut.

*Lügnerin*. Es lief spektakulär.

Aber ein *Ring*? Das war voreilig. Voreingenommen. Auf keinen Fall. Was dachte sich Alex denn?

*Ich könnte mich locker in dich verlieben.*

Er hatte es gleich von Anfang an zugegeben. Und wenn Leute verliebt waren, machten sie Sachen, wie etwa heiraten.

Nö. Ihre Gedanken kamen damit nicht klar. Das lag weit jenseits ihres Verständnisses.

Sie brach auf einem der Stühle neben dem Schreibtisch zusammen und saß völlig verwirrt da.

Was machte sie jetzt nur?

„Ich halte das echt für den besten Plan." Tucker Stewart pflügte mit seinem üblichen halsbrecherischen Tempo vorwärts. Dem, bei dem Alex doppelt so schnell gehen musste, um mitzuhalten.

„Sehe ich auch so. Wir müssen keine zusätzlichen Tiere halten, wenn wir sie nicht nutzen. Aber es ist immer noch genug da, damit die Kinder diesen Teil der Tierpflege übernehmen können. Pflichten tun Menschen gut." Alex kicherte. „Lieber Gott, du solltest das für mich aufnehmen, wie ich das sage, damit ich es meinem Dad schicken kann. Da würde er richtig laut loslachen."

Der Mann grinste. „Durch mich geht auch immer ein Ruck, wenn ich höre, wie die Worte meines Onkels aus meinem Mund kommen. Aber solange es gutes Zeug ist, ist es nicht so schlimm. Ich hasse es, wenn es Zeug ist, das mich in den Wahnsinn getrieben hat, weil er sich *geirrt* hat."

„Das wäre doch zu schön. Wir wissen beide, so funktioniert es nicht", sagte Alex träge. „Heiliges Kanonenrohr."

Beide kamen abrupt zum Stillstand. Sie waren um eine Ecke vor der Scheune angekommen und direkt in eine Herde Ziegen gerannt. Kein Trio aus Ziegen und damit die Höllentiere, die normalerweise auf die Silver Stone Ranch gehörten. Nein, das waren auf jeden Fall brandneue Tiere, die ziemlich genervt davon waren, angebunden zu sein. Der alte Ziegenbock schüttelte drohend den Kopf, während eine Geiß blökte, laut und lange. Die beiden Zicklein hinter ihr machten mit, und es war nur einen Schritt vom völligen Chaos entfernt, insbesondere, als die Ziegen am anderen Ende des Hofes sich dem Chor anschlossen.

„Himmel, ist das so, wie wenn sich Socken plötzlich im Trockner vervielfältigen?" Tucker schaute sich um. „Wie sind die denn hergekommen?"

Niemand auf dem Hof konnte diese Frage beantworten. Es standen auch keine Trucks herum, die nicht da sein sollten.

Alex ging zum nächsten Schritt über. Er schnalzte mit der Zunge, ging näher an die Tiere. „Na, hier können sie nicht bleiben. Soll ich sie mit den Hausziegen in den Stall stecken, oder in einen abgetrennten, während wir uns umhören?"

Tucker schloss sich ihm an, beruhigte die Tiere. Schaute sich rasch ihre Augen und Mäuler an. „Sie wirken ganz gesund, aber bis wir sie wirklich durchchecken können, stellen wir sie nicht zu unseren Tieren. Nimm den Stall gegenüber von Ene, Mene und Miste. Sobald die Neuen vom Tierarzt überprüft wurden, werden wir entscheiden, was wir mit ihnen machen."

Alex löste die Seile und lotste die Miniherde in ihren neuen Stall, in seinem Kopf drehten sich bereits die Rädchen. Er hätte schwören können, dass er diese Tiere kürzlich schon mal gesehen hatte. Natürlich kam ihm erst, als er sie in den Stall gestellt hatte, wo das gewesen war.

Bei Creighton Reiner.

Alex wollte nichts sagen, bis er sicher war, was bedeutete, dass er am Ende des Arbeitstages auf der merkwürdigen Straße hinauf zur Ranch des alten Mannes landete.

Auf dem ganzen Weg dorthin hatte er eine ganz neue

Reihe von Fragen, die ihm durch den Kopf gingen. Etwa, warum zum Teufel der Mann seine Straße in diese Richtung gebaut hatte? Geradeaus wie ein Pfeil, das schon. Aber es war auf keinen Fall der kürzeste Zugang von Heart Falls.

Im Hof bei Reiner hielt Alex an und lauschte genau. Rauch stieg aus dem Kamin auf, aber der angeschlagene alte Truck des Mannes war nirgends zu sehen.

Wegen der abwegigen Wahrscheinlichkeit, dass es einen anderen Grund für den fehlenden Truck geben konnte, beschloss Alex, trotzdem auf Erkundung zu gehen. Die Hunde kamen wie üblich, um ihn zu begrüßen, dass Rudel sprang und bellte und war auf die ganz typische Art von Farmhunden völlig aus dem Häuschen.

Alex warf ihnen Leckerlis hin, dann ging er mit seiner Eskorte hinauf zum Haus. Mit einem lauten Klopfen rief er: „Creighton. Du hast Besuch."

Niemand antwortete. Ein rascher Blick ins Innere zeigte, dass das Haus leer war. Es dauerte nur zehn Minuten, durch die kleinen Außengebäude zu gehen, ohne eine Spur des Besitzers zu finden.

Auch ohne eine Spur der Ziegen, die Alex bei seinem vorigen Besuch gesehen hatte.

Tatsächlich fehlte eine ganze Menge Tiere. In der Scheune waren nur noch Creightons Pferd und eine einzelne Milchkuh, die beide alt genug waren, dass sie schon vor ein paar Jahren in den Ruhestand hätten gehen sollen.

„Was zum Teufel hast du vor, alter Mann?", murmelte Alex.

Er drehte eine letzte Runde um die entgegengesetzte Seite der Außengebäude. Die Farm war etwas schlecht organisiert, aber im Grunde war sie schon gut. Creighton hatte auch einen der größten Vorräte an Feuerholz, die Alex je gesehen hatte, und dieser Teil war ordentlich aufgeschichtet, um zu trocknen.

Vermutlich hatte er Vorräte für die nächsten zwei Jahre vorbereitet.

Ein Stapel Holz blockierte den Hauptweg, darum ging Alex in die Büsche in der Nähe, um herumzukommen.

Er blieb abrupt stehen, abgelenkt von einem Haufen frisch aufgeworfener Erde. Als er sich kurz genau umschaute, erwies es sich als frisch ausgehobenes Grab. Ein einfaches Brett war in die weiche Erde geschlagen, und in zittriger Handschrift stand auf dem Kreuzteil *Hunter*.

Na, verdammt. Es schien, als hätte das Tier des Alten es doch nicht geschafft. Yvette würde traurig sein, obwohl sie wusste, dass es auf der Welt eben so lief.

Alex verabschiedete sich endgültig von dem enthusiastischen Trio, das immer noch die Farm hütete, dann begab er sich wieder zu seinem Truck und die lange Straße hinab. Zurück zu seinem Platz in der Schlafbaracke. Er würde Creighton ein andermal aufspüren.

Er war nicht sicher, ob er die schlechte Nachricht Yvette heute Abend mitteilen sollte. Nicht, wenn sie Zeit mit ihren Mädels hatte, die sie genießen wollte.

Also tat er, was er unter diesen Umständen immer getan hatte. Er machte sich auf den Weg zur Feuerwache. Eine Gelegenheit, mit guten Leuten zu plaudern, Zeit totzuschlagen und seinen eigenen Gedanken zu entkommen.

Eine Möglichkeit, dem Drang zu widerstehen, sich auf Yvettes Party zu schleichen, selbst wenn es nur war, um einen Kuss zu stehlen.

„SELTSAME DINGE GEHEN vor in Heart Falls.“ Diese Ankündigung kam von Tansy, während sie zwei Karaffen vor Yvette auf den Tisch stellte. „Das lila Zeug ist Sangria – vielen

Dank Alex für die Zutaten – und das pinke ist Limonade, für die, die keinen Alkohol trinken wollen."

„Alex hat uns unsere Getränke gekauft?" Hanna wirkte verwirrt.

„Das war in meiner Adventskalender-Dating-Geschenke-Kiste", sagte Yvette, bevor sie sich an Brooke wandte. „Können wir uns bitte einen kürzeren Codenamen einfallen lassen, für das, was auch immer ich da mit Alex mache?"

„Das steht zur Debatte. Was *machst* du denn mit ihm?" Rose wackelte mit den Augenbrauen, und ein Kichern stieg von der gesamten Gruppe auf.

Yvettes Wangen wurden rot. „Kein Kommentar."

Tansy schnappte sich ein Glas und schenkte es sich mit Sangria voll, während sie sich auf das Sofa setzte. „Ignoriere bitte die Tatsache, dass Rose und Alex kurz mal gedatet haben. Denn das kann man wirklich ignorieren."

„Wir sind nur ein paar Mal zum Tanzen gegangen. Echt. Mehr war da nicht", beharrte Rose. „Er ist ein netter Kerl, aber gefunkt hat da nichts."

„Hast du überhaupt einen Detektor für Funken?", fragte Tansy.

„Hör. Auf", sagte Rose, die sich wieder an Yvette wandte. „Nur für den Fall, dass ich es nicht klargemacht habe, ich halte ihn für einen tollen Typen, und ich bin echt froh, dass ihr beiden ein Paar seid. Er hat jemand Netten verdient."

Brooke schenkte sich ein Glas Limonade ein und setzte sich dann auf das Sofa neben Tansy. „Nur in einer Kleinstadt müssen wir so eine Unterhaltung führen."

„Der Dating-Pool. Er ist so verdammt seicht", beschwerte sich Tansy.

Die Neue am Tisch beim Mädelsabend schaute sich im Raum um, als würde sie Namen mit Gesichtern verbinden wollen. Sydney Jeremiah schnappte sich ihr Weinglas und hielt es zur Limonade hin. „Ich werde die alkoholfreie Variante nehmen, nicht, weil ich was ausbrüte, sondern weil ich morgen Frühschicht habe. Sich mit kranken Leuten mit übler Laune herumschlagen, macht man lieber nicht, wenn man einen Kater hat."

„Ich bin froh, dass du dich uns anschließen konntest", sagte Brooke aufrichtig. „Als Yvette dich vorgeschlagen hat, hat das total Sinn ergeben."

„Ja, denn wir müssen die ganzen Damen ersetzen, die nicht dabei sein können, weil sie bis zum Haaransatz in Kindern stecken."

„Hey. Ich bin trotzdem da", sagte Hanna.

„Genauso ich", fügte Madison an, obwohl sie sich nicht mehr aus dem Sessel wegbewegte, in dem sich niedergelassen hatte, ihre Hand lag auf der Wölbung ihres Bauches.

Yvette beäugte Brooke, dann die anderen Anwesenden. „Ach, wir wissen doch, dass die Mädelsabende in Heart Falls immer offen für neue Anwärterinnen sind. Wir freuen uns, dass es neue Ablenkungen gibt, die unsere Zeit in Anspruch nehmen. Unsere ständig offene Tür bedeutet, dass wir einander alle oft genug sehen, wenn es funktioniert."

„Nur, dass ich Mitglied auf Lebenszeit bin", beharrte Tansy. „Ich werde die letzte Frau sein, die steht. Solo, meine ich."

Hanna kicherte, das Geräusch war irgendwie deplatziert und entsprach nicht der sonst üblichen Reaktion der stillen Frau. Sie warf einen Blick zu Sydney. „Denn sie hat noch nicht die Regel gelernt, dass es gefährlich ist, das Schicksal herauszufordern."

„Hey, ich habe mein eigenes Haus, ich habe mein eigenes Geschäft, und ich koche gern mehr, als ich essen kann. Eine meiner besten Freundinnen ist Mechanikerin. Ich brauche keinen Mann." Tansy rümpfte die Nase. „Okay, außer für eines. Aber ich kann mir Typen kurzzeitig mal ausleihen, wann immer das nötig ist."

Ihre Schwester Rose keuchte, bevor sie sie leicht anstieß. „*Tansy.*"

„Was?" Tansy setzte eine verwirrte und unschuldige Miene auf, bevor sie die Augen verdrehte. „Nicht für Sex. Himmel. Ich habe Tanzen gemeint. Du hast so schmutzige Gedanken."

Das Lachen setzte sich fort, während die Mädchen sich alle rund um Tansys und Roses Wohnraum verteilten. Die kleine Wohnung über *Buns and Roses* war gemütlich und aufgeräumt, und Yvette ließ zumindest vordergründig zu, dass sie das Unbehagen vergaß, das sie seit ihrer Entdeckung des Rings am Vormittag mit sich trug.

Sie war immer noch nicht sicher, was sie tun sollte, aber da noch zehn Tage bis Weihnachten waren, war das kein Problem, das sie gleich jetzt lösen musste.

Als sie Rose dabei erwischte, wie sie sie musterte, zwinkerte Yvette ihr zu. Sie hatte gewusst, dass die dunkelhaarige Schönheit mit Alex schon mal ausgegangen war, und sie hatte sich immer gefragt, was da passiert war. Es war schön, zu hören, dass es keine unguten Gefühle gab. Yvette verbrachte gerne Zeit mit den Damen, darunter Rose. Sie wollte keine ihre Freundinnen aufgeben.

Rechts von ihr streckte Sydney die Beine aus. „Das ist gemütlich", sagte sie leise zu Yvette.

„Das ist eine gute Truppe. Es ist immer schön, sich mit Leuten zu entspannen, die nur das Beste für einen wollen."

Sydney neigte das Kinn. „Davon brauche ich mehr in meinem Leben. Ich freue mich auf ein bisschen weniger Arbeit und mehr Genusszeit mit Freundinnen."

„Das kannst du dir leisten, obwohl du deine eigene Klinik auf die Beine stellst?"

„Es wird ein bisschen Jonglage mit dem Terminplan

brauchen, und dass ich streng mit mir bin, und ich mir nicht zu viel aufhalse. Aber ja, ich glaube, dafür ist Zeit." Sydney musterte Yvette. „Außerdem ist der Dating-Pool ja seicht, da kann ich doch gar keine nassen Füße kriegen, wenn ich die ganze Zeit nur arbeite."

„Stimmt." Für Yvette schien es, als könnte das der einzige Grund sein, weshalb Sydney nicht schon an jemand Besonderen gebunden war. Die Frau war schön, klug und so richtig frech. Sie strahlte Selbstvertrauen aus. „Also, suchst du nach der Liebe?"

Sydney kicherte. „Weniger suchen, schon eher nicht mehr meiden. Ich brauche jemanden, der mir in den Schoß fällt, so wie du und Alex. Ich kann nicht glauben, dass ihr beiden offiziell noch gar keinen ganzen Monat zusammen seid."

Vierzehn Tage. Yvettes Gedanken schossen hin und her zwischen der Tatsache, wie gut die Zeit mit Alex gewesen war, und Entdeckung des verdammten Rings. „Mindestens zwei Jahre lang sind wir uns erst mal auf die Nerven gegangen."

Das schien das sicherste Thema für dieses Gespräch zu sein.

*Es gab keinen Ring – schieb ihn weg. Denk darüber jetzt nicht nach.*

Zum Glück betrachtete Sydney ihr Getränk, anstatt Yvette beim Zappeln zuzuschauen. „Ich meine es ernst. Ihr beiden passt zueinander, als wärt ihr schon seit Ewigkeiten zusammen. Und es ist nicht so wie bei diesen Leuten, die vor allen schwärmen, dass es immer so wunderbar zwischen ihnen und ihrem Partner ist. Ihr seid echt. Es gibt zum Beispiel kurzzeitig mal Anspannung, aber es gibt auch eine richtig gute Verbindung. Als könntet ihr euch gegenseitig anbrüllen und trotzdem am Ende zueinanderstehen."

Yvette starrte kurz sprachlos vor sich hin, bevor sie wieder sprechen konnte. „Na, das ist ein ganz nettes Kompliment."

„Ich erzähle keinen Mist“, sagte Sydney trocken. „Nimm es oder lass es, aber das sehe ich.“

Ihre Unterhaltung wurde von Tansy unterbrochen, die mit einer Gabel an den Rand eines Stapels Teller stieß. Sie stellte sie auf den Tisch und kehrte dann zurück, mit einem unglaublich gut riechenden Schokokuchen.

„Essen. Jetzt muss ich euch sagen, was ich euch eigentlich schon am Anfang sagen wollte.“ Sie warf Rose einen gespielt finsteren Blick zu. „Ich bin ziemlich sicher, du bist diejenige, die mich abgelenkt hat.“

„Ich bin sicher, wenn ich es nicht gewesen wäre, würdest du eine Möglichkeit finden, mir die Schuld in die zu Schuhe zu schieben“, sagte Rose mit der lange leidenden Übung einer Schwester.

„*Auf jeden Fall.*“ Tansy reichte Yvette ein riesiges Stück Kuchen. „Ich bin an der Tierrettung vorbeigefahren, und da war dieser Truck, der an der Seite parkte. Als nächstes höre ich, Sonora hat drei Kühe auf dem Reitplatz gefunden.“

„Das ist ja nicht gerade das typische Tier fürs Tierheim“, bemerkte Brooke klug.

„Stimmt hundertprozentig.“ Tansy hob ihr Glas.

Yvette war verwirrt. „Wer hat die denn ausgesetzt?“

Tansy rümpfte die Nase. „Weiß ich nicht.“

„Aber du hast gesehen, wie jemand dort parkt.“

„Habe ich. Einen weißen Truck.“

Brooke und Yvette wechselten genervte Blicke, bevor sie sich zu Tansy wandten. „Echt jetzt? Du hast das Fahrzeug nicht erkannt?“

„Himmel, ihr zwei, da habt ihr die Falsche. Yvette kann sagen, wer auf sie zufährt, indem sie den Schatten und die Form der Scheinwerfer betrachtet. Brooke kennt das Grollen eines jeden Motors. Wohingegen Tansy ihr eigenes Fahrzeug daran erkennt, dass sie auf den Alarm auf ihrem

Schlüsselanhänger klickt und dem Geräusch folgt." Rose duckte sich, bevor Tansy sie schlagen konnte. „Die Wahrheit tut weh, Schwester."

„Du bist doch nicht besser", erwiderte Tansy.

Rose richtete sich auf. „Ich fahre einen blauen Hyundai von 2016."

Tansy machte ein unflätiges Geräusch. „Das hast du dir heute Abend gemerkt, bevor du reingekommen bist. Was für ein Nummernschild hast du denn?"

„Ihr zwei." Yvette lehnte sich im Stuhl zurück, lachte über sie. „Zurück zum Punkt – ein weißer Truck schränkt es nicht sonderlich ein. Nicht im ländlichen Alberta."

Madison machte ein Geräusch, und der ganze Raum wandte sich sofort ihr zu.

Sie funkelte sie alle an. „Hört damit auf."

„Womit denn aufhören?", fragte Brooke fröhlich. „Brauchst du was, meine Liebe?"

„Ich hasse dich", grollte Madison, bevor sie eine Hand ausstreckte. „Helft mir hoch. Ich muss mal aufs Klo, und dieser schreckliche Sessel von Tansy versucht mich komplett zu verschlucken."

„Er ist schon ziemlich weich und frisst manchmal Menschen", gab Tansy zu. Sie und Brooke halfen beide Madison auf die Beine. „Ich stelle dir einen anderen Stuhl hin, sobald du zurückkommst."

Madison grinste. „Gut. Stell ihn dicht an einen weiteren Teller mit Schokokuchen, und ich benenne mein Baby nach dir."

„Mach keine Versprechungen, die du nicht halten kannst", warnte Tansy.

„Es ist ein echt guter Kuchen", erwiderte Madison fröhlich. „Ich bin sicher, Ryan würde das verstehen."

Der Rest des Abends war süß und behaglich, und die Zeit,

die sie mit ihren Freundinnen verbrachte, füllte einen Ort in Yvette, der das unbedingt gebraucht hatte.

Im Hintergrund lief Weihnachtsmusik, und immer wieder mal sang die eine oder andere mit, und dann schloss sich die Gruppe an, schmachtete die Worte zusammen. Glückliche Lieder, traurige Lieder.

Rose zog Yvette hoch, als „Please Come Home for Christmas" lief. Eine tiefe, grollende Version, die die Gruppe zum Lachen brachte, während Rose die tiefen Noten zu treffen versuchte, anstatt sich auf eine höhere Tonart zu verlegen.

Aber es war die Version von „Hallelujah" von Carrie Underwood und John Legend, die Yvettes Herz zum Schweben brachte. So viel Bedeutung lag darin, so viel wilde Freude und Verlangen in den Worten. Besonders, als die Frauen mitsangen, die um sie herum waren.

*Lass die Einsamen ihren Wert erkennen.*

Yvettes Einsamkeit verblasste. Die Freundinnen in diesem Zimmer, die Gesellschaft guter Kollegen.

Alex' Gesellschaft.

Sie wusste ja vielleicht immer noch nicht, was sie wegen des Ringes unternehmen sollte, den sie gefunden hatte, aber es gab andere Teile von ihr, die ihren Wert kannten, und dass sie ihn für sich beanspruchen musste. Sie musste Freude in diesen Veränderungen finden.

An diesem Abend schlief sie ein und träumte, sie würde mit einem Chor aus Engeln singen, eine vertraute männliche Stimme neben ihr, und keine Sorgen oder Unglück konnten sie irgendwie berühren.

Am nächsten Tag saß Yvette in ihrem Truck und schnappte sich was zum Mittagessen, als eine Nachricht kam.

***Alex***: *Morgen, Süße.*

***Yvette***: *Es ist schon fast Nachmittag. Hattest du einen stressigen Tag?*

***Alex**: Ich hatte keinen Empfang und bin auch wieder dorthin unterwegs. Ich wollte nur wissen, wie dein Tag läuft.*

Sie dachte nach, konzentrierte sich auf die guten Teile, von denen sie geträumt hatte, und nicht auf die Tatsache, dass sie am Vortag einen Ring gefunden hatte.

Das zu ignorieren, schien ihr vorerst das Klügste zu sein.

***Yvette**: Drei Notfälle in der Klinik und ein Pferd draußen bei Greenfields. Aber alles ist gut gegangen.*

***Alex**: Natürlich. Du hast dich ja um sie gekümmert.*

Er war so süß. Yvette rief ihn kurz an.

„Hey." Er ging mit einem Lächeln in der Stimme ran. „Ich habe vielleicht noch fünf Minuten, bevor ich den Empfang verliere. Tucker fährt."

„Kein Ding. Ich wollte nur danke für den Sangria sagen. Die Mädchen haben sich gefreut."

„Freut mich, dass er gut war." Er senkte die Stimme. „Ich vermisse dich."

Es war erst ein paar Tage her, dass sie einander getroffen hatten, aber sie musste die Wahrheit zugeben. „Ich vermisse dich auch."

„Erzähl mir was Witziges", forderte er sie auf.

„Es gab Kühe in der Tierrettung bei Sonora. Jemand anders hat gesagt, er hat heute Vormittag drei zusätzliche Kaninchen in seinem Stall gefunden. Und bei Meyers gab's zusätzliche Hühner."

„Ach." Er hielt inne. „Bei uns auf Silver Stone wurden Ziegen abgeladen. Ich hab mich umgesehen. Ich glaube, die Tiere sind von Creighton."

„Das habe ich mir auch gedacht."

„Yvette? Ich habe schlechte Nachrichten. Ich bin zu ihm raufgefahren, nachdem wir die Ziegen gefunden haben. Creighton habe ich nicht gesehen, aber Hunter ist gestorben."

„Oh." Traurigkeit traf sie, aber sie holte tief Luft und schob sich daran vorbei. „Er hatte keine Schmerzen. Ich dachte mir, dass es früher oder später so passieren würde. Ich hoffe, Creighton geht es gut.“

„Ich auch“, sagte Alex. „Hey, ich muss jetzt los, aber wenn du willst, kann ich dich morgen oder übermorgen zu Creighton hochfahren. Nur mal nach dem Rechten sehen. Lass es mich wissen.“

„Okay. Ich denke darüber nach.“

„Bis später, Süße.“

Er war weg, bevor sie antwortete.

Sie lehnte sich zurück und dachte nach. Der Anruf von Alex? Total süß.

Die Lage mit Creighton und den Tieren? Total komisch. Was war da los?

Es schien nicht richtig, dass sie sich um ihren eigenen Kram kümmerte. Überhaupt nicht. Was bedeute, die nächste Gelegenheit, die sie bekam, um bei einem gewissen älteren Farmer vorbeizuschauen, würde sie nehmen.

Diese Gelegenheit kam ein paar Stunden später, als sie ihren Arbeitstag früh beendete.

Sie hoffte, der mürrische Farmer wäre bereit, seine Geheimnisse auszuplaudern.

# 11

Sie hatten in der letzten Woche keinen frischen Schnee bekommen, aber die Temperaturen waren so kalt geblieben, dass die schlammigen Spuren in der Straße rauf zu Creighton festgefroren waren. Yvettes Truck vibrierte, während sie über das schlimmste Waschbrett fuhr, das sie seit langer Zeit erlebt hatte.

Trotzdem war ihre Neugier so hochgeschossen, dass sie etwas unternehmen musste. Obwohl Alex angeboten hatte, mit ihr zu kommen, wollte sie nicht warten. Sie dachte, sie hätte eine Ausrede, um uneingeladen zu Besuch bei Creighton zu kommen, als seine Tierärztin.

Die Tatsache, dass Hunter weg war, machte sie traurig, aber der Hund war alt gewesen. Mit ein wenig extra Liebe und Fürsorge hätte er vielleicht noch bis zum Frühling durchgehalten. Vielleicht noch über den Sommer. Aber dafür gab es keine Garantien, und sie wollte auf keinen Fall, dass Creighton dachte, sie wäre wütend auf ihn.

Wenn man eine Ranch betrieb, stand man ständig vor Entscheidungen, und manchmal schien das, was jemandem falsch erschien, nach einer kleinen Unterhaltung mehr Sinn zu ergeben. Diese Zeit für eine Unterhaltung wollte sie dem Mann anbieten.

Sie parkte neben seinem alten Blechhaufen, aus Neugier warf sie einen verstohlenen Blick auf die Ladefläche des Trucks. Verstreute Strohfäden waren eigentlich weniger ein Hinweis als eine einfache Tatsache des Landlebens.

Die Hunde der Farm erschienen kurz, bevor sie wieder dorthin zurückkehrten, wo sie sich vor der Kälte versteckten, während sie hinaufging zu dem kleinen Haus. Sie klopfte, dann schob sie sich die behandschuhten Hände unter die Achseln, um sie warm zu halten.

Creighton zog die Tür nur wenige Zentimeter auf, bevor er sie mit einem Auge anfunkelte. „Was?"

„Kann ich reinkommen?"

„Warum?"

Yvette hob eine Augenbraue. „Wenn Sie Fragen wollen, *wo*, *wann*, und *wer*, nur um sicherzustellen, dass Sie alle W-Fragen haben, lassen Sie mich rein, sonst heizen Sie die gesamte Umgebung."

Er grollte, trat aber zurück. Yvette blieb gleich in der Tür stehen, schloss sie fest hinter sich. Sie blieb mit den Füßen in den Stiefeln auf der Fußmatte stehen, während er zum Seitentresen eines ordentlichen kleinen Kochbereichs ging.

„Sieht aus, als würde es Ihrem Fuß besser gehen."

„Ja." Er holte tief Luft und stieß sie langsam aus, seine Schultern sanken zusammen wie ein Ballon, aus dem die Luft raus war. Er drehte sich um, neigte den Kopf zum Tisch. „Sie können sich auch gleich ein Weilchen hinsetzen."

Yvette nahm den Schuhlöffel, stellte ihre Stiefel neben die Tür, bevor sie sich ihm am Tisch anschloss.

Er stellte eine Tasse mit teerschwarzem Kaffee in einem Keramikbecher ab. Zum Glück folgte auf dieses Angebot eine

Schale Zucker und cremige Farmmilch – von der Art, in die man den Löffel stecken konnte. Yvette saß schweigend da und nahm sich großzügig von beidem.

Vorsichtig nippte sie. Aromen explodierten auf ihrer Zunge, und sie keuchte.

Ein äußerst unerwartetes Lachen trieb über den Tisch. Sie hob den Blick rasch und hatte kaum Zeit, sein flüchtiges Lächeln zu sehen.

„Ich mag einfache Sachen." Er nahm seine eigene Tasse und beäugte die Oberfläche, bevor er sie herumwirbelte. „Ich hatte niemals viel Verwendung für schicke Kinkerlitzchen, und ich baue an, was ich esse. Aber verdammt soll ich sein, wenn ich nicht mal loszog und mir die Geschmacksnerven ruinierte, indem ich einen Kaffee getrunken habe, der gut genug war, um die Engel singen zu hören. Das Einzige, was schlimmer ist als kein Kaffee, ist schlechter Kaffee."

Yvette konnte nicht verhindern, dass sie zustimmende Geräusche von sich gab – obwohl sie auf keinen Fall Tansy erzählen würde, dass *Buns and Roses* nicht mehr das Kaffeeparadies in der Stadt war. „Können Sie mir beibringen, wie man den macht?"

„Sie haben keine Familie in der Gegend." Die Aussage kam schnell und scharf zurück, sein Blick angespannt, als hätte sie ihm überhaupt keine Frage gestellt. Als würde der friedliche Moment ausgelöscht.

Yvette hätte das Recht gehabt, ihm zu sagen, er solle sich um seine eigenen Angelegenheiten kümmern, aber als er die Beine ausstreckte und einen weiteren wertschätzenden Schluck nahm, hielt sie inne.

Es gab keinen Grund, nicht zu antworten. Es war kein Geheimnis. „Meine Eltern sind in Regina. Meinen Geschwistern und ihren Partnern und Kindern geht's gut. Meine Großeltern sind hier in Heart Falls."

Er knurrte. „Bisschen Auslauf, bevor Sie nach Hause gehen, um bei den anderen zu sein?"

Sie schnaubte. „Wohl kaum. Nur weil sie nicht hier leben, ist das für mich kein Grund, es nicht zu tun. Ich mag Heart Falls. Ich mag die Gegend und die Leute. Meinen Beruf." Yvette hob betont eine Augenbraue, während sie ihn direkt ansah. „Manchmal mag ich sogar die Leute, die ich besuche."

Er nahm einen größeren Schluck, beäugte sie über den Rand seiner Tasse hinweg, sagte aber nichts.

Sie versuchte nicht, die Stille zu füllen. Stattdessen schaute sie sich im Haus um und bewunderte die Handwerkskunst. Bewunderte die Stücke der Natur, die überall verstreut waren.

Im Raum war es still, aber die Stille fühlte sich nicht bedrückend an. Es fühlte sich an, als würde hier noch jemand sitzen und in die Stille hineinreden. Yvette trank ihren Kaffee aus und stellte dann die Tasse auf den Tisch.

Alle guten Dinge mussten einmal enden, und sie war der Meinung, dass der Frieden eines davon war. Sie öffnete den Mund, um ihn wegen Hunter zu fragen. Wegen der anderen Tiere.

Bevor sie noch etwas sagen konnte, stand Creighton auf und deutete zur Tür. „Sie müssen gehen", knurrte er.

Natürlich beschloss er jetzt wieder, mürrisch zu werden. „Ich wollte erst reden."

„Nicht jetzt." Seine Worte wurden lauter, und er schüttelte den Kopf. „Ich bin beschäftigt. Machen Sie keinen Aufstand."

Er verließ das Zimmer.

Marschierte direkt in sein Schlafzimmer und schloss die Tür, ließ sie allein im Wohnzimmer zurück, wo das Feuer im Herd knisterte, und die Uhr auf der Wand in der Stille tickte.

Na, das war ja einzigartig wenig hilfreich.

Sie war ganz zurück in Heart Falls, bevor ihr Handy klingelte. „Hey, du."

Alex tiefe, heisere Stimme strömte in ihre Ohren und streichelte ihre Libido. „Hey. Ich weiß, es ist in letzter Minute, aber willst du heute Abend Gesellschaft?"

Nach ihrem komischen Nachmittag wäre es gut, ihn auf den neuesten Stand zu bringen. „Klar. Wenn du essen willst, musst du mir Zeit geben, um irgendwas rauszuholen."

„Treffen wir uns da, und wir können zusammen kochen. Abgemacht?"

„Perfekt."

Sie fuhr im gleichen Augenblick wie er vor die Hütte. Alex folgte ihr direkt auf den Fersen ins Wohnzimmer, rieb sich kurz die Hände und blies auf sie. „Lass mich die mal aufwärmen, bevor ich dich küsse, oder du fährst noch aus der Haut."

Yvette versuchte nicht, ihr Grinsen zu verstecken, während sie sich ihm näherte. „Kalte Küsse. Wäre das nicht ein weiteres erstes Mal?"

In seinen Augen blitzte es. „Ein paar heiße hatten wir ja schon", scherzte er.

Seine Hände lagen auf ihren Hüften, während sie sich vorbeugte. Münder trafen aufeinander, die inzwischen vertraute Berührung von Lippen ein Necken im Sekundenbruchteil, bevor Yvette eine Hand unter sein T-Shirt schob und ihre eiskalte Handfläche auf *seinen* nackten Rücken legte.

Sie quietschte, während er brüllte und sich drehte, um zu versuchen, vor ihr zu flüchten. „Himmel, Frau."

„Mir ist kalt", beschwerte sie sich lachend und blieb bei ihm, damit sie in Kontakt bleiben konnte. „Freunde sollten doch kalte Hände aufwärmen. Ich bin sicher, das steht im Regelbuch."

Er zog sie an sich, und mit einem schroffen Zerren hatte er ihr T-Shirt aus der Jeans gezogen. „Es ist nur gerecht, das zurückzuzahlen."

Eiszapfen drückten sich an ihre Haut. Nur dass diese glatte Handflächen und geschickte Finger hatten, und bevor Yvette es sich versah, war ihr T-Shirt weg, und Alex spürbar wärmere Hände waren überall auf ihr.

„Scheiße, du fühlst dich gut an." Sein Mund war wieder auf ihrem, und sie war damit beschäftigt, ihm sein T-Shirt vom Leib zu reißen oder einfach nur hier zu stehen und die Gefühle zu genießen, die er durch ihren Körper schickte. Neckende Finger, die durch den BH ihre Nippel umkreisten, sodass ihre Haut prickelte.

Das Essen – vergessen. Geschichten von alten Männern mit mysteriösem Verhalten – später.

Yvette wollte Alex, und sie wollte ihn jetzt.

Sie zog ihre Lippen weit genug zurück, um die Worte herauszuzwingen. „Wie sehr verhungerst du?"

Ein Keuchen folgte direkt auf die Worte, denn er hatte sie in den Armen hochgeschwungen und trug sie zu ihrem Schlafzimmer. „Ich verhungere."

Flach auf dem Rücken, sein Körper auf ihrem ...

Ihre Füße in den Stiefeln hingen immer noch vom Bett.

Yvette grinste ihn an. „Logistikprobleme?"

„Verdammte Kleider. Verdammter Winter, verdammte Stiefel, einfach nur verdammt." Er küsste sie wieder, sodass sie beide atemlos waren.

Yvette musste zugeben, dass sie irgendwie erwartet hatte, dass ein Kondom in einer der Schubladen auftauchte. Sie waren auf halbem Weg durch den Monat, und der Fünfundzwanzigste rückte näher, und irgendwann hatte Alex doch hoffen müssen, dass sie hier enden würden.

Hier, ohne Stiefel vermutlich.

Doch es hatte keine Spur von einem Kondom gegeben.

Er hatte allerdings gesagt, dass sie das Tempo festlegen durfte. Als er sie darum auf die Nase küsste und anfügte:

„Warte mal kurz. Ich richte uns her", hatte Yvette selbst ein wenig herumzurudern.

In dem Augenblick, in dem er ihre Stiefel auszog, kroch sie zum hinteren Ende des Bettes. Während er daran arbeitete, seine eigenen Stiefel loszuwerden, schnappte sie sich rasch ein Kondom vom Beistelltisch, wo sie es früher am Tag hingelegt hatte, und versteckte es in ihrer Handfläche. Unschuldig zog sie die Füße unter sich und drehte sich, um zuzusehen, wie er sein Shirt auszog und überall fitte, starke Muskeln enthüllte.

Alex fixierte sie mit einem Blick, der heiß genug war, um ihr Höschen zu schmelzen. „Ich könnte mal ein bisschen Vorgeschmack auf das vertragen, was ich vorgestern bekommen habe."

*Ja, bitte.* Und mehr. „Das können wir tun. Ich habe aber auch eine weitere Bitte."

Sie hob das Kondom hoch.

ADRENALIN SCHOSS DURCH IHN HINDURCH, noch während ihm die Antwort über die Lippen kam. „Ja. Unbedingt ja."

Sie lachte und öffnete die Arme, dann rollten sie sich zusammen auf die Matratze. „Du bist leicht rumzukriegen."

„Ich hatte über ein Jahr lang schmutzige Träume davon, dich zu lieben", beichtete Alex. Er strich mit der Rückseite seiner Fingerknöchel über ihre Wange, liebte die Röte, die unter seiner Berührung aufstieg. Weiter unten neckte er sie, strich am Rand ihres BHs entlang. Liebkoste langsam mit der Handfläche die feste Erhebung ihres Nippels. „Und wenn ich sage *träumen*, dann meine ich sowohl absichtlich, wenn meine Augen weit offen sind und ich mir mit der Hand an meinem Schwanz vorstelle, dass du das um mich rum bist. Und außerdem auch so was mitten in der Nacht, wo es mein

Unterbewusstsein ist, das verrücktspielt, und mir vorgaukelt, wir ficken auf jegliche wilde, den Körper erschütternde, das Rückgrat hinauf prickelnde Art, die man sich nur vorstellen kann."

Er schaute ihr in die Augen – ihre Augen waren groß geworden, und sie schluckte schwer. „Das war schon ein wenig auf der schmutzigen Seite", bemerkte sie mit einem atemlosen Flüstern.

„Du hast ja keine Vorstellung", murmelte er.

Er griff hinter sie und löste ihren BH, zog die Riemen nach vorn und die Cups von ihren Brüsten. Heilige Scheiße. Ihm wurde der Mund wässrig, und während er die Handflächen über ihre Rippen nach oben wandern ließ, um die schweren Wölbungen zu halten, fühlte er sich gesegnet.

Yvettes Augen schlossen sich flatternd, während seine Daumen einen stetigen Rhythmus anschlugen, ein Kreisen und ein sanftes Kratzen mit den Nägeln über die Spitzen.

Ihre Stimme kam gehaucht, während sie forderte: „Mit dem Mund."

*Halleluja.* Eine Frau, die um das bat, was sie im Bett wollte.

Eine Frau, die wollte, was er wollte, sogar noch besser.

Alex küsste die Unterseite einer Brust. Ließ die Zunge über die Außenseite wandern, kam langsam seinem Ziel näher.

Yvette holte bebend Luft, drückte ihre Hände auf seine, presste sie fest an sich. „Du ärgerst mich."

„Ich wertschätze dich", korrigierte er.

Sie knurrte beinahe. „Wir haben es echt gut gemacht, nicht zu streiten. Sag mir nicht, dass wir jetzt unsere Agenda vermasseln, weil du nicht bereit bist – *o mein Gott.*"

Sein Timing war perfekt, seine Lippen legten sich um eine rosig rote Spitze, und Alex saugte. Während seine Hände sich anspannten und wieder entspannten, jedes bisschen der schweren Rundungen liebkosten, die er hielt. Er ließ die Zunge immer wieder vorschnellen, bevor er mit den Zähnen über die feste Erhebung ging, erfreut, als sie keuchte.

„Es braucht Zeit, etwas wertzuschätzen“, murmelte er, leckte sich weiter zwischen einer Brust und der anderen. „Vertraue mir.“

Die Anspannung fiel von ihrem Körper ab, und sie strich mit den Fingern durch seine Haare. „Ich will dich berühren.“

„Das will ich auch.“ Er meinte jedes Wort ernst, aber gerade jetzt war er viel zu interessiert an dem Wunder vor ihm. An der sanften Farbe, die sich über ihre Brust legte, als die Leidenschaft anstieg. „Gottverdammt, du bist schön. Ich könnte hierbleiben, einfach nur necken und berühren.“ Wieder schloss er die Zähne, und sie zuckte an seinem Mund. „Ja. Genauso. Nur dass ich noch mehr brauche.“

Er löst die Zähne von ihren Brüsten, hinterließ eine kleine Spur Feuchtigkeit hinab zu ihrem Bauch. Mit den Fingern strich er über ihr Geschlecht, und Feuchtigkeit umhüllte ihn sofort, während ihre Beine sich einladend öffneten.

Ihre Augen waren noch geschlossen. Das blieben sie zumindest, bis er die Fingerspitzen in sie hineingleiten ließ, mit dem Daumen in einem sanften Rhythmus über ihre empfindliche Klitoris strich.

Ihre Augenlider hoben sich, dort stand träge Lust.

„Gut?“, fragte er.

„O ja.“ Sie streckte ein langes Bein aus, noch während sie nach ihren Brüsten griff, sie hochhob, bevor sie mit den Daumen und Zeigefingern ihre Nippel nahm.

Alex fluchte. „Ich werde nicht durchhalten“, warnte er.

„Du bist ein Schnellschussexperte, was?“, neckte sie.

*Kleines Luder.* Die scherzhafte Erinnerung an seine letzte, viel zu schnelle Erlösung brachte ihn zum Grinsen. „Lass mich dir noch mal in Erinnerung rufen, dass ich dich schon verdammt lange will."

Er musste sein Vorgehen verbessern, aber da sie so heiß war, musste er die Dinge weiter in Bewegung halten, das stand an erster Stelle. Er erhöhte den Druck auf ihre Klitoris, ließ die Finger weit genug hineingleiten, um mit der Vorderseite ihrer Vagina Kontakt zu halten. Auf der Suche nach der richtigen Stelle.

Er neckte sie ein paarmal, bis ihre Atmung bebte.

*Bingo.*

Seine Finger bewegten sich, und er rückte weit genug ab, um ihr in die Augen zu schauen. „Heb deine Brüste für mich."

Sie bot sie ihm an, die steifen Nippel strebten zur Decke. Alex fing einen mit den Lippen, saugte daran, während er die Finger tief in ihr Geschlecht stieß.

Ein lockerer Rhythmus stellte sich ein. Einer mit einem schmutzigen Soundtrack, der von ihrem Keuchen und Stöhnen betont wurde, ihre Hüfte pulsierte an ihm, auf der Suche nach dem letzten kleinen bisschen.

*„Alex."*

Ihre Hüften hoben sich vom Bett, sie befriedigte sich selbst an seinen Fingern, und war das nicht das schmutzigste, fantastischste, was er je gesehen hatte? Ihre Erlösung explodierte aus ihr heraus auf eine Art, die eindeutig zeigte, dass die Lust tief im Innersten eingesetzt hatte.

Er hatte das Kondom schneller dran, als es angemessen war, schob gleich ihr Bein über seine Hüfte und drückte seinen Schwanz an ihr Geschlecht.

„Schau mich an", befahl er. „Ja?"

Befriedigung stand auf ihrem ganzen Gesicht, sie krümmte die Lippen zu einem Lächeln. „Mach es."

Alex spannte die Hüfte an, genoss das langsame Gleiten

seines Schwanzes in ihren Körper. Er hielt inne, holte tief Luft und spürte nur.

Yvettes Lippen bebten, ein leises Stöhnen kam heraus. „Oh, das ist *gut*."

Er zog sich langsam zurück und dann wiegte er sich nach vorne. „Und das?"

Sie neigte rasch das Kinn. „Wow."

Ihm kam ein Grinsen. „*Wow*. Das gefällt mir. Ich frage mich, ob ich auch noch *spektakulär* von dir kriege?"

Sie zerrte an seinen Schultern, holte ihn nach unten, bis seine Brust an ihren Brüsten lag. „Du hast einen umwerfenden Körper."

„Das sollte doch ich sagen." Aber er pulsierte fester. Schob ihr rechtes Bein höher über seine Hüfte, damit er sogar noch tiefer reinkam. Langsam, aber stetig verlor er den Verstand, es fühlte sich so verdammt gut an.

Sie küsste seinen Hals, knabberte spielerisch. „Fester."

So was von. Er stützte einen Arm neben ihrem Körper auf und neigte sich nach oben. Zog sich langsam zurück, stieß hart und tief hinein. Wieder. Noch einmal, jagte den Lustgeräuschen von ihren Lippen nach, bis seine Kontrolle am seidenen Faden hing.

Sie hob beide Beine, bohrte die Absätze in seinen Hintern. Richtete seinen nächsten Stoß aus, sodass er sie mit seiner gesamten Länge aufspießte.

Nichts mehr wurde zurückgehalten. Alex pumpte fester, während Yvette seinen Namen keuchte. Sein Rückgrat schmolz, und seine Hoden waren bereit zum Explodieren.

Als sie ihm mit den Nägeln über die Schultern fuhr, gab es kein Halten mehr. Das rhythmische Zusammenziehen ihres Geschlechts um ihn brachte ihn kurz vor die Erlösung. Er goss Lust aus seinem Körper, bis seine Arme bebten und seine Hüften mehr oder weniger krampften.

Sie spannte sich wieder um ihn an, und er fluchte, ihr Gelächter vermischte sich, und er ließ sich von den letzten Zuckungen bis zum letzten Tropfen austrocknen.

Irgendwie rollte er sich herunter und legte sich auf den Rücken neben ihr. Alex starrte an die Decke, Sterne wirbelten vor seinen Augen.

Neben ihm keuchte Yvette. Er schaute hinüber, um den Anblick ihrer Brüste zu genießen, die mit jedem schnellen Ausatmen bebten. Das Blut sammelte sich immer noch in sehr viel wichtigeren Teilen seines Körpers als seinem Gehirn, und deshalb war es vermutlich auch so verdammt schwer, nachzudenken.

Doch er war sicher, dass irgendwas nicht ganz stimmte.

„Was für ein Tag ist heute?", fragte er.

Sie lachte, ringelte sich zusammen und ließ eine Hand über seine Brust gleiten. Streichelte ihn, als wäre er eine Katze. „Der Sex war so gut, dass du nicht mehr weißt, welchen Tag wir haben?"

„Irgendwie so was." Seine Erheiterung wurde größer, als ihm das fehlende Puzzleteil klar wurde. Der Sex heute war total Yvettes Idee gewesen, nicht von irgendwas angetrieben, was er vielleicht auf die Beine gestellt hatte.

Was bedeutete, das Geschenk, das er in ihren Kalender gesteckt hatte, konnte noch kommen. Es sollte unterhaltsam sein, wenn sie schließlich diese besondere Schublade öffnete, um festzustellen, dass er ihr auch ein paar Kondome geschenkt hatte.

Sie beugte sich vor und funkelte ihn gespielt an. „Was grinst du denn so?"

„Nichts", beharrte er unschuldig. „Willst du noch mal?"

„Erst essen." Sie wackelte mit den Augenbrauen. „Ich habe Reste in der Gefriertruhe, die wir in die Mikrowelle stellen können. Wir könnten in weniger als fünfzehn Minuten wieder zurück sein."

Alex drückte ihr die Handflächen auf die Wangen und kam näher, küsste sie langsam. Gründlich.

Es gab keinen Grund, irgendwas zu übereilen. Das Essen, den Sex. Die Unterhaltungen. Er wollte, dass sie sich so viel Zeit nahmen wie nötig. Um jeden Augenblick zu genießen, während die Dinge zwischen ihnen besser wurden, als er es je zu träumen gehofft hatte.

Er musste sicherstellen, dass sie es über die Ziellinie hinaus und in eine Zukunft schafften, die ewig andauerte.

# 12

Es schien, als hätte die geöffnete Tür zu einer körperlicheren Beziehung auch einen neuen Status außerhalb des Schlafzimmers herbeigeführt. Was gleichzeitig seltsam und wunderbar war, doch Yvette fühlte sich mutig genug, um die Dinge einfach weiterlaufen zu lassen.

Alex kam jedes Mal rüber, um sich ihr in der Hütte anzuschließen, wenn ihre Tagesplanung passte. Verflixt, sie war ziemlich sicher, dass er sogar kreativ umplante, wenn es um seine Arbeitsstunden ging, aber da ging es wieder um dieses Vertrauen. Er war ein Erwachsener, und es war sein Job, der auf dem Spiel stand. Wenn er sagte, dass er Zeit hatte, um bei ihr zu sein, wollte sie ihm glauben und das direkte Verwöhnen genießen, das darauf folgte.

Obwohl es nicht nur um mehr Zeit zusammen ging, damit sie rummachen konnten. Sie redeten über die Dinge, die ihnen Spaß machten. Sprachen über Creighton und das Rätsel seiner Vorgehensweise. Verbrachten Zeit damit, Geschichten von der Arbeit zu teilen, und Lieblingsserien und Filme. Und sie hatten zusammen gesungen, was etwas in Yvette jedes einzelne Mal wohlig warm werden ließ.

Am Samstagabend tauchte Alex zusammen mit Brooke und Mack in der Hütte auf. Die Kerle holten eine Feuerstelle, die mit Gas betrieben wurde, hinten von seinem Truck und stellten sie in ihrem Hof auf. Brooke hatte riesige Wolldecken aus der Werkstatt mitgebracht, und die vier setzten sich um das Feuer und genossen einfach die Gesellschaft der anderen.

Sie sangen auch, was Yvette zum Lachen und Weinen brachte, denn obwohl Alex letztlich eine wunderschöne Stimme hatte, und Mack okay war, war Brooke furchtbar.

Sie hatten versucht „Put a Little Holiday in Your Heart“ zu singen, aber Brooke versagte in der Mitte die Stimme, weil sie zu sehr lachte, um weiterzumachen. „Ich höre einfach nur euch drei zu, okay?“

„Das ist vermutlich sicherer.“ Mack verzog das Gesicht, bevor er verlegen grinste. „Ich liebe dich.“

„Das weiß ich doch. Aber deine Trommelfelle liebst du auch, also werde ich dir nicht mal wehtun, wenn du mir sagst, dass ich keine Melodie halten kann, und wenn es um mein Leben geht.“ Sie deutete auf Yvette. „Du. Sei dankbar, dass du einen Typen gefunden hast, der fast so gut singt wie du.“

Ein süßer Augenblick, der herrlich wurde, als Alex und Mack ihnen beiden ein Ständchen brachten, als sie mit Keith Urban „I’ll Be Your Santa Tonight“ anstimmten.

Ein warmes Glühen umfing sie von mehr als nur dem Feuer. Obwohl das auch zu der süßen Atmosphäre beitrug.

„Das ist doch ein Mogelfeuer“, scherzte Alex. „Höher kann ich es gar nicht aufdrehen.“

„Die Flammen müssen doch keine zwei Meter hoch sein, damit es gemütlich ist“, sagte Mack gedehnt. „Außerdem weiß ich nichts davon, dass ich offiziell Lagerfeuer genehmigt habe.

Du wirkst ein bisschen verantwortungslos, wenn es um Flammen geht und so was."

Alex schob die Hand nur lange genug unter der Decke vor, um Schnee neben dem Stuhl zu nehmen, einen Schneeball daraus zu formen und ihn auf Mack zu schleudern.

„Hey", beschwerte sich Brooke.

„Sorry", entgegnete Alex.

„Nicht du. Mack." Sie sah ihren Mann finster an. „Dieser Schneeball ist auf einem harten Kopf zerbrochen und hat mich völlig nass gemacht." Ein Lachen kam auf, und Mack hatte sie wohl gekitzelt, denn sie wand sich und konnte nicht flüchten.

„Irgendwelche großen Pläne für die Feiertage?", fragte Brooke, als sie wieder reden konnte.

„Ich schaue bei meiner Oma und meinem Opa vorbei", druckste Yvette herum.

Na, *verflixt*. Sie hatte Alex nicht gefragt, ob sie Pläne hatten, offiziell miteinander Weihnachten zu feiern. Nur würde sie das jetzt nicht gerade erwähnen.

Er fand ihre Finger unter den Decken, drückte sie fest. „Am Vormittag werde ich auf Silver Stone arbeiten. Ashton hat sich freiwillig gemeldet, um auf der Feuerwache Dienst zu schieben."

„Das ist nett von ihm", sagte Yvette. Sie runzelte die Stirn. „Ich dachte, er würde den Tag mit der Familie Stone verbringen."

„Man möchte meinen, er würde gern den Tag mit Sonora verbringen", grollte Mack leise, bevor er sich in die Hand hustete, als hätte er gar nichts gesagt.

Die vier grinsten einander an, bevor Alex wieder sprach, etwas langsamer, als würde er über seine Worte nachdenken. „Vielleicht hat er gefragt, und sie hat nein gesagt. Sie wird ihre Enkel und Kinder haben, um Zeit mit ihnen zu verbringen. Wer weiß schon, was zwischen den beiden vorgeht?"

„Solange wir nicht weiterhin so tun, als würde nichts vorgehen", sagte Mack.

Yvette brachte immer noch heraus, wo sie wegen Weihnachten und Alex hin wollte. Wie war es ihr denn so komplett entgangen, dass sie – nein, sie beide, darüber noch gar nicht geredet hatten?

Ihr Handy summte, weil eine Nachricht an sie eingetroffen war, und sie zog ihr Handy heraus, um den Bildschirm anzuschauen. Um sicherzugehen, dass es kein tierärztlicher Notfall war.

Uff. Ihre Schwester. Auf keinen Fall ein Anruf, mit dem sie sich jetzt herumschlagen wollte, insbesondere, da die Nachricht begann mit: *Ich kann nicht glauben, dass du das gemacht hast.*

Sie schob ihr Handy weg.

Bis Brooke und Mack zusammengepackt hatten, um zu gehen, und Alex Yvette ins Haus folgte, hatte ihre Schwester ihr schon eine ganze Handvoll Nachrichten geschrieben.

Als Yvette absichtlich ihr Handy mit der Vorderseite nach unten auf den Tisch legte, hob Alex eine Augenbraue. „Willst du, dass ich weiterhin die Tatsache ignoriere, dass du jemand anderen ignorierst? Oder willst du reden?"

„Ich würde dich gern mit in mein Zimmer nehmen und mich an dir vergehen", beichtete Yvette.

Alex erwischte sie an den Fingern und führte sie zum Sofa, setzte sich hin und zog sie auf seinen Schoß. „Ich mag den Sex, aber ich mag auch den Rest von dem, was wir tun. Zeit mit unseren Freunden, Zeit zusammen."

Sie seufzte. „Zeit, wenn ich zugebe, dass meine Schwester ein Miststück ist und ich eine Menge Energie hineinstecke, um ihr aus dem Weg zu gehen?"

Die Verwirrung auf seinem Gesicht wurde rasch weggewischt. „Oh. Das Handy? Tut mir leid."

„Mir auch." Sie legte den Kopf an seine Schulter, strich mit den Fingern über die rauen Stoppeln auf seinem Kinn. „Sie ist nicht wirklich böse oder so was. Aber sie ist auch nicht sonderlich nett."

„Ich hatte solche Leute auch im Leben." Er drückte ihr die Lippen auf die Schläfe, und eine warme Blase der Zuneigung legte sich um sie.

„Einige der Pflegekinder, mit denen du Zeit verbracht hast?"

„Ja." Er brummte kurz, dann nickte er, als würde er etwas entscheiden. „Ich habe dir gesagt, dass Hans und Glenda tolle Eltern waren. Ich kann aufrichtig sagen, dass ich niemals das Gefühl hatte, dass sie sich wen rauspicken und Lieblinge hätten. Sie wollten einfach nur für so viele Kinder wie möglich da sein. Einige dieser Kinder brauchten ein bisschen mehr Aufmerksamkeit, aber ich wurde nicht vernachlässigt, selbst wenn ich nicht im Mittelpunkt der Aufmerksamkeit stand."

Die Worte gingen direkt ans Eingemachte, trafen sowohl ihr Schuldbewusstsein als auch ihre frustrierten Nerven.

„Du machst wieder das mit dem Gedankenlesen", warnte Yvette. Sie wand sich, um sich anders hinzusetzen, bis sie ihren eigenen Bereich auf dem Sofa hatte, Kissen in den Rücken gestopft, die Füße auf seinem Schoß. „Meine Eltern haben sich auf jeden Fall Lieblinge herausgepickt. Ich glaube, das gehörte zu dem, was Oma und Opa nicht guthießen."

„Ach. Deine Schwester?"

„Sie, und bei anderen Gelegenheiten gingen sie alle meine Brüder durch. Alles ging nur um den äußeren Schein in unserer Familie." Es war unangenehm, an diese Kindheitsjahre zurückzudenken. Sie schaute Alex in die Augen. „Gewissermaßen bewundere ich meine Geschwister. Sie sind alle fantastische Geschäftsleute, sie sind sehr zugänglich in der Öffentlichkeit, und sie bekommen Dinge geregelt."

„Du hast gerade auch dich beschrieben", sagte er leise.

„Das weiß ich. Aber zu meinem *Dinge geregelt kriegen* gehört keine Karriere auf der Liste der genehmigten Berufe. Dass ich Tierärztin wurde, hat den Finanzen der Familie nicht bekommen – sie sind alle irgendwie ins Geschäft ums Häuserbauen oder -verkaufen oder -renovieren eingebunden. *Sei be-Wright zum Häuserbau.* Mein Nebenjob als Gassigängerin, als ich ein Teenager war, hat den Namen Wright nicht in die Zeitung gebracht oder für eine Erwähnung im Radio gesorgt. Nicht wie damals, als meine drei Brüder, die auch noch Teenager waren, ganz allein ein Habitat-for-Humanity-Haus bauten, oder als meine Schwester Miss Kaminvorleger wurde."

Alex blinzelte. „Sag mir, dass es so was nicht gibt."

Sie kicherte leise. „Tut mir leid, da war ich gerade grob. Sie hat irgendeinen anderen Schönheitswettbewerb gewonnen, der während einer Renovierungsmesse abgehalten wurde. Und du musst mir nicht versichern, dass ich schön bin, denn mir gefällt, wie ich aussehe. Ich war nur niemals genug. Und es klingt vielleicht schrecklich, aber nachdem man mir gesagt hat, dass ich zu direkt oder zu still war, oder dass ich faul war, direkt gefolgt von zu aufgedreht – da musste ich dort einfach raus."

Ein leiser Fluch kam über seine Lippen. Inzwischen rieb er ihr die Beine, Wut stand wieder in seinen Augen. „Das war astreines Gaslighting."

„Inzwischen weiß ich das. Carrie macht es am häufigsten. Deshalb ignoriere ich sie, denn irgendwie, was immer sie da besprechen will, was mich betrifft? Es wird meine Schuld sein, dass irgendwas los ist, oder wie ich es wagen konnte, dass ich kürzlich nicht da war, oder weshalb ich so schwierig bin, obwohl sie doch immer das Beste für mich wollte?"

„Ach, Liebling. Das ist scheiße."

Alex beobachtete sie genau, auf seinem Gesicht stand

keinerlei Verurteilung. Und deshalb brachen die nächsten Worte aus ihr hervor.

„Ich fühle mich schuldig."

Er schüttelte sofort den Kopf. „Ach, Teufel, nein. Niemand darf etwas tun, das dir ein schlechtes Gefühl gibt. Besonders nicht die Familie."

„Aber ich tue alles, was ich kann, um meiner Familie aus dem Weg zu gehen. Dann sehe ich dich, wie du deinen Job aufgibst und zurück nach Hause ziehst, um alles für deine Eltern zu tun. Ich kann nicht mal ans Handy gehen und meine Eltern anrufen. Ich bin eine furchtbare Tochter."

„Unsinn." Er redete jetzt nicht nur lauter, sondern in seinen Augen blitzte etwas, das Wut so nahekam, wie sie es schon lange nicht mehr gesehen hatte. „Das ist völliger und kompletter Unsinn, und du musst dir so eine Scheiße nicht antun."

„So fühle ich mich aber", protestierte Yvette.

„Weil uns diese verdammte Welt zu oft beibringen will, dass wir uns so fühlen sollen. Aber wegen dieser Eltern, für die ich so viel aufgegeben habe, um ihnen zu helfen? Eines der ersten Dinge, die sie mir beigebracht haben, war, dass man auf Gefühle nur hören sollte, wenn sie richtig sind. Denn als ich bei ihnen an der Tür auftauchte, mit acht Jahren und dem Gefühl, dass ich das schlimmste Kind auf dem Angesicht der Erde sein musste, weil meine Mutter mich nicht wollte, haben sie mir erzählt, dass Gefühle lügen können."

In Yvettes Herz spannte sich etwas an, und weit hinten in ihrer Kehle. „Das tut mir so leid."

Um den kleinen Jungen, der er gewesen war. Um den Schmerz, den das verursacht haben musste.

Wegen der Lächerlichkeit, dass sie sich Sorgen wegen ihrer winzigen Beschwerden machte, während seine Welt zerrissen worden war, als er so jung und unschuldig gewesen war.

„Dir tut das leid?" Sein Blick richtete sich auf sie. „Sag das nicht. Ich meine, ja, es war furchtbar. Ich musste das durchmachen, aber ich bin bei Hans und Glenda gelandet, und meine Welt hat sich verändert. Das ist nichts, was einem leidtun muss, das ist etwas, das man feiern kann."

„Das freut mich." Obwohl sie auf jeden Fall ihre Lippen verschließen und aufhören würde, sich selbst zu bemitleiden.

„Gut. Jetzt kannst du dir also irgendwelche bekloppten Ideen aus dem Kopf schlagen, die gerade sagen: *Ich darf mich nicht beschweren, denn Alex hatte es so viel schlimmer als ich …"*

Manchmal war er richtig gruselig. „Wie hast du …?"

„Woher ich das weiß? Es steht in deinen Augen geschrieben, Liebling." Er legte ihr einen Finger an die Schläfe. „Du siehst aus, als würdest du gern wegkriechen und dich verstecken, aber dazu kommt es nicht. Außer es gibt genug Platz in deinem Deckenfort für uns beide."

Yvette hielt inne und versuchte, sich mental neu einzustellen.

Er hatte gerade recht – schon wieder.

Die Dinge in ihrem Leben, die nicht richtig waren, waren wichtig. Ihm war es wichtig genug, dass er wollte, dass sie ehrlich war. „Ich weiß, dass Gefühle lügen können. Ich meine, ich weiß es mit dem Kopf, aber es hat sich nicht komplett in mich vorgearbeitet, denn die Gefühle sind immer noch da."

Er richtete sich auf, ihre Hände fest in seinen gehalten. „Dann ist es Zeit, um deswegen was zu unternehmen. Sprich mit mir, sprich mit einer Therapeutin. Sprich mit deinen Freundinnen, aber sprich. Teufel, du solltest rufen, kreischen, brüllen, bis sich die Dinge verändern."

Sie konnte nichts sagen, darum nickte sie einfach, denn er hatte recht. Sie stimmte damit völlig überein.

Sie war nur nicht sicher, wie sie von da, wo sie war, dorthin gelangen sollte, wohin sie musste.

Sie saß still da. Dann redete Alex leise. „Da gibt's eines, das kapiere ich nicht. Ich habe mit dir gearbeitet, wenn du als Tierärztin unterwegs warst. Du bist regelrecht frech. Du bist vorlaut, und du bist stolz und felsenfest, selbst wenn du mit den größten Arschlöchern da draußen zu tun hast. Und Farmer, seien wir mal ehrlich, das sind Arschlöcher."

Das brachte ihm ein Kichern von ihr ein, so wacklig es auch war.

Er nahm sie, damit sie wieder auf seinem Schoß saß. Er schob ihr eine lose Haarsträhne hinters Ohr. „Ich setze diese Selbstsicherheit in Kontrast mit der Art, wie du manchmal bist, wenn ich dir eine unschuldige Frage stelle. Oder jetzt, wenn du darüber redest, es mit einer schrecklichen Familie zu tun zu haben. Warum wirft dich das aus der Bahn? Irgendwelche Vorstellungen?"

Sie hielt inne, denn das erste, was ihr durch den Kopf schoss, war eine Wahrheit, die sie schon lange vermutet hatte. „Das habe ich selbst gemacht. Als ich Tiermedizin studiert habe, habe ich das dem *zum Trotz* getan, was sie wollten. Die ganze Zeit, als ich dort war, war es nur ich. Keine älteren Geschwister mit ihrem glänzenden Ruf, an den ich rankommen musste. Kein schlimmes Benehmen aus ihrer Vergangenheit, von dem ich beweisen musste, dass ich besser war als das. Zum ersten Mal durfte ich *Yvette* sein, und nicht irgendjemandes jüngere Schwester oder Kents und Kims Tochter. Als Profi bin ich ganz solide. Es ist nur ... bei Beziehungen nicht ganz so."

Er nickte. „Das ergibt schon einen Sinn."

Sie hasste, dass ihr wunderbarer Abend sich in das verwandelt hatte. Dass sie gleich zu weinen anfangen würde. Aber andererseits ...

Sie erwischte Alex' Finger und drückte sie sich an die Lippen. „Das nervt."

Ihm entschlüpfte ein Lachen. „Ja, tut es."

Nein, er verstand nicht, was sie meinte. Sie musste mutig genug sein, um sicherzustellen, dass er das tat.

Sie versuchte es noch einmal, denn das war zu wichtig, um es unter den Tisch fallen zu lassen. „Das nervt, aber ich freue mich, dass du da bist. Ich freue mich, dass ich kurz davor stehe, mir die Augen aus dem Kopf zu heulen, und du da bist. Es verändert die Dinge, dass man zusammen ist. Es *bedeutet* etwas. Es bedeutet *alles*." Jetzt liefen die Tränen, doch sie hielt sie lange genug zurück, um fertig zu reden, den Blick auf seinen gerichtet, während sie die letzte Wahrheit aussprach. „Es bedeutet alles, dass wir zusammen sind."

Alex hatte schon mehr Tierkinder auf die Welt kommen sehen, als er zählen konnte. Es gab immer einen Augenblick des Wunders, wenn ein Fohlen oder Kalb, oder sogar ein Küken, das aus dem Ei kam, auf wackligen Beinen aufstand. Er erkannte diesen Augenblick. Wenn man ihre wackligen ersten Schritte in einer brandneuen Welt beobachtete.

Was bedeutete, dass er wie angewurzelt stillhielt, um in diesem Augenblick da zu sein, um zu bezeugen, wie Yvette ein paar brandneue wacklige Schritte in ihre Zukunft machte.

Er legte die Arme um sie und drückte sie fest. Er sagte noch nichts. Er dachte sich, dass sie zuerst ihre Tränen rauslassen musste. Diejenigen, die hart und schnell liefen, als hätte sie sie jahrelang zurückgehalten.

Verdammt, wenn seine Augen nicht auch ein wenig feucht wurden.

*Zusammen* – verflixt, nur das Wort zu denken, ließ etwas in ihm aufleuchten, mit Hoffnungen aller Art.

Er streichelte ihre Schultern ein wenig, bis das Schluchzen sich in ein Schniefen wandelte und dann stetig zu ruhigeren Atemzügen wurde.

„Ich muss mal kurz aufstehen." Yvette rutschte auf seinem Schoß nach vorne.

Er ließ sie gehen, damit sie sich die Nase putzen und die Augen abwischen konnte, aber es war äußerst zufriedenstellend, dass sie sofort zurückkehrte und gleich wieder in seine Arme zurückkroch.

Er wiegte sich zurück, legte den Fuß auf den Beistelltisch. Die weiche, warme Frau in seinen Armen passte perfekt zu ihm. Die Scheite knisterten im Kamin, Licht leuchtete auf den hübschen Kinkerlitzchen, die sie überall in ihrem Haus ausgestellt hatte. Die Hütte war gemütlich – aber nichts, wo sich Alex vorstellen konnte, mit ihr zu wohnen.

Aber das Zusammenziehen war ein Problem für ein andermal, denn er musste ihre Unterhaltung zu Ende führen.

„Was ist jetzt?", fragte Alex. „Denn ich will dich unterstützen, besonders, wenn du eine harte Entscheidung vor dir hast. Nur, ich will dich nicht auf einen Pfad schubsen, auf den du gar nicht gehen möchtest."

Sie rieb sich mit der Hand über die Brust, ein trockenes Lächeln auf den Lippen. „Es gibt einen Teil von mir, der immer noch optimistisch ist. Er glaubt, wenn ich Carrie antwortete, wird es sich magisch in eine normale Unterhaltung verwandeln. Dass sie nett sein wird und liebevoll wie Lisa und ihre Schwestern. Aber ich wurde schon so viele Male eines Besseren belehrt."

„Willst du mehr darüber erzählen, damit du es dir von der Seele redest, oder willst du lieber Probleme lösen? Ich kann beides. Ich kann mitfühlender Zuhörer sein oder Partner für ein Brainstorming."

„Brainstorming klingt gut." Sie rümpfte die Nase. „Wir sollten uns aber mit einem ganzen Tisch voll von Tansy gebackenen Leckereien ausrüsten, bevor wir uns da reinstürzen."

Er lachte leise. „Wir können es verschieben, bis die Kohlehydrate sich hier stapeln, aber wirst du sie einfach weiter ignorieren können?"

Als wollte es seinen Satz betonen, vibrierte ihr Handy auf dem Tisch.

Yvette knurrte beinahe. „Und hier lande ich immer in einer Endlosschleife. Ich fange an nachzudenken, was ich tun sollte, und es geht nach hinten los. Denn was, wenn ich Carries Nummer blockiere, aber sie eigentlich versucht, mich zu erreichen, weil etwas mit meinen Eltern oder meinen Brüdern passiert ist?"

„Wie oft in den letzten fünfzehn Jahren ist das passiert?", fragte Alex.

Yvette öffnete den Mund, dann schloss sie ihn, eine Falte bildete sich zwischen ihren Augen. „Äääähm."

Er beugte sich vor und streifte mit seinen Lippen ihre. „Mein schneller Rat. Blockiere ihre Telefonnummer, denn nach allem, was du gesagt hast, hat sie das Privileg, mit dir in Kontakt zu treten, schon vor langer Zeit verloren. Setze eine E-Mail auf und gibt sie nur deiner Familie, und die können sie benutzen. Hol dir jemanden, dem du vertraust, wie Brooke, um deine E-Mails vorher zu sichten. Sie kann sie löschen, wenn es was Toxisches ist, und du kannst nur auf die Dinge reagieren, die absolut notwendig sind. Oder sie ignorieren, falls es bloß Unsinn ist, den du nicht zur Kenntnis nehmen musst. Dass du zur Familie gehörst, gibt ihnen kein Recht auf deine Zeit oder deine Energie."

Ihre Miene wurde nachdenklich. „Falls ich Zeit und Energie habe, die ich damit verbringen kann, im Leben von Menschen einen Unterschied zu machen, dann will ich, dass das hier in Heart Falls geschieht. Du weißt schon, wie etwa, dass ich Ashton und Sonora ermutige, ihr Ding mal gebacken zu kriegen. Oder helfe, um mich um jemanden mürrischen, aber harmlosen zu kümmern, wie Creighton, der sonst niemanden im Leben hat." Sie fuhr zusammen. „Ich fühle mich trotzdem noch schrecklich, wenn ich das sage. Denn es ist, als würde ich sagen, meine Familie ist den Aufwand nicht wert."

„Es muss sich mal setzen, dass das nicht mit Entscheidungen angefangen hat, die du getroffen hast", sagte Alex leise. „Ehrlich? Es ist okay, sich fruchtbar zu fühlen."

„Echt?"

„Nur ein bisschen." Er nickte. „Bloß für kurze Zeit. Denn dieses Gefühl wäre dann eine Erinnerung daran, dass du dieses eine Mal das Richtige für dich machst. Wenn es sich schlimm anfühlt, dich um dein eigenes Herz zu kümmern, dann okay. Das wäre mir lieber, als wenn du dich schrecklich fühlst, weil sie dich durch die Mangel nehmen und dich ganz zerschunden zurücklassen."

„Das ergibt schon Sinn." Sie wirkte trotzdem noch nicht sonderlich glücklich.

Alex legte die Finger unter ihr Kinn. „Nur damit du es weißt, ich bin nicht genial, ich ziehe diese Idee nicht einfach aus dem Nichts. Es war eine Lösung, die ich bei einem meiner ehemaligen Pflegebrüder anwenden musste. Eine Taktik, die ich auf Empfehlung meiner Eltern genutzt habe."

Ihre Lippen wölbten sich zu einem Kreis. „Oh."

„Ja, oh." Er küsste sie, denn er konnte einfach nicht widerstehen.

Sie richtete sich plötzlich auf. „Brooke hat mich an was erinnert. Ich kann nicht glauben, dass ich vergessen habe, dich das zu fragen, aber was hast du denn an Weihnachten vor? Du hast gesagt, am Vormittag müsstest du arbeiten. Willst du den Tag zusammen verbringen?"

Oh, du liebe Zeit. Und wie er das wollte. „Ja. Willst du deine Großeltern besuchen? Kann ich mitkommen?"

Sie nickte, ein zufriedenes Lächeln wischte das letzte bisschen Traurigkeit weg. „Nach dem Essen werden traditionell die Geschenke geöffnet. Dann, wenn du möchtest, kannst du mit hierher kommen, und wir können was Festliches kochen."

Er war kurz davor, sie zu fragen, ob sie einen Videoanruf mit seinen Eltern wollte, aber beschloss, das vorerst noch zurückzuhalten. Bei allem anderen, was vor sich ging, war es okay, diesen Teil – den Teil, die Eltern zu treffen – ein wenig langsam anzugehen. „Klingt nach einem perfekten Weihnachtsplan."

Dann ließ sie die Finger in seine Haare gleiten, und er wurde geküsst. Die Textnachrichten vergessen, die Anspannung und Traurigkeit der letzten Stunde vom Tisch, zog sie ihn in ihr Schlafzimmer und bewegte sie dann zusammen.

Dieses Wort schon wieder. *Zusammen.*

Es bedeutete so viel mehr als je zuvor. Es ging nicht nur um ineinander verstrickte Glieder und verschwitzte Körperteile, die Decken auf ihrem Bett zur Seite geschoben, während sie reizten, streichelten und einander Lust verschafften.

Es war das Gelächter, das immer wieder dazwischen aufstieg. Etwa, als er sie nach oben rollte und dann fast vor Überraschung quiekte und sich hochschob, als er entdeckt hatte, dass ein Schlüsselanhänger unter seinen Rücken gerutscht war. „Was macht der denn hier?"

Ihre Wangen wurden rot, während sie gestand: „Der ist für

morgen. Ich schlafe mit dem Schlüssel für den nächsten Tag unter dem Kissen."

Es waren die leisen Geräusche, die sie von sich gab, während er sich um sie legte, ein Kondom aufzog und tief in sich hinein glitt. Es war er, wie er nach unten griff, um den Daumen auf ihre Klitoris zu pressen, während der Sturm zwischen ihnen immer stärker wurde, bis sie beide einbrachen.

Zusammen.

Jenseits von dieser Nacht bedeutete *zusammen*, nach Zeit zu suchen, in der sie reden, lachen und einfach nur sein konnten. Alex tat alles, was er konnte, um jeden Tag dabei zu sein, wenn sie die tägliche Kalenderschublade öffnete.

Am Montag, vier Tage vor Weihnachten, stand er neben ihr auf der Veranda, sie beide von Kopf bis Fuß vermummt gegen die die bittere Kälte. „Sie sollten Weihnachten wirklich irgendwann im Sommer abhalten", beschwerte sich Yvette.

„Tun sie doch. In Neuseeland", sagte Alex gedehnt, während sie die Schublade öffnete und hineinspähte. Ein lautes Lachen brach aus ihr hervor, und er beugte sich dichter heran, um zu sehen, was passiert war. „Was?"

Sie schob die Finger in den schmalen Raum und griff zu, holte eine mit Schleife verzierte Fünferpackung Kondome heraus. „Du hast mir *doch* Kondome geschenkt. Jetzt weiß ich, warum du so verwirrt warst, als ich dir ein paar Tage vor dem Zeitplan eins angeboten habe."

Er war nicht sicher, warum sie so laut gelacht hatte, aber es schien angemessen, sie zu ärgern. „Ach, die sind doch nicht für Sex gedacht. Ich dachte, wir könnten Ballontiere aus ihnen basteln oder so was, zur Unterhaltung."

Sie grinste, dann spähte sie wieder in die Schublade, zog den Schlüssel für den nächsten Tag heraus, und außerdem eine Nachricht, die er dazugeschrieben hatte, und eine Tafel dekadent dunkler Schokolade. Sie klappte den Umschlag auf.

. . .

*DIE SIND FÜR DANN, wenn du bereit bist. In der Zwischenzeit möchte ich, dass du dich gut fühlst, um man sagt ja, Schokolade kommt einem Orgasmus am nächsten.*

ERHEITERUNG FLACKERTE ÜBER IHR GESICHT. „Nicht für Sex?"

„Ich dachte, du stehst echt auf Ballontiere."

Was weiteres Gelächter auslöste, diesmal führte es nicht ins Schlafzimmer, aber ins Innere des Hauses, neben das Feuer, wo sie sich auf den Zweisitzer setzten, den er so aufgestellt hatte, dass sie es beide warm hatten und sich aneinander kuscheln konnten, während beide eine Weile leise lasen. Verbunden. Etwas, das tiefer und ausladender wurde.

Es war, als würde etwas Magisches sich nähern, mit jedem Tag, den sie näher an Weihnachten kamen.

# 13

Alex fragte sich, ob er Yvettes letztes Geschenk einpacken oder es draußen lassen sollte, falls er noch vor Freitag irgendwas hinzufügen musste. Das Geschenk war eines, an dem er nicht hatte arbeiten können, bevor er in Heart Falls eingetroffen war, aber es würde bei ihr richtig gut ankommen. Das wusste er bereits.

Außerdem gab es eine letzte Schublade im Adventskalender, und eine Überraschung, von der sie nichts ahnte. Er wollte, dass der Weihnachtstag die perfekte Gelegenheit war, um das, was sie taten, zu nehmen und ihre Beziehung auf die nächste Ebene zu führen.

Noch zwei Tage bis dahin. Er wollte nicht übermäßig dreist daherkommen, aber so weit, so gut.

Sein Handy läutete. „Hey, Dad. Hey, Mom."

„Diesmal bin es nur ich", sagte Hans mit einem herzlichen Lachen. „Deine Mom ist draußen auf einem Wanderritt mit den neuen Pflegekindern von Caitlin und Aaron, die sie gerade dieses Wochenende bekommen haben. Drei. Zehn, acht und sieben Jahre alt. Und alle sind sie angespannt wie eine Feder kurz vor dem Brechen. Ich glaube, deine Schwester hat vor, die ganze Traurigkeit aus ihnen rauszuschütteln.“

„Sie sind angekommen? Ich dachte, das wäre erst in einer Woche. Das hat Aaron gesagt, als er mir gestern geschrieben hat.“ Sie wussten beide, dass mit Pflegekindern die Kinder kamen, wenn sie kommen mussten. Oder ein wenig später, als sie das hätten tun sollen.

Der Tonfall seines Dads sagte, dass er verstand, was Alex gerade durch den Kopf ging. „Planänderung. Also haben wir über Weihnachten eine größere Gruppe. Ich kann nicht sagen, dass mich das enttäuscht.“

„Nein, ich schätze nicht.“ Alex konnte es sich jetzt vorstellen. Seine Mom und sein Dad in all ihrem Glanz, die Geschenke und Umarmungen herumreichten, und so viel Aufmerksamkeit, wie die neuen Kinder brauchten. „Schön zu hören, dass du noch nicht versucht hast, dich dem Ausritt anzuschließen.“

„Es nervt, dass ich das nicht kann, aber ich genieße die neue Hüfte und keine Schmerzen mehr viel zu sehr, um mich zu beschweren, dass ich es locker angehen lassen muss.“

„Du warst doch nie der Typ, der sich beschwert.“ Alex ließ die Erinnerungen an alles, was dieser Mann für ihn getan hatte, in einer glücklichen Woge über sich hinwegströmen. Die Wahrheit traf ihn so heftig, dass sie ihn fast umwarf. „Was du hast, etwas Besonderes. Du und Mom. Ich bin sehr dankbar, euer Sohn zu sein.“

Eine kurze Pause, und dann brummte sein Dad glücklich. „Ich weiß nicht, wieso du das sagst, aber ich bin nicht enttäuscht. Wir lieben dich. Es freut uns, zu sehen, dass sich die rauen Tage gelohnt haben.“

„Jeder einzelne davon“, bestätigte Alex.

Jedes Mal, wenn ihm ins Bewusstsein kam, wie gut seine Vergangenheit gewesen war, wurde ihm abermals bewusst, was für ein Narr er gewesen war, wenn es um Yvette ging, und seine Scherze mit ihr in den vergangenen Jahren. Sie hatte nicht die gleiche felsenfeste Grundlage, auf der er erbaut war. Dankbar um das zu sein, was er beim Aufwachsen gehabt hatte, reichte nicht. Er musste den Segen irgendwie an sie weitergeben können, und an andere.

„Habe ich dich verloren, oder sitzt du da und denkst nach?", fragte sein Dad leise.

„Ich bin noch da", sagte Alex. „Aber auf jeden Fall fällt das in die Kategorie tiefes Nachdenken."

„Willst du Lösungen, oder willst du nur darüber reden?"

Alex lachte leise. „Das habe ich gestern zu jemandem gesagt, und sofort an dich gedacht."

„Schön zu wissen, dass sich was festgesetzt hat", scherzte sein Dad. „Hat das was mit dieser Süßen von dir zu tun?"

„Ja. Die Dinge laufen gut, oder zumindest denke ich das. Sie ist was ziemlich Besonderes, Dad. Ich bin sicher, wir gehören zueinander. Aber einen Augenblick sieht es aus, als würde alles glatt laufen, und dann …" Alex holte tief Luft. „Ich frage dich aber nicht nach Beziehungsratschlägen. Auf gar keinen Fall."

Ein lautes Lachen kam von seinem Dad. „Dann gebe ich dir auf jeden Fall auch keine."

„Denn nur weil Mom und du ewig zusammen seid, heißt das nicht, dass ihr meine Füße in die richtige Richtung schubsen könnt."

Alex konnte sich vorstellen, wie sein Vater leise den Kopf schüttelte und sich fragte, ob er den Rechenschieber rausholen musste, um die Dinge in den dicken Kopf seines Sohnes zu hämmern.

„Also, jetzt gebe ich dir mal keinen Rat. Du glaubst, dass es richtig ist, aber das reicht nicht. Kennst du diese Frau? Kennt sie *dich*? Wachst und lernt ihr zusammen? Das ist der Teil, durch den es auf Dauer hält. Daran müsst ihr arbeiten."

„Ich versuche es." Alex würde nicht die ganzen Dinge auflisten, die er machte. Aber trotzdem fuhr die Stimme seines Vaters fort, und die Worte gingen tief.

„Hörst du dir an, was für sie wichtig ist?", fragte Hans.

Yvette hatte im Lauf der letzten Woche vieles geteilt. Alles daran war wichtig. Alle Dinge, bei denen Alex versucht hatte, sie zu unterstützen …

*Creighton.*

„Oh."

Am anderen Ende der Leitung räusperte sich sein Dad, die Erheiterung war deutlich zu hören. „Was war das? Hast du da drüben eine Fliege verschluckt?"

Alex hob beinahe eine Hand, um zu verhindern, dass sein Vater weiter redete, bevor ihm der Gedanke entglitt. „Ich ruf zurück."

Er legte auf, ganz sicher, dass sein Dad im Augenblick laut lachte und den Kopf schüttelte. Aber darauf musste er sich jetzt nicht konzentrieren.

*Creighton.* Yvette hatte nebenher etwas erwähnt, während sie über ihre Familie geredet hatten. Dass sie ihre Energie lieber darauf richten würde, Leuten vom Ort zu helfen. Sie hatte ihr Bestes getan, um mit dem alten Mann umzugehen – was überhaupt nichts damit zu tun hatte, professionell zu sein.

Aus irgendeinem Grund war er ihr wichtig. Es war ihr wichtig, dass sie einen Unterschied machte.

Es spielte keine Rolle, dass Alex nicht kapierte, warum genau dieser Einzelne für sie so wichtig geworden war, aber so war es. Und mehr noch, der Wunsch, dem alten Mann zu helfen, drängte sie weiter in ein Beziehungsumfeld. Einen Bereich, der ihr unbehaglich war, aber sie war dran geblieben.

Es schien, dass sie schon die ganze Zeit versuchte, sich selbst zu therapieren.

Was bedeutete, ein guter Freund sollte sie bei dieser Aufgabe ermutigen. Ihr vielleicht sogar eine helfende Hand reichen.

Nicht, dass er es von ihr übernehmen wollte, aber es gab diese ganzen Fragen, die plötzlich in der Stadt herumsummten. Er und Yvette nahmen an, dass der alte Mann in aller Stille seine Tiere bei anderen absetzte.

Warum?

Ohne auf irgendetwas sonst zu achten, machte sich Alex auf, aus seinem Zimmer in der Schlafbaracke hinaus und den Berg hinauf.

Die Temperatur lag weit unter dem Gefrierpunkt. Obwohl es am Nachmittag wärmer werden sollte, hielt sich die eisige Kälte der Nacht noch, und erst als Alex den dünnen Rauchfaden sah, der sich aus Creightons Kamin nach oben ringelte, ließ die leichte Sorge in seinem Inneren nach. Was immer sonst los war, der alte Mann hielt sich zumindest an seine täglichen Routinen.

Alex hatte gerade erst seine Knöchel an die Tür gelegt, als Creighton sie aufriss.

„Rein hier, bevor die ganze Hitze rausgeht", grollte der alte Mann.

Einer der Hunde, der normalerweise zum Begrüßungskomitee gehörte, schaute von dem Kissen in der Ecke des Raums auf, sein Schwanz schlug rhythmisch, während er Alex hoffnungsfroh anschaute.

Er blieb dort, bis Creighton ihn zu sich rief.

Alex nutzte die Ausrede, den Hund zu streicheln, um den alten Mann nicht anschauen zu müssen. „Es ist kalt. Ich dachte mir, ich komme mal vorbei und stelle sicher, dass alles in Ordnung ist."

Der Mann kehrte an den Tisch zurück und zog einen Stuhl mit geradem Rücken heraus, die hinteren Stuhlbeine schleiften über den Holzboden. „Schwachsinn."

Alex wies den Hund zurück in die Ecke und schloss sich Creighton am Tisch an. „Warum sagen Sie das?"

Creighton schob die Kaffeekanne zu ihm, und eine leere Tasse. „Weil ich hier oben schon verteufelt lange lebe, und du bist noch nie hier raufgekommen, um nach mir zu sehen. Was mich zu dem Gedanken bringt, dass dich deine Frau angestiftet hat."

Alex zuckte mit den Schultern. „Sie sind ein kluger Mann, aber Sie liegen nur teilweise richtig. Erstens ist es eher so, dass sie diejenige ist, die das Sagen hat, und ich gehöre zu ihr. Zweitens hat sie mich zu überhaupt nichts angestiftet, aber ich weiß, dass sie an Sie denkt. Da dachte ich mir, ich würde ihr einen Gefallen tun und ihr eine Fahrt diese gottverdammte Straße rauf sparen."

Creighton grinste. „Hätte nicht gedacht, dass du so ein Schwächling bist."

„Haben Sie eine Wette verloren, als sie die angelegt haben?", fragte Alex gedehnt mit belustigtem Unterton. „Denn Teufel auch, diese Straße macht für niemanden Sinn."

Der alte Mann holte zittrig Luft, unerwartet inmitten dieser gutwilligen Scherze. Er starrte auf den Tisch. „Es geht alles den Bach runter."

Alex wartete.

Creighton drückte beide Handflächen auf den Tisch. „Ich dachte, ich könnte mich weiter durchwursteln. Ich lebe gern hier draußen. Ich mag mein Haus und alles, was ich mit meinen zwei Händen gebaut habe. Sogar meine gottverdammte Straße, aber alles fällt auseinander."

„Fällt es auseinander oder wird es zu viel?", fragte Alex einfach. Dann, lieber Gott, fing Creighton doch wirklich zu weinen an. Ein dünnes Geräusch, das ihm entwich wie die Luft aus einem Ballon.

Der Hund in der Ecke war sofort da, sein Kopf lag in Creightons Schoß, sein Schwanz wedelte.

Alex saß still da, trank seinen Kaffee, bis der alte Mann sich wieder zusammennahm.

Faltige Hände fuhren ein glattes Muster auf dem Kopf des Hundes nach, immer wieder. Selbst das Beben in den Fingern des alten Mannes sagte etwas – er kümmerte sich. Er kümmerte sich verdammt heftig.

Creighton wischte sich mit dem Handrücken über die Augen. „Ich habe nicht gesehen, dass es Hunter nicht gut ging. Und dann sagt die Tierärztin, ich soll mich besser um ihn kümmern. Das hat sich angefühlt eine Ohrfeige, aber als er ein paar Tage später gestorben ist, wurde mir klar, dass sie recht hatte."

Alex legte dem alten Mann eine Hand auf die Schulter. „Yvette hat mir gesagt, Hunter war alt, und es gab nicht viel, was Sie hätten tun können. Er hatte ein gutes Leben. Ich wette, er hatte Spaß daran, im Lauf der Jahre eine Riesenmenge Hasen zu jagen. Setzen Sie sich bloß nicht herab, nur weil es seine Zeit war, um zu gehen."

„Gut, aber es war ein Weckruf. Wenn ich mich nicht um sie kümmern kann, habe ich kein Recht, diese Tiere zu besitzen."

„Sie haben sie an verschiedenen Orten der Stadt abgesetzt, oder?"

Der alte Mann nickte. Er schaute auf zu Alex. „Sie ist eine gute, diese Dame, die du da hast. Ich bin nicht gerade der einfachste Mensch im Umgang, doch jedes Mal, wenn sie hier raufkam, war sie respektvoll und klug. Ich wünschte, ich hätte eine Tochter wie sie."

Alex grinste richtiggehend. „Sie wäre stolz, wenn sie das

hören würde. Ich weiß, dass sie Sie mag, was für ein mürrischer alter Bastard Sie auch sind."

Creighton schnaubte. „Ich weiß allerdings nicht, ob ich dich mag." Aber er lächelte.

Es war Zeit für den nächsten Schritt.

„Was brauchen Sie?", fragte Alex.

Der alte Mann lehnte sich leicht in seinem Stuhl zurück, tätschelte immer noch den Kopf des alten Hundes, und das Tier schaute ihn mit völliger Hingebung an. „Es ist Zeit, dass ich meinen alten Kadaver irgendwohin bewege, wo man leichter klarkommt. Ich hatte meinen Namen auf der Warteliste des Seniorenheims unten in Heart Falls. Es scheint, als hätten sie jetzt Platz für mich und Tex – eine Privatwohnung. Ich kann mich immer noch um mich kümmern, so gut ich kann, aber wenn ich mal hinfalle, wird es Leute geben, die mir aufhelfen."

Alex starrte ihn verwundert an. „Sie ziehen in die Seniorenresidenz von Heart Falls? Einfach so?"

„Ja."

Verflixt noch mal. Er wollte es ja nicht verwünschen oder so was, aber trotzdem. „Sie benehmen sich verdammt vernünftig", erklärte er vorsichtig. „Ich denke, ich werde die Finger meines Vaters einzeln vom Türrahmen des Farmhauses pflücken müssen, um ihn zum Gehen zu bewegen, wenn es Zeit ist."

Der alte Mann hob ganz sachte die Schultern, um nahezulegen, dass er den Gedanken annahm. „Du hast es gerade gesagt. *Wenn es Zeit ist.* Es ist Zeit. Ich habe die Schrift an der Wand gesehen."

Na ja. Dann gab es nicht mehr viel mehr zu sagen.

Alex schlug die Hände zusammen. „Okay. Lassen Sie mich wissen, was ich tun kann, um Ihnen zu helfen."

Creighton schob den Stuhl zurück und deutete zur Tür.

Zwei Koffer und ein paar Kisten waren rechts gestapelt. „Das ist mein Zeug. Ich wäre dir sehr verbunden, wenn du mich fahren könntest."

„Gleich jetzt? *Heute?*"

Ein Kichern kam von dem alten Mann. „Du bist nicht ganz so rege im Kopf wie dein Mädchen, oder?"

„Ich bin überrascht", gab Alex zu. „Woher wussten Sie, dass ich auftauchen würde?"

Creighton zog seine Jacke an, schlüpfte in die Stiefel und setzte sich den Cowboyhut auf. „Gar nicht. Ich hätte Yvette in Kürze angerufen. Also hast du ihr eine Fahrt diese gottverdammte Straße rauf gespart, genau, wie du gehofft hattest."

Die Wunder nahmen kein Ende. Jetzt zog der alte Mann ihn auf.

„Brauchen Sie sonst noch irgendwas von hier?"

Creighton schüttelte den Kopf. „Später. Ich habe einen Umschlag mit Anweisungen hinterlassen. Bringen wir das über die Bühne. Sie haben gesagt, ich könnte heute Abend schon was zu beißen bekommen. Es wird das erste Mal sein, dass mir irgendjemand was gekocht hat, in mehr Jahren, als ich mich erinnern kann."

Alex verstaute die Kisten hinten in seinem Truck, kehrte für den letzten Koffer zurück.

Creighton drehte sich langsam auf seiner vorderen Veranda und nickte, während er sich ein letztes Mal umschaute. Dann zog er die Tür hinter sich zu und ging zur Beifahrerseite des Trucks. Tex rollte sich zu seinen Füßen zusammen, sein Kopf lag auf Creightons Knie.

Die Fahrt in die Stadt verging leise. Nicht, dass Alex keine Million Fragen hatte, die er stellen wollte, aber er dachte sich, Creighton hatte es verdient, zur Zeit seiner Wahl etwas zu sagen.

Sie waren gerade bei der Seniorenresidenz angekommen, als Creighton sich räusperte. „Versau es bloß nicht mit dieser jungen Dame. Hörst du mich? Behandel sie gut."

„Habe ich vor", versicherte ihm Alex. „So weit und so schnell sie mich eben lässt."

Ein zufriedenes Knurren kam von dem Mann. Dann trugen sie die Kisten in sein bescheiden möbliertes Apartment.

Alex' Handy brannte ihm ein Loch in die hintere Hosentasche, und er wollte sich bei Yvette melden, um sie wissen zu lassen, welche erstaunlichen Veränderungen sich heute ergeben hatten. Aber er konzentrierte sich auf Creighton, denn das hätte sie sich gewünscht. Half, die Sachen reinzubringen und den alten Mann einzurichten. Oder zumindest auf den richtigen Weg zu bringen.

Creighton warf ihm einen abschätzenden Blick zu. „Es scheint, als gäbe es nur noch eines, was du für mich tun musst."

„Was Sie wollen", bot Alex an.

Creighton deutete dann auf einen der Stühle an seinem neuen Tisch. Ein tatsächliches Grinsen bis über beide Ohren strahlte aus seinem faltigen Gesicht. „Dafür musst du dich bestimmt hinsetzen."

Yvette konnte nicht die kleinste Spur von Alex entdecken. Er nahm ihre Anrufe nicht entgegen, und ihre letzte Textnachricht war unbeantwortet geblieben.

Sie grummelte, während sie in die Autowerkstatt von Heart Falls schlüpfte, um nach Brooke zu suchen. „Es hilft nicht viel, den Nachmittag frei zu haben, wenn ich den Mann nicht finden kann."

Ihre Freundin schoss hinter dem Schreibtisch hoch, wischte sich die Finger an einem nicht sonderlich sauberen

Lappen ab. „Hast du jemanden verloren? Oh, ich weiß es. Den alten Heiligen Nick – du versuchst, ihn aufzuspüren, damit du ihn um das perfekte Weihnachtsgeschenk bitten kannst."

„Schon eher versuche ich, rauszufinden, was ich als perfektes Weihnachtsgeschenk verschenken soll." Yvette schüttelte verärgert den Kopf. „Ich kann es nicht glauben, aber es sind nur noch zwei Tage bis Weihnachten, und ich habe trotzdem noch nichts für Alex."

Brooke blinzelte überrascht. „Echt jetzt?"

Wieder stellten sich Schuldgefühle ein, aber diesmal dachte sich Yvette, dass sie das Gefühl in die Arme schließen durfte. „Ich bin eine furchtbare Freundin."

Das Lächeln ihrer Freundin blitzte wieder auf. „Der Art nach zu urteilen, wie er vor Mack gestern in der Feuerwache von dir geschwärmt hat, ist Alex ziemlich glücklich mit dir als Freundin."

Was ihr ein wunderbares Flattern im Bauch bescherte. „Hast du den Teil gehört, dass ich kein Weihnachtsgeschenk habe, und Weihnachten in zwei Tagen ist?"

Brooke deutete um den Tresen herum. „Habt ihr beiden überhaupt über Geschenke geredet?"

Yvette setzte sich so fest auf den Stuhl im Wartebereich, dass er unter ihr stöhnte. „Ach, na ja, nein. Obwohl ich jeden einzelnen Tag ein Geschenk geöffnet habe, das er mir gemacht hat."

Ein leichter Schlag auf die Rückseite ihres Arms holte Yvettes Aufmerksamkeit zu Brooke zurück, die sie fest anstarrte. „Diese ganze Sache mit dem Adventskalender ist cool, aber das ist nicht dasselbe, wie wenn dir klar wird, dass du dem Mann was Besonderes schenken willst, und genau das höre ich dich sagen."

„Da hätte ich schon früher drauf kommen sollen ..."

Yvette unterbrach sich. Das Echo einer Stimme in ihrem

Inneren beharrte darauf, dass sie nicht mitgedacht hatte. Dass sie nur an sich selbst gedacht hatte.

Eine Stimme, die überraschend ähnlich klang wie die ihrer Mutter oder ihrer Schwester.

Aber es stimmte nicht. Yvette hatte nachgedacht, nur dass es jedes Mal, wenn ihr eine Idee gekommen war, nicht die richtige gewesen war. Es war nicht das gewesen, was Alex am glücklichsten machen würde.

Es war Zeit, sich reinzuhängen. Yvette neigte fest das Kinn. „Wir müssen uns auf eine Lösung konzentrieren, nicht darauf, dass ich mich dafür rüge."

Brooke drückte Yvette die Finger. „So ist es richtig. Erzähl mir, was du schon auf der Abschussliste hast, und wir denken uns was Gutes aus."

Das Glitzern in den Augen ihrer Freundin, während sie die Liste durchgingen, war eine weitere Ebene, die bewies, dass Yvette gute Entscheidungen getroffen hatte. Nach Heart Falls zu kommen, Leute zu finden, die ihr wichtig waren, und denen sie wichtig war – es war das Richtige. Es war gut, und sie würde jede Minute davon genießen.

Darunter auch, sich in letzter Minute abzurackern, um ein Geschenk zusammenzustellen, das Alex womöglich zu schätzen wissen würde.

Sie wusste es in dem Augenblick, in dem sie sich auf eine Idee einschossen. „Dir ist klar, dass ich jetzt losmuss, um mit Ashton zu reden."

Brooke winkte. „Geh schon. Ich mag dich zu sehr, als dass ich dich hier sitzen lassen würde, wenn du so aufgeregt wirkst, dass du sogar mit den Rentieren losfliegen würdest."

Es dauerte nur weitere fünfzehn Minuten, bei Silver Stone anzuhalten und Ashton aufzuspüren. Er striegelte sein liebstes Pferd, die langen, friedlichen Bewegungen seines Arms waren faszinierend zu beobachten.

Yvette räusperte sich. „Darf ich stören?"

Er hielt inne, dann neigte er das Kinn. „Brauchst du meine ganze Aufmerksamkeit, oder kann ich an Happy-Go-Lucky hier weiterarbeiten?"

„Arbeite weiter. Ich brauche Informationen über Alex", sagte sie rasch. „Persönliches Zeug, von dem ich weiß, dass du es normalerweise nicht rausrücken kannst, aber ich hoffe echt, für dich ist es okay, die Regeln ein bisschen zu verbiegen."

Ashton zögerte einen Augenblick, bevor seine Finger sich weiter bewegten. „Was Persönliches?"

Yvette schaute sich um, um sicherzustellen, dass sonst niemand zuhören konnte, dann erklärte sie es und schloss rasch mit: „Was meinst du?"

Er holte tief Luft, stieß sie langsam wieder aus. „Lass mich fertigmachen. Diese Information habe ich in den Akten." Ashton ließ ein seltenes Grinsen sehen, seine Erheiterung war offensichtlich. „Ich nehme an, er hat dich überzeugt, auch nach Dezember noch weiter zu machen?"

„Es war irgendwie schwer, nicht überzeugt zu werden. Nicht, nachdem der Mann mir mehr oder weniger gleich von Anfang an gesagt hat, dass er glaubte, uns wäre es bestimmt, zusammen zu sein."

Ashtons Miene wurde ernst. „Mehr war nicht nötig?"

Yvette war nicht bereit, es weiter zu erklären. Nicht, bevor sie Alex die Wahrheiten erzählt hatte, die sie entdeckt hatte.

Aber der Mann wirkte aufrichtig interessiert, und einen Augenblick lang dachte sie an Sonora und Alex' kryptische Anmerkungen, dass es vielleicht nicht Ashton war, der sich zurückhielt.

Sie dachte heftig nach, dann teilte sie ihm die eine Sache mit, die sie mitteilen konnte. „Was ich vor einem Monat gedacht habe, dass ich brauche, ist nicht das, was ich wirklich brauche. Alex hat mir die Zeit gelassen, das alles rauszukriegen, während er gleichzeitig äußerst offensichtlich gemacht hat, was *er* braucht. Wir müssen in der Zukunft sicher noch einiges durcharbeiten, aber ich glaube, wir haben vor, es zusammen zu machen."

Die mürrische Miene des älteren Mannes veränderte sich nicht sonderlich, aber er staubte sich die Hände ab und wies zur Tür. „Lass mich dir diese Info holen."

Nur wenige Minuten später stieg sie zurück in den Truck und machte einen nervenaufreibenden Anruf. Sie war gerade fertig damit, als ihr Handy vibrierte.

Eine Textnachricht aus der Arbeit, die sie zurück durch die Stadt zu ihrem Haus und dem tierärztlichen Büro fahren ließ, das über die Feiertage geschlossen hatte, außer, es war ein Notfall.

„Josiah? Bist du drin?" Yvette ging zur Rückseite der Klinik.

Er kam aus dem Untersuchungszimmer gelaufen, sein Lächeln wurde größer, als er sie sah. „Yvette. Toll, danke, dass du vorbeikommst. Du musst für mich mal zu Creighton fahren. Irgendwas wegen einem der Hunde, um den er sich Sorgen macht."

„Okay."

Er hielt an und stutzte. „Beschwerst du dich nicht?"

Sie zuckte leicht mit den Schultern. „Wir vertragen uns schon. Ich mag ihn sogar ein bisschen und habe noch was für ihn."

Sie hatte Creighton ein Weihnachtsgeschenk besorgt, noch während sie Mühe gehabt hatte, eines für Alex zu finden.

Josiah stieß ein erleichtertes Seufzen aus. „Danke dir so sehr, dass du das machst. Da die Temperaturen endlich ansteigen und Schnee kommt, will Lisas Familie uns raus auf die Red Boot Ranch bringen, um Schlitten zu fahren. Das will ich nicht verpassen."

„Natürlich nicht. Ich freue mich, dass ich helfen konnte", erwiderte Yvette.

Er war unterwegs zur Tür. „Ich habe was für dich. Ich lege es hinten in deinen Truck. Das kannst du später holen."

Der Schnee, den Josiah erwähnt hatte, traf mit Wucht ein, während sie anhielt, um Creightons Geschenk zu holen, und wieder losfuhr.

Große, lockere Flocken wirbelten nach unten, als hätte jemand ein Federkissen über der Landschaft ausgeschüttelt, und verwandelte sie in ein Winterwunderland. Es spielte keine Rolle, dass darunter meilenweit gelbbraune Stoppeln auf den Feldern standen. Man konnte nicht erkennen, dass vor nur einer Woche die Straßen ein schlammiger Schlamassel gewesen waren, zerfurcht und schleimig.

Dies war die Zeit des Jahres, die brandneue Anfänge brachte, mit jedem frischen Schnee. Eine glitzernde weiße Fläche, auf der man neu beginnen konnte.

Sie wurde nicht argwöhnisch, bis sie in den Hof fuhr und feststellte, dass Alex' Truck neben Creightons Rostlaube geparkt war.

Die beiden jüngeren Hunde kamen angelaufen, um sie zu begrüßen, sprangen im Kreis, bis sie ihnen Leckerlis zuwarf. Dann begaben sie sich direkt wieder zur Scheune. Keiner von ihnen wirkte, als würde er tierärztliche Aufmerksamkeit brauchen.

Sie ging die Stufen hinauf zur Veranda und klopfte. „Creighton? Hier ist Yvette. Ich komme rein."

Die Tür schwang auf, ein Rausch aus Hitze und der Geruch nach Ingwerplätzchen glitt über sie hinweg. Aber es war nicht der mürrische alte Farmer, der in dem gemütlichen kleinen Haus auf sie wartete.

Es war Alex.

# 14

Der Ausdruck auf Yvettes Gesicht brachte Alex noch fester zum Grinsen. „Wie Creighton sagen würde, komm rein und setz dich ein wenig."

Ihre Lippen zuckten. „Ich habe so viele Fragen, fangen wir doch an damit, *wo er ist?*"

Alex schüttelte den Kopf. „Das ist kein sonderlich guter Ort zum Anfangen. Wie wäre es, wenn ich dir zuerst eine Frage stelle? Hat Josiah dir was gegeben, das du mitnehmen sollst?"

Sie runzelte die Stirn. „Ja?"

„Fantastisch. Bleib hier, und ich hole es gleich mal rein."

Er ging schnell, aber trotzdem hatte er eine Schicht Schnee auf dem Kopf und den Schultern, bis er wieder zurückkehrte, nachdem er sich das Päckchen geholt hatte.

Yvette hatte ihren Mantel und ihre Stiefel ausgezogen, aber sie blieb unbehaglich im Küchenbereich stehen. Alex ging an ihr vorbei und stellte das Päckchen auf den Tresen, dann wandte er sich um und nahm sie in die Arme.

„Hi."

Sie zerzauste ihm die Haare, und ein Schneesturm flog um sie herum. „Hi."

„Antworten später, Küsse zuerst", murmelte er, bevor er sich vorbeugte und sich einen weiteren Vorgeschmack dessen holte, was er so dringend brauchte. Die Süße ihrer Finger um seinen Nacken, das Necken ihrer Zunge an seiner. Die Wölbung ihres Lächelns an seinen Lippen, bevor sie sich von ihm löste.

Er brauchte einen Moment, um seine Jacke und seine Stiefel auszuziehen, und reichte ihr zwei Hausschuhe. „Wir können es uns auch gleich bequem machen."

Ihr Blick huschte überall im Raum herum, aber sie setzte sich auf einen Küchenstuhl und zog sich gehorsam das Paar mokassinartige Hausschuhe an. „Kommst du jetzt mal endlich zu dem Punkt, wo du mir erklärst, was los ist?"

Er hatte eine gute Stunde gehabt, um zu planen, wie er es zusammenfassen sollte, und es hatte trotzdem nicht gereicht. „Bleib sitzen."

Sie hob eine Augenbraue. „So schlimm?"

„Ehrlich gesagt, so gut." Er reichte ihr den Brief, der auf dem Küchentisch aufgestellt worden war. „Mit dem Risiko, eine echt lange Geschichte zu kurz zu machen, Creighton hat beschlossen, umzuziehen – nein, lass mich das noch mal versuchen. Creighton ist in die Stadt gezogen, und zwar heute. Und zwar ungefähr vor zwei Stunden. Ich habe ihn in die Stadt gefahren, und jetzt lebt er dort. Er will dir sein Zuhause verkaufen."

„Was?" Sie blinzelte verwirrt, ihre Finger mühten sich ab, den Brief zu öffnen, als würde sie hoffen, er würde mehr Sinn ergeben als das, was er gerade verkündet hatte. „Er ist umgezogen? Wie kommt es dann, dass ich mir einen seiner Hunde ansehen soll, von denen keiner es zu brauchen scheint, dass man ihn sich ansieht?"

„Das war meine Schuld", gab Alex zu. „Ich habe eine Möglichkeit gebraucht, dich hier raufzubringen, und Josiah hat angeboten, dir einen Auftrag zu erteilen."

Sie zog das Blatt aus dem Umschlag und faltete es auf. Sie glättete es auf dem Tisch, während Alex hinter sie trat, sich herabbeugte, um die Arme um ihre Taille zu legen, während sie beide die Worte lasen, die er sich vorhin bereits angesehen hatte.

*~~Ms. Wright~~*

*~~Dr. Wright~~*

*Yvette*

*Ich weiß noch, wie du zum ersten Mal herausgekommen bist. Ich dachte, Josiah hätte eine kleine Schwester, die er mal mitgenommen hätte. Du hattest diese Zöpfe, die unter dem Cowboyhut rauslugten, und hast ausgesehen, als wärst du etwa zwölf Jahre alt.*

*Nur als du und er angefangen habt, über die Tiere zu reden, konnte ich die Hälfte der Worte nicht verstehen, die aus deinem Mund kamen. Da wurde mir klar, dass du verdammt noch mal um einiges klüger bist als ich.*

*Du hast dich nicht benommen, als wärst du besser als ich. Ganz gleich, wie furchtbar ich war, du bist bei der Sache geblieben und hast mich und meine Tiere respektvoll behandelt.*

*Ich möchte zugeben, dass mit mir nicht gerade gut Kirschen essen ist. Ich bin ein sturer Mann, trotzig. Verdammt fest eingeschliffen, und ziemlich zufrieden damit, wie ich mein Leben gelebt habe. Das Einzige, was ich niemals geschafft habe, ist, jemanden zu finden, mit dem ich mein Leben verbringen kann. Ich konnte niemals eine Familie gründen.*

*Es kam etliche Male vor, wenn man als Mann eben so ganz allein ist, dass man anfängt zu denken und sich fragt, was gewesen sein könnte. Ich denke an all die Male, als du ganz allein hier raufgekommen bist und ich besonders mürrisch war, und da hast du mich ganz zurecht in meine Schranken gewiesen mir genau gesagt, was ich tun sollte, doch du hast nie deine Stimme erhoben …*

*Ich wollte ja hier keinen Roman schreiben. Du bist eine gute Tierärztin. Du bist ein guter Mensch. Hätte ich irgendwelche Kinder, hätte ich mir gewünscht, sie wären wie du.*

*Da ich jetzt nicht mehr hier draußen leben kann, werde ich dir als Erste die Gelegenheit geben, mein Land zu kaufen. Du musst mich schon noch bezahlen, denn ich bin ja kein Narr. Aber ich brauche nur genug, um gemütlich zu leben, und mir macht es nichts aus, wenn es in Raten kommt, falls dir das leichter fällt. Den Preis, den ich anzunehmen bereit wäre, steht auf der nächsten Seite.*

*Ich hoffe, du kümmerst dich um die Hunde, ganz gleich, was du entscheidest. Tex ist alt und still, und seine Knochen werden sich gerne mit mir in meiner neuen Bleibe in der Stadt zur Ruhe setzen. Die anderen zwei sind noch voller Energie und lebhaft, und sie können nur glücklich sein, wenn sie draußen sind.*

*Danke für alles, was du im Lauf der Jahre für mich getan hast. Denn ich weiß, dass ich das nicht oft genug gesagt habe.*

*Denk ein bisschen drüber nach, ob du die Farm kaufen willst, dann komm bei mir vorbei.*

*Dein Freund,*

*Creighton Reiner*

Yvette drehte sich in ihrem Stuhl, während Alex sich neben ihr niederließ und ihre Hand hielt.

Sie starrte immer noch den Brief an, wühlte darunter nach der zweiten Seite. Von ihr kam ein Keuchen. „Er will, dass ich diesen Grund kaufe. Aber das ist nicht mal annähernd, was er wert ist. Er könnte ihn ja gleich verschenken."

„Was er auch tun würde, wenn er könnte", sagte Alex leise. „Das ist ein ziemliches Kompliment. Dass er so viel von dir hält, dass er mehr oder weniger will, dass du sein Lebenswerk erbst."

Schock tanzte in ihren Augen, aber ihre Lippen wölbten sich leicht nach oben. Sie holte tief Luft und nickte dann. „Ja, das ist ein Kompliment. Ich kann immer noch nicht glauben, dass es stimmt."

„Lass dem Ganzen Zeit, sich zu setzen. Lass mir dir den anderen Grund sagen, weshalb du hier bist", bot er an.

Ihr Lächeln wurde wieder schief. „Bitte mach mal."

Er hielt ihre Hand, strich mit dem Daumen über dem Puls an ihrem Handgelenk vor und zurück. „Du hast den Rest des Tages und morgen ganz frei. Durch irgendeinen seltsamen Zufall habe ich das auch."

Er beugte sich vor und drückte ihr die Lippen auf die Wange. Auf ihr Kinn. Auf die süße Stelle unter ihrem Ohr.

„Mach weiter", knurrte sie. „Das klingt faszinierend."

„Na ja. Da wir beide nirgendwohin müssen, dachte ich, wir können uns vielleicht gut hier umschauen, an dem Ort, der womöglich dein neues Zuhause werden könnte. Sehen, was du denkst, eine Liste mit Für und Wider erstellen. Und außerdem kannst du eine echt gute Massage von deinem Freund kriegen."

„Das Ganze klingt ziemlich wunderbar", sagte Yvette, bevor sie den Kopf neigte und ihn spielerisch fragte: „Wo ist denn *wir hungern, weil es nichts zu essen gibt* auf diesem Plan?"

„Ach, hab doch mal Vertrauen." Alex deutete auf die Küche. „Ich habe Vorräte dabei. Ich habe Musik dabei. Wir haben beide Bücher zum Lesen – ich habe dein neues blutrünstiges Buch von Fallen Books abgeholt."

Sie kicherte.

Er zwinkerte. „Außerdem genug Essen, darunter Bacon, dass wir bleiben können, bis ich am Samstagvormittag auf meine Schicht muss. In dieser Tasche sind deine Kleider.

Brooke ist bei dir vorbeigefahren und hat sie für dich eingepackt, dann hat sie sie bei Josiah gelassen."

„Ausgefuchst."

„Ja. Und falls du dich gefragt hast, ich habe auch frisches Bettzeug dabei, und eine große Packung Kondome."

Gelächter füllte das kleine Haus. Das glückliche Geräusch hallte von den Wänden wider und dann zurück in ihr Herz.

Sie legte ihm eine Hand an die Wange, musterte sein Gesicht, als würde sie versuchen, sich jede Linie einzuprägen. „Ich würde nur zu gern hier bei dir bleiben."

Reines Glück floss durch ihn hindurch, und bevor ihm klar wurde, was er tat, war er auf den Beinen, zog sie zu dem weichen Teppich, den er vor den Holzofen gelegt hatte.

Er nahm sie in die Arme, und sie saßen einfach zusammen, während die Hitze sich um sie legte, seine Gedanken in Aufruhr.

Yvette wandte immer noch langsam den Kopf, schaute sich jeden Quadratzentimeter des kleinen Häuschens an. „Ich fühle mich, als wäre ich in einem Traum."

„Aber es ist wahr." Er küsste sie auf die Schläfe. „Du bist eine tolle Frau. Creighton will, dass du gute Dinge hast, denn die Güte in dir strahlt schon seit Jahren aus dir heraus."

Sie blinzelte kurz. „Oh. Ich spreche doch nicht von der Lage mit Creighton. Ich rede davon, hier zu sein. Mit *dir*." Sie hob die Finger und presste sie ihm auf die Lippen, bevor er etwas sagen konnte. „Ich rede davon, wie sehr sich die Dinge verändert haben, seit ich diesen Umschlag geöffnet habe, den du mir geschickt hast. Den mit dem allerersten Schlüsselanhänger."

„Es war gut, oder?" Alex streifte mit den Handknöcheln das rosige Leuchten ihrer Wange. „Ich hatte sehr viel Spaß dabei, zuzusehen, wie du die Schubladen öffnest. Zeit mit dir zu verbringen."

„Ich habe mich verändert", flüsterte Yvette. „Es war gut, aber hier ist der Teil, der sich wie ein Traum anfühlt." Sie schaute ihm direkt in die Augen. „Ich bin in dich verliebt."

Alex' Verstand summte, als wäre er mit einem Geländewagen am Kopf erwischt worden.

Er fand keine Worte. Das ganze Blut, das normalerweise sein Gehirn versorgte, mit der Fähigkeit zu denken, vernünftig zu sein und zu sprechen, hatte völlig aufgegeben.

Das Einzige, was noch funktionierte, war sein Herz, und das verdammte Ding hämmerte so fest, er schwor, die Wände hätten vibrieren sollen.

Yvettes ernste Miene wurde belustigt. „Alex?"

Er zog sie auf seinen Schoß und in seine Arme und drückte sie so fest, dass er ihr vielleicht sogar ein Quieken entlockte. „O mein Gott. O mein *Gott*."

Ein Lachen brach aus ihr hervor, ihr Oberkörper stieß an seinen. „Das ist nicht die Reaktion, die ich erwartet habe, aber sie gefällt mir."

Irgendwie ließ er sie weit genug los, dass er ihr Gesicht in die Hände nehmen konnte. „Echt? Du liebst mich?"

„So nenne ich es, ja. So habe ich mich noch nie gefühlt", sagte sie, die Erheiterung verschwand, und die Ernsthaftigkeit kehrte zurück. Es blieb aber eine Leichtigkeit, die zwischen ihnen hin und her hüpfte und in ihren Worten durchkam. „Mir sind meine Freundinnen wichtig, und ich weiß, wie es sich anfühlt, das Beste für andere zu wollen. Aber dieses Ding im Inneren, das ich für dich empfinde? Das ist brandneu. Es fühlt sich wertvoll an, aber nicht wie eine Teetasse oder eine zarte Statue. Es sind die Hunde, die im Hof herumrasen, oder wenn man einen neuen Wurf Kätzchen findet. Es sind die Pferde, die im Frühling loslaufen und kräftig ausschlagen."

Man musste nur auf eine Tierärztin vertrauen, dass sie ihre Gefühle auf eine solche Art beschrieb. So perfekt für sie.

Perfekt für sie beide.

Er hielt sie immer noch. „Ich liebe dich auch. Aber ich hätte mir nie träumen lassen, dass das passieren würde."

„Siehst du? Siehst du, was ich meine? Es ist wie ein Traum."

Aber es war der Traum, auf den Alex von Anfang an gehofft hatte. „Der erste Kuss, nachdem *ich liebe dich* gesagt wurde. Der sollte besonders süß sein."

Er legte seine Lippen auf ihre und nahm sie sanft für sich ein.

Sie schlang die Arme um ihn, ihre Körper kamen miteinander in Kontakt. Dann zerrte sie sein T-Shirt heraus und zog es ihm über den Kopf. Entledigte sich ihres eigenen Oberteils, damit sie Haut an Haut waren, als ihre Lippen das nächste Mal aufeinandertrafen.

Ihre Worte klangen lustvoll und tief, ihr Atem ging als Hauch an seiner Wange vorbei, während sie die Finger spielerisch seinen Rücken hinabbewegte. „Machen wir das hier, oder hast du schon das Bett frisch bezogen?"

„Ja. Und ja." Sie mussten sich ein bisschen winden, bis sie auf seinen Beinen saß, ihre Jeans ausgezogen, sodass sie nur in ihrem BH und dem Höschen näherkam. Mit den Händen auf ihren Hüften zog er sie langsam nach vorne, über den dicken Wulst seines Schwanzes. „Verdammt, du fühlst dich gut auf mir an."

„Was sich sogar noch besser anfühlen würde, wenn du alles ausziehst", schlug sie vor, wiegte sich mit den Hüften an ihm, während leise Geräusche weit hinten aus ihrer Kehle kamen. Sie schaute ihm in die Augen. „Das macht Spaß. Und es ist gut, aber ich will, dass es auch für dich gut ist."

„Ich habe eine fast nackte Frau in den Armen, die sagt, dass sie mich liebt. Ich erlebe hier ein ziemlich großes High", gestand er.

Trotzdem schob er sie weit genug zurück, um aus seinen eigenen Kleidern steigen zu können. Yvette hielt inne, während sie sich aus ihrem Höschen wand, hob die Finger an den Mund und kicherte verdammt noch mal fast.

Er schaute sich um. „Was?"

Sie machte fertig und kroch zu ihm, ließ die Hand über seinen Oberschenkel gleiten – und zwar in die falsche Richtung. Sie tätschelte seine Knöchel und die dicken Wollsocken, die immer noch an seinen Füßen waren. „Du bist so ein Cowboy."

Der Mann vor ihr – splitterfasernackt bis auf die Socken – ließ ein riesiges Grinsen aufblitzen und zog sie dann wieder auf seinen Schoß. „Ich könnte so viel Ärger kriegen, wenn ich dir diesen Spruch zurückzahle", sagte Alex.

Eine Erinnerung aus der Zeit blitzte auf, als sie nicht verstanden hatte, weshalb er sie ständig neckte. An eine Zeit, in der sie ein bisschen zu empfindlich gewesen war, und er ein bisschen zu forsch.

Aber das war früher, und jetzt war jetzt. „Du wirst solche Schwierigkeiten kriegen, aber ich halte deine Art der Neckerei jetzt aus."

„Ich will nicht alle Neckereien aufgeben. Besonders nicht die Art, die dir gefällt." Große, kräftige Hände legten sich um ihren Körper. Fingerspitzen fuhren Kreise, bevor sie über ihr Rückgrat glitten. Dann spielte er mit der empfindlichen Haut oberhalb ihres Hinterns, sein Grinsen wurde breiter, je mehr sie sich wand.

Jedes kleinste bisschen ihres Körpers war empfindlich. Im Geiste wollte sie, dass seine Bewegung sich fortsetzte. Sie wollte, dass er sie wieder packte und fest an sich presste. Ihre

Körper bewegte, an ihr entlang glitt, bis sie nicht länger zwei unterschiedliche Wesen waren, sondern vereint. Das war es, was sie wollte ...

Das war es, was sie brauchte.

Was Alex ebenfalls wollte, aber er schien das Hauptereignis langsam angehen zu wollen. Oder zumindest sehr viel langsamer, als Yvette es sich gerade erhoffte.

Es war Zeit für eine leichte Ermutigung ihrerseits. Sie strich ihm mit der Hand über den Oberschenkel und kam stetig höher. „Du magst ja Neckereien gerne, oder?"

Ein gequältes Keuchen entschlüpfte ihm, während sie die Finger um seinen harten Schwanz legte. „Oh, verdammt, ja."

Ein lockeres Streichen, ihre Finger spannten sich um die warme, seidige Hitze an. „Also macht es dir nichts aus, wenn ich das eine Zeit lang mache?"

Jeder Muskel in seinem Körper hatte sich angespannt. Sein Kopf fiel zurück, und ein bebendes Keuchen kam von seinen Lippen. „Ich will in dich. Will von deiner Hitze umgeben und von deinen Armen gehalten werden."

Ein Beben erfasste sie. Es hätte Spaß gemacht, ihn noch länger zu necken, und doch hatte sie diese Lektion auch gelernt. Das zu bekommen, was man wirklich wollte, war eine besondere Freude.

Yvette schnappte sich ihre liegen gelassene Jeans mit der freien Hand und fischte in der Tasche nach einem Kondom. Er stöhnte, während sie es über ihm abrollte, ihre Finger waren ungeschickt, weil sie immer erregter wurde.

Er fasste um ihren Hintern, während sie über ihm kniete, ihre Hand über seinem Schwanz gekrümmt, während sie sich hochstemmte und dann langsam fallen ließ, auf sündhafte Weise an ihn glitt, ohne dass er schon in ihr Geschlecht eindrang. Nervenenden prickelten, die Hitze stieg an. Die glitschige Feuchtigkeit ihres Körpers bedeckte ihn.

„Yvette.“ Er flüsterte ihren Namen.

Sie schaute auf, während die Spitze seines Schwanzes zwischen ihre Schamlippen ging. Sie schauten einander in die Augen.

Eine langsame, intime Bewegung, und sie waren verbunden. Die Lust in ihrem Körper kam der Freude in ihrem Herzen gleich ...

Seine Augen. Oh, seine Augen waren so voller Glück und Zärtlichkeit und Liebe.

Wirklich, Liebe.

Sie küsste ihn. „Erster Kuss beim Sex, nachdem man *ich liebe dich* gesagt hat.“

„Beim Lieben“, verbesserte er sie leise. „Bei uns ist es doch immer Lieben.“

Wodurch ihr Herz nur noch mehr flatterte.

Sie hielt ganze drei Minuten durch, indem sie langsam machte. Dann wurde sie gebrochen, von den süßen Liebkosungen seiner Hände auf ihrem Körper und dem hungrigen Knabbern seiner Zähne an ihrem Nacken. Yvette bohrte die Finger in seine Schultern und ritt ihn wie ein Pony. Beide schnappten nach Luft, leise Geräusche und lustvolles Stöhnen stahlen sich in die Stille des gemütlichen Häuschens.

Alex packte ihre Hüften fester und hielt sie hoch genug, dass er in sie stoßen konnte, ihre Hand zwischen ihnen, während sie die Stelle streichelte, an der sie verbunden waren, ihre Klitoris reizte.

Zusammen brachen sie ein, sein lautes Knurren hallte in ihrem Ohr, während er in ihr pulsierte. Erneut knurrte er, als sie sich in ihrem Höhepunkt um ihn anspannte.

Sie lachte, und er lachte, und sie küssten sich und hielten einander so fest, zwischen ihnen gab es nichts mehr.

Nichts als Liebe.

Sie war dankbar, als sie feststellte, dass das kleine Haus ein überraschend dekadentes Bad enthielt, mit einer Dusche, die groß genug war für zwei. Wodurch das Saubermachen zwar langsamer wurde als normal, aber sehr viel spaßiger.

Der Tag wurde immer besser. Sie arbeiteten zusammen, bis ein einfaches Abendessen auf dem robusten Küchentisch stand. Eine Mahlzeit, zu der knuspriger Bacon gehörte, und zwar viel davon.

Es musste noch viel geredet werden, aber es war ein guter Ort für den Anfang.

Nur eine Sorge hing immer noch über ihr. Yvette wartete, bis sie fertig gegessen hatten, und die kleine Küche aufgeräumt war. Dann führte sie ihn zurück zum Sofa und nahm Alex' Hand in ihre. „Es gibt eines, über das wir eher früher als später reden müssen."

„Du wirkst ziemlich ernst."

„Es gibt noch einen Tag im Schreibtisch mit dem Countdown." Ganz gleich, wie unangenehm es war, sie würden diese Unterhaltung führen müssen. „Wenn wir den ganzen Tag hier oben verbringen, heißt das, dass ich den Vierundzwanzigsten erst am ersten Weihnachtsfeiertag öffnen werde."

Nichts Ungewöhnliches wurde auf seinem Gesicht sichtbar.

„Du hast mir einige tolle Geschenke gemacht. Offensichtlich hat das, was du geplant hast, so ziemlich funktioniert, denn die ganze Zeit, die wir miteinander verbracht haben, um einander richtig kennenzulernen, das hat einen Unterschied gemacht."

„Du wirkst immer noch besorgt", sagte Alex. „Jetzt bringst du mich aber in Wallung, und zwar nicht auf die gute Art."

Vielleicht war es besser, es einfach abzureißen wie ein Heftpflaster. „Irgendwann mal musste ich ein wenig an dem Adventskalendertisch herumdoktern. Ich habe einen Anhänger fallen gelassen, und nur, indem ich ihn auseinanderbaute, konnte ich den Schlüssel zurückbekommen, und da ist was anderes rausgefallen."

Sie wand sich, bis sie es aus der Tasche holen konnte. Denn ja, sie trug es immer noch überall mit sich hin.

*War sie vielleicht etwas besessen?*

Sie hielt die Hand hoch, der Ring lag in ihrer Handfläche.

Alex runzelte die Stirn, nahm ihn hoch und musterte ihn sorgfältig. „Na, das ist seltsam. Ich bin diesen Tisch von oben bis unten durchgegangen, als ich ihn mit Schlössern ausgestattet habe. Ich hatte niemals auch nur die leiseste Ahnung, dass da so was drin war."

„Also ist er nicht von dir?"

Sein Kopf fuhr hoch, und er starrte sie mit aufgerissenen Augen an. „Äääh, nein?"

Sie konnte nicht anders. Ein Schnauben entwich ihr. „Das war aber überzeugend."

„Ich versuche immer noch, meine Gedanken klar zu kriegen. Es ist ein Ring." Er keuchte. „O mein Gott, es ist ein *Ring*."

Yvette bebte, weil sie ein Lachen unterdrückte. Er hatte ihre ersten Gedanken wiedergegeben.

Er schüttelte den Kopf. „Wow. Ich weiß, dass ich ein optimistischer Bastard bin, aber selbst ich finde es schwer, mir vorzustellen, in nur vier Wochen von null zu einem Ring zu kommen."

Sie stieß ein Seufzen aus, ihr Rückgrat schmolz vor Erleichterung. „Gott sei es gedankt."

Alex ob eine Augenbraue. „Die ganze Zeit hast du gedacht, ich würde dir einen Antrag machen? Das war bestimmt nervenaufreibend."

„Nein, nicht die ganze Zeit. Aber ja, die letzten beiden Wochen waren ein bisschen schwierig." Sie stieß ihn in die

Brust. „Ich dachte ja auch, du würdest mir früher Kondome schenken, als du es letztlich getan hast, weißt du noch."

Sein Grinsen war wieder in seinem Gesicht. „Süße, das war eine perfekte Einleitung. Weißt du noch, ich sagte, du sollst die Geschwindigkeit festlegen. Ganz ehrlich, ich würde diesen Ring nur zu gern jetzt und hier an den Finger stecken und in die Verlobungsstadt einfahren."

„Zu früh", sagte Yvette rasch.

„Ganz genau."

„Nicht, weil ich dort nicht hin will, vielleicht – aber nein, einfach nur nein." Ihr Gesicht war bestimmt gerötet. Sie wollte es nicht klingen lassen, als würde sie ihn ablehnen. „Das klingt jetzt völlig falsch."

Wieder einmal stellte sie fest, dass sie auf seinem Schoß saß, seine starken Arme um sie. Die Finger an der Rückseite ihres Kopfes verschränkt, damit er ihren Blick ganz an seinem ausrichten konnte. „Du hast gesagt, du liebst mich. Du musst das nicht mit noch anderen Sachen beweisen. Oder Ringen oder Schleifen." Er hob seine freie Hand und strich mit dem Finger über ihre Lippen. „Ich will darüber reden, was es bedeutet, wenn zwei Leute entdecken, dass sie sich lieben. Wo sie leben, wie sie ihre Zeit verbringen. Aber ich muss dir kein hübsches Kinkerlitzchen an den Finger stecken, oder an meinen, um zu wissen, dass wir zusammengehören ..."

Okay. Obwohl ein schleichender Moment der Schuld sich breitmachte und schneller wieder verschwand, als sie es für möglich gehalten hätte. „Würde es dich glücklich machen, wenn wir verlobt wären?"

Seine sofortige Reaktion war ein leichtes Schulterzucken. „Klar, aber das muss ja nicht heute sein." Sein Lächeln wurde wieder breiter. „Außerdem, ich wäre gern derjenige, der dir einen Ring schenkt. Irgendwas, was wir zusammen aussuchen, anstatt dass du einen findest, der einfach so rumliegt."

„Er steckte in einem Schreibtisch, der jahrelang deiner Familie gehörte, das ist nicht herumliegen“, sagte sie mit gespielter Ernsthaftigkeit. Dann beugte sie sich vor und küsste ihn. Jeder Hauch von Sorge war weggespült. Wie gut er darin war, sie zu verstehen, ließ den warmen Fleck in ihr wieder wachsen.

Sie saßen eine Weile zusammen, küssten sich und sprachen darüber, was wohl als nächstes kam. Sie gingen sogar hinaus auf die Veranda, von Kopf bis Fuß in Decken gehüllt, während sie sich zusammen hinsetzten und riesige Schneeflocken sanft auf die bildhübsche Farmszenerie fallen sahen.

Alex' machte ihnen mit seinem Handy Musik, und diese Verbindung zwischen ihnen fühlte sich ebenfalls richtig an. Sie sang, sein tieferer Tonfall war eine wunderbare Ergänzung zu ihrem Alt, während sie in „Winter Wonderland“ und „White Christmas“ schwelgten.

„Ist ein schöner Ort hier“, sagte Yvette, die Finger unter den Decken in denen von Alex verschränkt. „Das ist eine gute Grundlage.“

„Es ist ein fantastischer Ort, an dem du Wurzeln schlagen kannst.“

Das klang süß, aber nicht ganz richtig. Yvette wiederholte die Worte im Kopf. Es war jedenfalls etwas, das sie klären wollte. Sich auf Ringe und Gespräche über die Ehe zu stürzen – das kam zu früh. Aber sie war zu hundert Prozent sicher, was die Gefühle in ihrem Herzen betraf.

Sie liebte ihn. Dieser Teil war felsenfest, was bedeutete, dieser Teil musste kristallklar werden.

„Für *uns*“, verbesserte sie, schaute ihm direkt in die Augen. „Hier können wir zusammen Wurzeln schlagen.“

Sein Lächeln hätte die ganze Landschaft beleuchten können. „Zusammen.“

# 15

Ihre freien eineinhalb Tage auf der Farm waren ein kleines Stück vom Himmel gewesen. Am ersten Weihnachtsfeiertag in die Arbeit zu müssen, wirkte wie eine grausame Bestrafung.

Aber erst mussten sie feiern.

Viel zu fröhlich und früh rollte sich Yvette im Bett auf ihn, hüpfte wie ein kleines Kind vor Aufregung auf und ab. „Es ist Weihnachten", rief sie mehr oder weniger. „Frohe Weihnachten."

Er rollte sie unter sich, versuchte, die Uhrzeit zu ignorieren. „Frohe Weihnachten. Tut mir leid, unter dem Baum ist nichts für dich. Ach, Moment. Vielleicht doch."

Sie blinzelte, dann warf sie ihn mehr oder weniger von sich, kroch aus dem kalten Schlafzimmer in den leicht wärmeren Hauptraum.

Ein Lachen kam auf, während sie sich neben dem „Baum" auf dem Boden niederließ, den er gestern Abend zusammengestellt hatte, indem er sich aus dem Bett geschlichen hatte, um ihn aufzustellen. Er hatte einen Zweig von einer Fichte an einem der Küchenstühle mit der geraden Lehne befestigt. Dann hatte er ein Weihnachtsgeschenk auf den Sitz des Stuhls gestellt, das Päckchen war in glänzendes rotes Papier mit einer riesigen Silberschleife verpackt.

Er kam zu ihr. „Dir ist schon klar, dass es fünf Uhr früh ist."

„Was dir gerade genug Zeit verschafft, dein Geschenk zu öffnen und trotzdem noch rechtzeitig zu deiner Schicht zu kommen." Yvette griff unter das Sofa und zog ein bunt verpacktes Päckchen heraus. „Tada! Das ist Teil eins."

Es war nun an Alex, erstaunt zu sein. „Ich wusste schon, dass ich das tun würde, und deshalb hatte ich meins dabei. Du hattest mein Geschenk bei dir im Truck?"

Sie wirkte verlegen. „Ich habe Creighton ein Geschenk gekauft, und beschlossen, dass du auch ein Paar bekommst. Dein echtes Geschenk ist was anderes. Das kriegst du später heute."

Er ließ sich neben sie auf den Boden fallen. „Na, frohe Weihnachten für uns."

Papier flog zur Seite. Jede Menge Papier, denn Alex hatte Yvettes Geschenk in fünf verschiedenen Schichten eingepackt, nur um sie zum Lächeln zu bringen.

Ihr Geschenk für ihn erwies sich als ein Paar Arbeitshandschuhe, die mit Schafsfell gesäumt waren. Robust und warm. „Ich liebe sie." Er zog sie an, und sie passten perfekt. „Du hast die richtige Größe gekannt."

Sie stutzte, während sie ihr endlich ausgepacktes Fotoalbum auf ihren Schoß legte. „Ich hatte deine Hände überall auf mir im letzten Monat. Ich wusste, welche Größe ich brauche."

Die Erheiterung war groß. Alex drückte ihr das weiche Leder auf die Brüste. „Bitte, sag mir, dass du mitten im Laden das hier gemacht hast."

Sie kicherte sofort los.

Er blinzelte, seine Hände lösten sich überrascht von ihr. „Hast du?"

Yvette hob einen Finger an den Mund. „Ich habe doch gesagt, ich wollte die richtige Größe kaufen."

Sie blühte auf so viele wunderbare Arten auf. „Ich wünschte, ich wäre dabei gewesen, um es zu sehen."

Yvette klappte die erste Seite des Fotoalbums auf, ihr Mund öffnete sich erstaunt. „Oh, Alex. Das liebe ich."

„Deine Freundinnen haben geholfen. Hanna und der ganze Rest. Sie waren für mich verschlagen, haben Bilder geschossen und in der Zeit zurückgeblickt, um zusätzliche zu beschaffen."

Vierundzwanzig Tage mit Bildern. Nicht nur von diesen Dezember, sondern auch einige aus der *Zeit davor*. Als sie beide sich immer noch in den Haaren gelegen hatten, aber immer wieder von gemeinsamen Freunden und ihrer Arbeit zusammengebracht wurden.

Er hatte Bilder von jedem einzelnen Schlüsselanhänger gemacht und das Bild in die oberste Ecke gesetzt. Der Rest der Seite waren dann sie. Orte, an denen sie gewesen waren, Situationen, mit denen sie sich herumgeschlagen hatten, die zum Thema dieses Tages passten.

An Tag zwei wurde der Schlüsselanhänger mit dem Stern von einem Foto von Silver Stone vor zwei Jahren begleitet. Ein winziges Fohlen mit einer sternförmigen Blesse auf der Stirn, bei dem Yvette geholfen hatte, es zur Welt zu bringen.

Tag vierzehn war eine Kerze. Das Bild daneben war eines, dass Brooke in der Nacht geschossen hatte, in der sie ein Lagerfeuer gemacht hatten, während das Feuerlicht auf ihren Gesichtern tanzte und glühte, und Alex sich herüberbeugte, um sie zu küssen.

Das Bild von ihnen in ihren preisgekrönten hässlichen

Pullis, umgeben von mutierten Schneemännern. Ein Bild von ihnen auf Pferden. Eines von ihnen auf der Feuerwache mit ihren Freunden, während sie ihn schief anschaute und das Gesicht verzog.

Es war alles da. Eine Aufzeichnung der Verbindung und wachsenden Gemeinsamkeiten.

Sie schaute auf, und ihre Augen funkelten. „Du hast jede Menge leere Seiten der drin gelassen."

„Neue Erinnerungen. Die werden kommen", versicherte er ihr.

Sie drückte ihn fest, presste sie beide fast aneinander. Alex löste sich irgendwie rechtzeitig von der Tür und ging hinab zu der verschneiten Zufahrt, und fühlte sich, als wäre er zehn Meter groß.

Seine ganze – zum Glück kurze – Arbeitsschicht war verschwommen, und er raste hinüber zur Seniorenresidenz, um Yvette zu treffen, wie er versprochen hatte. Sie gingen zusammen Hand in Hand vom Parkplatz.

Die erste Überraschung war, zu entdecken, wie Creighton draußen an der Vordertür saß, auf einer der breiten Bänke, die zu den Bergen ausgerichtet waren. Tex saß zu seinen Füßen, sein Schwanz wedelte, als sie näherkamen.

„Frohe Weihnachten", sagte Alex.

„Bah, Humbug." Aber Creighton grinste. „Euch auch."

Yvette blieb einen halben Meter vor Creighton stehen. Sie beugte sich hinab und sagte leise: „Frohe Weihnachten."

Im nächsten Augenblick hatte sie die Arme um ihn gelegt, um ihn zu drücken. Die Augen des alten Mannes weiteten sich schockiert, aber er hob die Arme und drückte sie fest. Seine Augen schlossen sich, während Glück über sein wettergegerbtes Gesicht zog.

„Das ist nur Unfug und blödes Zeug, wisst ihr." Die Worte kamen grob und mürrisch heraus.

Er zwang sich zu einem Stirnrunzeln, während sie aufstand und die Arme verschränkte, der Schalk glitzerte in ihren Augen. „Fröhliche Feiertage? Wir sind zu spät dran für ein fröhliches Wintersonnwendfest."

Creighton wedelte mit der Hand. „Gut. Frohe Weihnachten. Wie geht's den Hunden?"

„Sie sind glücklich. Haben es warm. Vermissen Sie allerdings. Sie haben mir das selbst gesagt, bevor wir gegangen sind, dass sie hoffen, Sie kommen sie manchmal besuchen." Sie schüttelte den Kopf, lächelte sanft. „Wir werden noch länger über Ihr großzügiges Angebot reden, aber vielen Dank. Ich habe eine Menge, über das ich nachdenken muss."

„Es sind doch Feiertage." Er sah Alex finster an. „Warum redet sie übers Geschäft, wenn Feiertage sind? Du machst den Tag nicht sonderlich festlich für sie."

„Sie haben recht", sagte Alex, der Yvette die Tasche mit Creightons Geschenk reichte, bevor er das hinhielt, was er für den Mann gekauft hatte. „Es ist Zeit zum Feiern. Schnell jetzt, alter Mann. Ich höre, bald gibt es Kuchen, und den will ich nicht verpassen."

Ein erheitertes Schnauben kam von Creighton. Er packte das Paar Hausschuhe aus, das Alex ihm besorgt hatte, und die Handschuhe von Yvette, und sein ernstes Gesicht wirkte plötzlich sehr viel älter und zerbrechlicher.

Er schaute Yvette in die Augen und seufzte. „Danke, dass ihr so nett zu einem alten Mann seid. Jetzt los. Du kannst mich nächste Woche besuchen kommen und mir sagen, wie viel du mir zahlen willst und wie du mein Haus herrichtest."

„Es ist kein Problem, nett zu Ihnen zu sein", sagte Yvette. Sie rümpfte die Nase, bevor sie anfügte: „Na ja, größtenteils war es kein Problem."

Creighton lachte geradeheraus. Dann wandte er sich an Alex. „Nur damit du's weißt, du hattest recht. Die Straße zu mir rauf ist absolut nervtötend. Ich hab sie so gebaut, um einem alten Freund von mir tierisch auf den Keks zu gehen. Er hat eine Wette verloren, darum durfte ich meine Zugangsstraße direkt durch die Mitte eines seiner Weidebereiche bauen, nur damit er mich jedes verdammte Mal verfluchen konnte, wenn er seine Rinder umzieht."

Gute Güte. „Ernsthaft?"

„Er ist inzwischen gestorben, also ist es kein Spaß mehr." Der ältere Mann nickte, ein schalkhaftes Glitzern im Auge. „Es gibt eine andere Zufahrtsberechtigung zum Grundstück, gleich weg vom Highway 34. Ich dachte, ihr könntet eine Straße durch die Bäume im östlichen Bereich bauen und die Fahrzeit unter zehn Minuten bringen."

„Sie sind echt ein Schlimmer", sagte Yvette.

Er zuckte mit den Schultern. „Man muss das Leben eben genießen, wie man kann."

Yvette schüttelte noch immer den Kopf und lachte, während sie Creighton und Tex verließen, um sich dem Rest der Feier anzuschließen.

Das Innere der Residenz war voller weihnachtlicher Gerüche und Geräusche. Alex ließ die Finger um die von Yvette geschlossen, während sie sich auf den Weg zum Sicherheitsbereich machten.

Bevor sie sich ihren Großeltern anschlossen, zog Alex Yvette zur Seite und holte sein Handy heraus. Er hielt es vor, und das Lied, das er ausgesucht hatte, war auf dem Bildschirm sichtbar. „Ist es okay für dich, das als Geschenk für deine Großeltern zu singen?"

Ihr Lächeln war strahlend. „Ich liebe dich."

Er zwinkerte. „Das nehme ich als Ja."

Süßes Glück folgte, während Umarmungen ausgetauscht wurden. Yvettes Opa lächelte weiter und nickte, als Geschenke ausgepackt wurden, obwohl er selbst keine auspacken wollte.

Oma Geraldine summte glücklich und beobachtete, wie sich ihre Freunde mit ihren Enkelkindern austauschten. „Es ist ein guter Tag."

Yvette wartete, bis die Aufregung und das Gewühle mit dem Geschenkpapier am Ende waren. „Oma. Wir haben noch was für euch."

Sie nickte Alex zu, und er zog sie auf die Beine. Musik lief, er nahm sie an der Hand, und zusammen sangen sie: „Have Yourself a Merry Little Christmas."

Er war nicht für die Bühne geschaffen, und das war kein Auftritt, bei dem es wichtig war, mit dem Publikum den Blickkontakt zu halten. Vielleicht hätte er etwas mehr tun sollen, aber die Einzige, für die er Augen hatte, war Yvette. Sie war die einzige Person, die wirklich dafür sorgen konnte, dass dieses Weihnachtsgefühl in ihm das ganze Jahr erhalten blieb.

Sie sangen fertig, und er zog sie in die Arme, die Senioren im Raum klatschten und nickten. Oma Geraldine wischte sich über die Augen.

Aber es war Yvettes Großvater, der Alex am meisten beeindruckte. Seine Miene war reine Freude, während er Alex in die Augen schaute und zuzwinkerte.

Die Umarmungen und Küsse fanden ein Ende, Alex und Yvette kamen vor vier Uhr zurück zu ihr nach Hause. Das Timing war perfekt, wenn man bedachte, dass sie erst mal noch lange nichts kochen mussten.

Wie jedoch konnten sie ihre Zeit verbringen?

„Also, was ist mein zweites Geschenk?", scherzte Alex, der ihr einen Arm um die Taille legte und mit den Lippen unter ihrem Ohr entlangstreifte. „Gehören dazu Kartenspiele? Nackt ausziehen? Beides?"

„Alles wunderbare Ideen, und ich werde sie mir das fürs nächste Mal merken, aber nichts davon. Ich glaube trotzdem, dass es dir gefallen wird."

Sie holte tief Luft, dann wedelte sie mit ihrem Handy in der Luft. „Wir reden mit deinen Eltern. Sie sollten in ein paar Minuten anrufen."

~

Sein Gesicht …

Yvette hätte es ewig anstarren können. Oder ein Bild schießen, und es ins Wörterbuch unter das Wort *erstaunt* setzen.

„Meine *Eltern*?" Alex schluckte. „Du hast mit ihnen gesprochen?" Er wirkte nicht genervt, sondern regelrecht freudig.

„Ich weiß, wie wichtig sie dir sind, und ich wollte eine Chance, sie zu treffen, um es mal so zu formulieren. Du und ich haben es so eingerichtet, dass wir den Rest des Tages zusammen verbringen, und ich hatte mir Sorgen gemacht, dass du keine Chance bekommst, dich mit ihnen in Verbindung zu setzen."

Er zog sie an sich, holte ihre Finger an seine Lippen und küsste sie. „Ich will … Himmel, ich weiß nicht, was ich sagen soll. Schon wieder. Ms. Wright, du kannst gegen Hunderte antreten, wenn es darum geht, Dinge zu sagen, die mich direkt von den Füßen holen."

„Ist das okay für dich, dass ich sie angerufen habe, ohne dass du davon weißt?"

„So was von." Er beugte sich vor, in seinen Augen glitzerte der Schalk. „Sag mir, dass mein Dad etwas gesagt hat, mit dem er sich zum Affen macht."

Sie lachte. „Sie waren sehr nett. Wir haben nicht lange geredet. Nur Pläne gemacht, damit sie mit uns facetimen können."

Es gab keine Zeit, dass sich Nervosität breitmachen konnte,

sein Handy läutete schon. Bevor sie es sich versah, hatte Alex einen Arm um sie gelegt und den Bildschirm übernommen. Er stützte ihn an einem leeren Glas auf dem Tisch, damit der Bildschirm sie beide ganz zeigte, wie sie sich zusammenkuschelten und es sich gemütlich machen.

Auf der anderen Seite des Bildschirms erschien eine leicht größere Gruppe als nur zwei.

„Frohe Weihnachten." Der Chor erschallte von einer ganzen Menge, und Yvette lächelte, ihr Blick schweifte über die Versammlung. Sie winkte einem kleinen Mädchen zurück, das auf dem Schoß des silberhaarigen Mannes auf dem Sofa saß.

Alex sprach für sie beide. „Frohe Weihnachten. Das ist ja eine Überraschung. Cait, Aaron. Habt ihr ein paar Weihnachtselfen gefunden?"

Alle im Thorne-Haushalt trugen leuchtend grüne Pullis. Neongrün, mit großen roten Schleifen auf der Brust.

„Hey, Alex. Hi, Yvette. Schön, dich kennenzulernen. Das ist Davis. Ich bin Caitlin, das ist mein Mann Aaron. Wir haben Thomas, Tisha und Nyx, die dieses Jahr mit uns feiern."

„Ich bin Nyx", erklärte die Jüngste, die sich auf ihrem Platz wand. „Warum tragt ihr keine lustigen Pullis?"

„Ich weiß auch nicht. Dagegen sollten wir was unternehmen, oder nicht, Alex?" Yvette deutete auf das kleine Mädchen. „Du wartest mal da. Ich komme gleich wieder."

Ohne nachzudenken, drückte sie Alex rasch einen Kuss auf die Wange, dann stand sie auf, um sich ihre Pullis zu holen. Ein Chor aus Pfiffen und Johlen kam durch das Handy.

Alex nahm das Necken mit Humor, gab es seinem älteren Bruder direkt zurück. Yvette zog ihren Pulli an und führte ihn dann vor, schob Alex' Hände weg, als er demonstrieren wollte, wie die Klettverschlusstiere funktionierten.

Immer wieder ertönte Gelächter. Nyx und ihre Geschwister zeigten die Geschenke vor, die sie bekommen hatten, und der Besuch war ganz süß und etwas Besonderes, und Yvette hätte sich nichts Besseres vorstellen können.

Als Cait und Aaron mit ihrer Familie allerdings gingen, sodass nur noch Hans und Glenda blieben, wurden Yvettes Wangen wieder ganz heiß.

„Wir halten euch nicht länger auf, aber war es eine schöne Weihnachtszeit?“, fragte Glenda.

„Das war es ...“ Wie sollte man beschreiben, was passiert war? Wie sollte man die Veränderungen mitteilen, die sie tief im Inneren spürte, nach allem, was sie in diesem Monat gelernt und erfahren hatte?

Sie schaute zu Alex. Er war keine Hilfe. Er starrte sie nur mit verliebten Augen an.

Sie wandte sich wieder an seine Eltern. Ihre Mienen waren voller Freundlichkeit, aber sie waren auch eindeutig erheitert. Gute Leute, die einen wunderbaren Sohn aufgezogen hatten.

Den sie liebte.

„Euer Sohn ist etwas Besonderes. Danke, dass ihr ihn mit mir teilt.“

Hans grinste. „Willst du ihn behalten?“

„Dad“, beschwerte sich Alex. „Ich habe gerade einen Monat damit verbracht, sie dazu zu kriegen, dass sie nicht mehr wegläuft. Mach ihr keine Angst ...“

„Ja“, ging Yvette dazwischen. Sie legte den Arm um seinen. „Ich behalte ihn. Ich hoffe, das macht euch nichts.“

Glenda klatschte in die Hände, ihr Gesicht war voller Freude. „Wirklich?“

„Heißt das, es gibt Hochzeitspläne?“, fragte Hans.

Yvette bebte. Sie war einen Augenblick lang sprachlos.

„Noch nicht“, sagte Alex, der sie anstrahlte. „Wenn sie bereit ist.“

„Du hättest es auf die Liste stellen sollen, Sohn“, scherzte Hans. „Aber das ist schon in Ordnung. Es ist klar, dass ihr beide füreinander bestimmt seid. Wir brauchen keine besondere Zeremonie, um das wahr werden zu lassen."

„Wir freuen uns auf weitere Besuche", sagte Glenda, ihr Lächeln strahlte, die Worte waren sanft. „Und du mach ruhig und ruf mich jederzeit an, wenn du willst, Yvette. Ich mag Besuche und Telefonate und zu hören, wie wunderbar mein Sohn ist. Oder wie er es vermasselt hat – das macht auch Spaß, wenn du dich ein wenig beschweren musst."

Yvette lachte. Eine Erinnerung schneite herein. „Oh. Um kurz mal das Thema zu wechseln. Wisst ihr, was für ein Geschenk mir Alex dieses Jahr gemacht hat? Den Schreibtisch mit den täglichen Geschenken?"

„Ich habe mit den Schlössern geholfen", sagte Hans stolz. „Es war alles seine Idee."

„Es war eine wunderbare Idee, ich habe es echt genossen. Aber es gibt auch noch ein Rätsel zu lösen." Das Gefühl in ihr war nur noch reine Neugier. Keine Sorge, keine Bedenken. Also holte sie noch einmal den Ring aus ihrer Tasche und hob ihn vor, damit sie ihn sehen konnten. „Ich hab das gefunden, und Alex sagt, er hatte keine Ahnung ..."

„Ach du meine Güte." Glenda war vor Schock halb aufgesprungen.

Sie ließ sich wieder in den Sessel fallen, wandte sich an Hans, der Mund stand ihr offen. „Hast du wirklich – ich meine, ist *das* der Ring?"

Hans lachte. Ein lautes Geräusch, das aus seinem Bauch heraufrollte, während er seine Frau in seine Arme zog und sie fest drückte. „Ich hab doch gesagt, ich hätte dir einen Ring besorgt. Ich hab's dir gesagt."

Yvette schaute zu Alex.

Er hob die Schultern zu einem lockeren Zucken. „Keine Ahnung, was da los ist. Mom, Dad. Schmust mal nicht rum, sondern spuckt es aus. Wessen Ring ist das?", fragte er.

Seine Eltern küssten sich. Ziemlich ausgiebig tatsächlich, und Yvette stellte fest, dass sie breit grinste, als Glenda Hans schließlich weit genug zurückschob, damit sie beide abermals in die Kamera schauen konnten.

„Irgendwann einmal war das mein Schreibtisch. Hans hat mir gesagt, er hätte ein Geschenk darauf gelassen, und ich – na ja, ich hatte ein leichtes Missgeschick und bin dran gestoßen, als ich losgelaufen bin, um es zu sehen. Ich fand eine Blume und etwas Schokolade. Was ich beides sehr genossen habe, und wofür ich mich bedankt habe. Aber als ich den Ring niemals erwähnt hatte, dachte er, ich hätte ihn ignoriert ..."

„Die verdammte Frau hat mir nicht nur gesagt, dass da kein Ring war, sondern falls ich dachte, ich könnte ihr ohne einen Ring einen Antrag stellen, sollte ich lieber noch mal darüber nachdenken." Hans grinste wieder. „Diesen Streit haben wir echt gut ausgekostet, das sage ich euch."

„Das hätte euer Verlobungsring sein sollen?" Yvette legte sorgsam die Finger darum. „Ich werde ihn für euch einen sicheren Ort bringen. Ich bin froh, dass ich ihn gefunden habe."

„Ich freue mich auch. Natürlich falls Alex ihn will, macht es mir nichts aus, ihn zu teilen ..." Glenda wackelte mit den Augenbrauen, dann lachte sie wieder. „Ich hör schon auf. Ihr beiden macht in eurem eigenen Tempo."

„Aber sie meint es ernst", flüsterte Hans. „Zweifelt nie daran."

„Ich behalte das im Auge", sagte Alex mit trockener Erheiterung.

Im Hintergrund lachten Kinder, und Yvette ließ das Glück des Augenblicks durch sich strömen, während sie Alex' Hand nahm. „Wir würden noch gern weiter plaudern, aber wir sollten euch zurück zu eurer Familie lassen."

„Ihr *seid* Familie", sagte Glenda geschmeidig.

„Willkommen Yvette. Alex, wir lieben dich. Genießt ihr beide den Rest der Feiertage."

„Ich liebe euch auch. Wir reden bald", versprach Alex.

Alles, was Yvette tun konnte, war, ihr Lächeln aufrecht zu halten, bis der Anruf beendet war, und sie ihr Gesicht an Alex' Hals vergraben konnte. Seine starken Arme legten sich um sie und hielten sie, während abermals Tränen liefen.

„So weinerlich bin ich nicht die ganze Zeit", behauptete sie, als der Tränenausbruch nachließ.

„Entschuldige dich doch nie dafür, dass du deine Gefühle zeigst." Er wischte sich selbst eine Träne ab. „Sie sind eine echte Familie. Du hast Leute, die dich lieben. Zweifle nie daran."

Ein paar Stunden später landeten sie bei Mack und Brooke, ihre ganze Gruppe war um die Feuergrube im Hof versammelt. Die Temperatur war gerade unter dem Gefrierpunkt, und die Wärme der Freundschaft war fast genauso stark wie das Glühen des Feuers.

Dann sangen sie alle Happy Birthday für Talia, und anschließend gingen sie und Crissy los, um im Hinterhof Schneeengel zu machen, ihre Väter halfen, wie es gefordert wurde. Brooke rückte auf ihrem Sitz vor, damit sie um Hanna herum, die ihren schlafenden zweijährigen Sohn im Arm hielt, mit Yvette reden konnte. Madison starrte mit einem madonnenhaften Lächeln auf dem Gesicht ins Feuer, sie war von Ryan und ihrer Tochter eingepackt worden, bevor die Kinder losgezogen waren zum Spielen.

Es war eine Versammlung voller Glück und Wärme.

Yvettes ganzer Tag war ein Ausbruch der Freude gewesen, vom ersten Augenblick an, als sie herübergerollt war und Alex' Augen gesehen hatte. Die Liebe darin.

Ein paar Stunden später waren sie zurück bei Yvette,

zusammengekuschelt vor dem Feuer. Sie war nicht sicher, wie ihr Herz noch viel mehr aushalten sollte.

Nur dass sie auf eines neugierig war. Ihre Elsternnatur hatte eine glänzende Anmerkung gehört, und sie wollte mehr wissen.

Sie verschränkte die Finger in denen von Alex. „Kann ich dich was fragen?“

„Alles.“

„Dein Dad hat gesagt, dass du was *auf die Liste* setzen sollst.“ Yvette machte eine Geste. „Heute Nachmittag, als wir geplaudert haben.“

Seine Miene wurde ernst. „Ich habe echt heftig nachgedacht, als ich letzten Frühling aufgebrochen bin. Ich habe mir gedacht, dass wir zusammengehören, aber dass es Arbeit machen würde, es dazu kommen zu lassen. Also habe ich eine Liste gemacht.“

Sie runzelte die Stirn. „Du hast einen Kalender als Countdown gemacht.“

„Ja, aber erst habe ich eine Liste geschrieben.“ Er holte eine Karte aus seiner Tasche und hielt sie ihr hin. Eine saubere Handschrift, die Ränder des Papiers waren ziemlich abgenutzt.

*Sie hat ein großzügiges Herz, aber sie ist auch zart. Sei nett, sei hingebungsvoll. Lass sie etwas zurückgeben.*

*Sie mag glänzende Dinge, Überraschungen.*

*Sie wird keine teuren Geschenke mögen, sondern gut durchdachte.*

*Man muss ihr zuhören.*

*Sie braucht einen Mann, der so ehrlich und vertrauenswürdig ist wie sie.*

*Sie muss wissen, wie sehr ich ihre Talente und ihre Meinung zu schätzen weiß.*

*Sie muss sehen, was mir wichtig ist, durch das, was ich tue – und das bedeutet:*

*Sie muss wissen, dass sie mir wichtig ist, durch die Art, wie ich sie behandle.*

*Also hör auf, ein Arsch zu sein!*

Yvette drückte ihm eine Hand auf die Wange. „Du bist toll.“

„Du auch. Deshalb habe ich die Liste angefertigt.“ Er drehte den Kopf, bis er sie auf die Handfläche küssen konnte. „Du musst noch eine Schublade öffnen. Wir waren am Vierundzwanzigsten nicht hier.“

Da sie sich keine Sorgen mehr machen musste, dass sie einen leeren Platz dort fand, wo sie dachte, dass der Ring, den sie gefunden hatte, hingehören würde, schoss Yvettes Begeisterung hoch. „Ich werde jetzt echt voll traurig sein, dass die Weihnachtstage vorbei sind. Ich habe gern Geheimnisse, die ich öffnen kann.“

Sein Grinsen wirkte viel zu strahlend. „Mach schon. Gehen wir.“

Hier auf der Veranda zu stehen, fünfundzwanzig Tage, nachdem sie dieses Abenteuer begonnen hatten, fühlte sich an, als sei sehr viel mehr Zeit vergangen. Als ob Alex, der an ihrer Seite stand, die Finger in ihren verschränkt, immer da gewesen wäre.

Der letzte Schlüssel war ein Regenbogen. Der Schlüssel selbst war leuchtend blau. Yvette musterte die Schubladen, versuchte, sich zu erinnern, welche sie noch nicht geöffnet hatte.

Eine der kleinsten Schubladen unter der Abdeckung zum Rollen hatte ein blaues Schloss.

„Ich sehe es.“ Yvette eilte, um die Schublade zu öffnen, summte glücklich, während sie einen weiteren Anhänger für ihr Armband fand. „Ein Regenbogen. Ach, Alex, ich liebe es.“

Sie hob ihn auf und stutzte, als Papier raschelte.

Ein Umschlag lag unten in der Schublade.

Alex' Miene war voller Schalk und Glück. „Frohe Weihnachten."

„Was ist das?" Sie riss den Umschlag auf und keuchte. „Noch ein Schlüssel?"

„Na, hast du nicht gesagt, dass du traurig warst, dass du keine weiteren Geheimnisse hast, auf die du dich freuen kannst?"

*O nein.* „Was öffnet der denn?", fragte Yvette, deren Argwohn größer wurde.

„Ein Geheimnis, das du in einem Monat oder so bekommst." Alex hob die Hände, als wäre er ein Magier. „Da. Jetzt hast du was, auf das du dich freuen kannst."

Sie würde ihn umbringen. Oder küssen. Oder beides. „Du bist schrecklich, und wunderbar, und so schrecklich wunderbar, dass ich dich von jetzt an genau im Auge behalten muss."

„Das passt ganz gut." Alex stieß ein glückliches Seufzen aus, zog sie in die Arme und hielt sie fest.

Der mysteriöse Schlüssel in ihrem Finger schickte die richtige Art Aufregung durch sie hindurch. Die Wärme seines Körpers die richtige Art Verbindung.

Der Ausdruck in seinen Augen die richtig perfekte Art der Liebe.

Yvette küsste ihren Cowboy, so dankbar, dass er bereit gewesen war, diese Liste zu schreiben. Dafür zu arbeiten, sie von ihrer Vergangenheit in etwas zu bringen, von dem sie sicher war, dass es eine wunderbare Zukunft sein würde. Einen wertvollen Tag nach dem anderen.

# EPILOG

*1. Januar, Heart Falls*

Stille hing in der Luft der leeren Kirche, eine ruhige, feierliche Schweigsamkeit, die nur durch das schwache Geräusch des Windes durchbrochen wurde, der an dem hohen Turm pfiff. Sonnenlicht strömte durch die Buntglasfenster, schickte gefärbte Flecken, die über den Gang bis ganz dorthin tanzten, wo Ashton Stewart stand.

Gekleidet in seinen besten Anzug mit polierten Stiefeln und seinem Haar, das so ordentlich zurückgekämmt wurde, wie es nur jemals ging, und er wäre sich wie ein Narr vorgekommen, hätte sein Herz nicht zu sehr gehämmert.

Er schaute auf seine Uhr. Drei Minuten bis Mittag.

Drei Minuten des Wartens.

So eine kurze Zeit, um abzuwarten und herauszufinden, ob er endlich die Wahrheit herausgebracht hatte, die verhindern würde, dass ihm das Herz brach.

Drei Minuten, bis Sonora kam.

Oder auch nicht ...

~

*New York Times*-Bestsellerautorin Vivian Arend lädt nach Heart Falls ein. Diese Weihnachtsgeschichten spielen in einem kleinen Städtchen in Alberta, Kanada, das sich in das sanfte Vorgebirge schmiegt. Es ist ein Genuss, dabei zu sein, wie jeder dieser Freunde das ewige Glück findet.

~

**Weihnachten in Heart Falls**

Ein Feuerwehrmann zu Weihnachten

Ein Soldat zu Weinachten

Ein Held zu Weihnachten

Ein Cowboy zu Weihnachten

Ein Rancher zu Weihnachten

~

Vivian lässt derzeit ihre vielen Serien übersetzen. Bitte besuchen Sie deren Website für alle aktuellen Informationen.

www.vivianarend.com/de

# ÜBER DIE AUTORIN

Mit über 3 Millionen verkauften Büchern ist Vivian Arend eine *New York Times*- und *USA Today*-Bestsellerautorin von mehr als 70 zeitgenössischen und paranormalen Liebesromanen.

Ihre Bücher lassen sich alle einzeln lesen und haben keine Cliffhanger. Sie sind witzig, aber auch emotional, es gibt heiße Szenen und glückliche Enden. Für Vivian ist das der beste Job der Welt. Sie lebt in British Columbia, Kanada, zusammen mit ihrem langjährigen Mann – der Inspiration für alle Helden ist und ein bereitwilliger Gefährte auf Abenteuern aller Art.

www.vivianarend.com

www.ingramcontent.com/pod-product-compliance
Lightning Source LLC
Chambersburg PA
CBHW030134010826
48973CB00002B/551